Maximilian Zech · Aus einer Zeit

MAXIMILIAN ZECH

AUS EINER ZEIT

ROMAN

BUCHER

1. Auflage 2021
BUCHER Verlag
Hohenems – Vaduz – München – Zürich
www.bucherverlag.com

Redaktion: Miriam Gartner
Gestaltung: Gorana Guiboud-Ribaud
Herstellung: BUCHER Druck, Hohenems
Bindung: Papyrus, Wien

ISBN 978-3-99018-580-3

Printed in Austria

Meinen Eltern in Liebe und Dankbarkeit gewidmet.

1

Der letzte Abend

Das Fenster ist gekippt und ein sehr diskreter, milder Hauch weht mir entgegen, die Jalousien wiegen sanft auf und ab. Ich sitze in meinem Drehstuhl und starre auf die vergilbten Lamellen, die wohl vor langer Zeit einmal weiß gewesen sein müssen. Immer wieder blitzt ganz kurz etwas auf: das Blau des Himmels, der Ast eines Kastanienbaums, eine frisch gestrichene Hauswand. Dann schießt ein greller Sonnenstrahl in das Zimmer und landet auf meinem Schreibtisch, wo er nach kurzer Lebensdauer verendet. Geräusche steigen hoch zu mir wie Düfte. Autos auf der Straße, Vögel in den Bäumen, Schritte auf dem Gehweg, Glocken in der Ferne. Die kommen von hinten aus der Stadt. Ich schließe die Augen und lausche dem Frühling. Das ist ein guter Tag heute. Ja, es gibt auch gute Tage.

Sehr geehrte Frau Kollegin,

wir berichten über o.g. Patientin, welche sich in der Zeit vom 14.04. bis zum 16.04. in unserer stationären Behandlung befand.

Es ist schön, allein im Büro zu sein, zumindest an solchen Tagen. Mein Blick wandert vom Rechner zu dem kleinen bunten Totenkopf aus Keramik, den mir Herr Hage aus Mexiko mitgebracht hat.

»La muerte – denken Sie dran, Herr Doktor, der Tod ist eine Frau!«

Ich habe viele solche Sachen hier stehen, alles Geschenke. Eine kleine handgeschnitzte Madonna mit Kind aus Oberammergau, sie soll mich beschützen. Ein Stück Gestein vom Kasbek im Kaukasus. An diesen Berg soll der Sage nach Prometheus gekettet worden sein. Postkarten wie die hier aus Madeira von Herrn Piontek. Ich nehme sie in die Hand und betrachte den Hafen von Funchal aus der Nähe. Das war seine letzte große Reise, zumindest auf Erden. Kurz vor Weihnachten ist er gestorben an seinem Plattenepithelkarzinom.

Die stationäre Aufnahme der Patientin erfolgte notfallmäßig, nachdem diese im Zusammenhang mit dem Befund eines Schilddrüsenknotens über Übelkeit und Erbrechen geklagt hatte. Es bestand der Verdacht auf eine Struma maligna ...

Die Station ist leer. Wenn ich Glück habe, kann ich pünktlich die Übergabe machen und habe noch ein bisschen was vom Abend. Die Tage sind jetzt schon so lang. Der alte Winter, in seiner Schwäche, zog sich in raue Berge zurück. Auf dem Brocken liegt bestimmt noch Schnee. Irgendjemand steht jetzt gerade da oben und blickt hinunter in die endlose Ebene, wo ein grüner Schimmer über allem liegt. Aber ich bin es nicht.

... Aufgrund der Diagnose wird eine ambulante Weiterbehandlung empfohlen.

Das Verfassen von Epikrisen ist eine dieser lästigen Aufgaben des Arztes, die zu viel Zeit in Anspruch nehmen, Zeit, die man besser dem Patienten widmen könnte. Doch es muss getan werden. Diagnose, Anamnese, Aufnahmestatus, Laborwerte und so weiter – nachdem endlich alles an Ort und Stelle ist, drucke ich den Wisch aus, unterschreibe, hefte die Zettel zusammen und wie ich das getane Werk nun vor mir liegen habe und noch einmal betrachte, bleibt mein Blick oben auf der ersten Seite hängen:

Betr.: *Lamiga, Louna, geb. am 11.08.1999*

Wer würde vermuten, dass sich hinter diesem exotischen Namen ein so kleines, bleiches Geschöpf verbirgt? Was liegt hier vor? Frau Lamiga lässt bei ihrem Hausarzt routinemäßig eine Blutuntersuchung machen, die erhöhte Schilddrüsenhormonwerte zum Vorschein bringt. Daraufhin untersucht er die Schilddrüse, legt das Ultraschallgerät drauf und siehe da: ein Knoten. Der findet sich bei etwa jedem Vierten im Lande, bei über neunundneunzig Prozent handelt es sich nicht um Krebs. Der Arzt – anscheinend alte Schule – agiert souverän und will die Auffälligkeit erst einmal über ein paar Wochen beobachten. Er schickt die junge Frau Lamiga nach Hause, die nun wochenlang in der Ungewissheit leben soll, ob sie eine tödliche Krankheit hat oder nicht. Wenige Stunden später schlägt sie mit ihrer Mutter bei uns auf, hat sich mehrfach übergeben, heult wie ein Schlosshund und besteht darauf, aufgenommen und untersucht zu werden. Also wird sie aufgenommen und untersucht. Die Kollegen machen eine Szintigraphie und es wird ein »heißer Knoten« sichtbar. Frau Lamiga erbleicht, als man es ihr mitteilt. Heißer Knoten, das klingt gefährlich, wie heißer Krieg oder heißes Eisen. Tatsächlich ist es eine Entwarnung und deutet schlimmstenfalls auf eine Überfunktion der Schilddrüse hin. Alle sind glücklich, das Mädchen darf uns verlassen und hoffentlich noch lange weiterleben, Ende gut – alles gut. Die Rechnung wird in zwei Wochen im Briefkasten liegen.

Ich sehe hinaus durch das gekippte Fenster auf einen winzigen Ausschnitt der Welt da draußen. Eine kleine Meise sitzt auf einem der knochigen Äste der alten Kastanie, an ihren Zweigen brechen ganz zaghaft junge Knospen auf. Irgendwo in der Ferne knattert ein Motorrad lautstark dahin und hoch oben am Himmel zieht ein Flugzeug einen vergänglichen weißen Pinselstrich in die blaue Ewigkeit. Wo fliegst du hin, wo kommst du her? Dorthin, wo ich auch gern wär?

Kurz darauf stehe ich im Patientenzimmer und kann eine gewisse onkelhafte Freude nicht verbergen, wie man sie empfindet, wenn man Kindern Geschenke überreicht. Ein schmales, blasses Mädchen, eigentlich eine junge Frau, sitzt aufrecht auf dem Bett und blickt mich überrascht an. Sie hat lange naturrote Haare und unzählige Sommersprossen und Muttermale auf dem Körper. Es würde mich nicht wundern, sie eines Tages in einer dermatologischen Angelegenheit wiederzusehen. Frau Lamiga blickt immer ein wenig verängstigt, als käme man, um sie zum Schafott zu führen, was auch an dem schwarzen Lidstrich liegen mag, auf den sie selbst hier im Krankenhaus stets größten Wert legt.

»So, Frau Lamiga. Ich habe Neuigkeiten für Sie«, sage ich.

Ihr Gesicht hellt sich sofort auf und ich spüre: Mit wenigen Worten könnte ich diesen Menschen jetzt zerstören.

»Packen Sie Ihre Sachen zusammen, Sie feiern Ostern zu Hause!«

Nun strahlt sie bis über beide Ohren, ein anmutiges Lächeln hat sie leider nicht, doch ihre Stimme ist weich wie Kaschmir, ein wenig werde ich sie vermissen. Beinah ertappe ich mich sogar bei dem Wunsch, Frau Lamiga hier eines Tages wiederzufinden. Nein, ach quatsch, bloß nicht, das arme Ding, rufe ich mich selbst zur Ordnung.

Ich rücke einen Stuhl neben das Bett und kläre mit ihr die nötigen Formalitäten für ihre Entlassung. Dabei wandert mein Blick immer wieder unwillkürlich auf ihren linken Unterarm. Denn dieses so zerbrechlich und unschuldig wirkende Wesen hat dort ein riesiges, von der Ellenbeuge bis zum Handgelenk reichendes Tattoo prangen, das so gar nicht zur restlichen Erscheinung passen will. *XIII. V.MMXIV*, steht in großen schwarzen Lettern auf ihrer Haut. Da es im T-Shirt nicht zu übersehen ist, war mir diese martialische Tätowierung schon bei unserem ersten Aufeinandertreffen ins Auge gesprungen. Nachdem ich meine Empfehlung ausgesprochen habe, wie sie weiter vorgehen sollte, ist alles gesagt, Frau Lamiga hat keine weiteren Fragen mehr. Ein kurzer Moment der Stille tritt ein.

»Sagen Sie, dieses Tattoo, was hat es denn damit auf sich, wenn die Frage erlaubt ist?«, sage ich möglichst beiläufig, als ginge es mir bloß darum, den interessierten Arzt zu mimen, der im Patienten auch den Menschen sieht. Der jungen Frau ist anzusehen, wie unangenehm ihr diese Frage ist. Ihre Ohren beginnen zu glühen und sie sucht, sichtlich peinlich berührt, nach Worten. »Es geht mich ja auch gar nichts an, entschuldigen Sie, hat mich nur interessiert«, schiebe ich fix hinterher und will mich schon verabschieden.

Doch die Unsicherheit ist mittlerweile wieder aus ihrem Gesicht verschwunden und als wolle sie mir jetzt ihre ganze Souveränität demonstrieren, sagt Frau Lamiga mit einem Lächeln: »Ach, kein Problem. Das war nur so'n ganz wichtiger Tag in meinem Leben.«

»Ein schöner Tag?«, hake ich nach.

»Schon, ja.«

»Wenn ich so einen Tag in meinem Leben hätte, würd' ich es genauso machen«, scherze ich.

Frau Lamiga lächelt und einen Augenblick lang scheint sie zu überlegen, ob sie mir ihr Geheimnis nun anvertrauen solle oder nicht.

»Das war bei meinem Schüleraustausch«, beginnt sie schließlich. »Da war ich in Südfrankreich, in Aix-en-Provence. Und es war einfach superschön, die ganze Zeit. An dem Tag bin ich mit meinen Freunden ans Meer gefahren und wir haben in einer der Calanques gebadet, das sind so echt schöne Buchten, und saßen abends am Lagerfeuer. Es war einfach alles perfekt.«

»Das klingt nach einer wunderbaren Erinnerung«, sage ich.

Sie nickt, doch ihr Blick ist jetzt ernst und in sich gekehrt. Es verstreichen die Sekunden und ich bin kurz davor, aufzustehen und meiner Arbeit weiter nachzugehen, da fährt sie fort: »Ich hab nicht so die tolle Kindheit gehabt. Dieser Tag ist so wichtig für mich, weil ich mich da das erste Mal so richtig glücklich gefühlt habe. Und das hat mich irgendwie verändert. Weil ich habe da erkannt, dass ich nicht mehr so leben will wie vorher. Darum war das so wichtig für mich.«

»Und darum wollen Sie diesen Tag nie wieder vergessen.«

Sie nickt erneut und sieht mich auf einmal mit so einem jovialen Ausdruck an, als wolle sie sagen: Eines Tages wirst du das auch erleben, Jungchen. Was soll das? So schauen Großmütter, wenn sie den Enkeln von früher erzählen. Ich spüre eine Feindseligkeit in mir aufsteigen und die Befriedigung einer kleinlichen Rache, als ich mir denke: In ein paar Jahren wird dir dieses kotzhässliche Ding verdammt peinlich sein.

Am Nachmittag sitze ich draußen im Garten und genieße eine kurze Pause. Das Neu-Jerusalem ist ein Privatkrankenhaus mit gerade einmal fünfhundert Betten und soweit ich weiß, ist es landesweit das kleinste Haus mit einem Zertifikat als Onkologisches Zentrum. Es wurde 1884 gegründet und besteht heute weitgehend aus modernen Anbauten, die wie Zugwaggons aneinandergereiht sind.

Der Himmel ist noch immer blau, die Luft ist mild, ich sitze auf meiner Bank, esse meine Brote, lasse mich von Patienten grüßen und grüße freundlich zurück. Ich mag diesen Garten: weißgestrichene Holzbänke, die wie Gänseblümchen auf der Rasenfläche eingestreut sind, Blumenrabatte, Rhododendronsträucher, alte Bäume, stille Ecken zum Lesen. Am liebsten sitze ich direkt hier vor dem Altbau von 1884, in dem sich die Geburtsstation befindet: Ein freundlicher zweigeschossiger

Trakt, jedes Zimmer besitzt einen großen hölzernen Balkon zum Garten hinaus – ein wenig wie in einem Belle-Époque-Sanatorium irgendwo in den Alpen. Ich mag diese Atmosphäre, ich fühle mich hier wohl. Niemals würde ich in der riesigen, anonymen Uni-Klinik arbeiten wollen und auch nicht im St. Joseph-Stift direkt nebenan, das reichlich in die Jahre gekommen ist.

Da sitze ich also, halte das Gesicht in die Sonne, fühle die Wärme auf meiner Haut. Es kommt mir vor, als wäre es ewig her, dass ich die Sonne zuletzt gespürt habe. Von St. Paulus läuten die Glocken zur Gründonnerstagsmesse herüber und plötzlich muss ich wieder an Frau Lamiga und ihr schreckliches Tattoo denken. 13. Mai 2014. Unsinnigerweise versuche ich zunächst, mich daran zu erinnern, was ich an diesem Tag gemacht habe, doch ich kann es unmöglich rekonstruieren. Das Meer muss frisch gewesen sein zu dieser Jahreszeit.

Und dann überkommt mich die Neugier: Welchen Tag würde ich wohl auswählen? Ich überlege und überlege. Ein Tag, der mich verändert hat? Es gibt den Tag, an dem ich mein Studium begonnen habe, an dem ich mein Staatsexamen bestanden habe, an dem mir die Promotionsurkunde überreicht wurde. Den Tag, an dem ich anfing, hier im Krankenhaus zu arbeiten. Die Arbeit verändert dich, der Umgang mit Todkranken, der ungeschönte Blick auf das menschliche Elend, auf Trauer und Angst, Schläuche, die aus Hälsen quillen, kreischende Angehörige, Menschen, die in ihren Fäkalien verenden – das verändert dich. Aber es ist ein langsamer Prozess, es geschieht nicht von heute auf morgen.

Nein, beschließe ich nach einer Weile, einen solchen Tag gibt es in meinem Leben nicht – und das beunruhigt mich einen Augenblick lang. Alles läuft gleichmäßig dahin, tagein und tagaus. Eine Woche wie die andere. Und ich denke mir: Hätte ich ein Tattoo, wäre es kein Datum, sondern ein Satz – *Das Leben ist ein Traum.*

Ich werde von einer Schwester aus meinen Gedanken gerissen, die mich bittet, nach einem Patienten zu sehen. Und während ich hineingehe, blicke ich auf die Uhr und bemerke überrascht, dass es noch nicht so spät ist, wie ich angenommen habe. Ja, es ist ein guter Tag. Doch auch an guten Tagen wünscht man sich, dass die Zeit schneller vergehen möge.

Glücklicherweise gelingt es mir an diesem Abend tatsächlich, einigermaßen pünktlich Feierabend zu machen. Die Stadt ist noch gut gefüllt, hinter den Häusern neigt sich die Sonne, die Luft ist frisch, wie das Mittelmeer im Mai, doch vor den Cafés sitzen noch immer zahlreiche Menschen mit dünnen Jäckchen bekleidet, manche mit Wolldecken, und genießen den Frühlingsabend.

Ich kehre endlich heim. Auf dem Sofa sinke ich erschöpft nieder und starre auf den schwarzen Fernsehbildschirm. Es ist niemals ganz still in dieser Stadt. Das polyphone Gemurmel der Fußgängerzone ist wie ein permanentes Hintergrundrauschen, immer ist irgendein Straßenmusikant in der Nähe. Wenn die Geschäfte schließen und die Straße sich langsam leert, die Musikanten nach Hause gehen, dann kommen die Betrunkenen aus den Bars und Diskotheken geströmt, grölen Schlagerlieder, schreien sich gegenseitig an oder lachen hysterisch. Das geht so lange, bis sie irgendwann von den Last- und Lieferwagen abgelöst werden, die am frühen Morgen die Gläser im Schrank zum Erzittern bringen, wenn sie die Straße hochrauschen, um die Einkaufsläden zu beliefern.

Und doch: Jetzt in der dämmrigen Wohnung zu sitzen und zu beobachten, wie der blaue Abend allmählich durch jede noch so schmale Fensterritze hereinkriecht, während das gleichmäßige Gemurmel der Straße dumpf zu mir aufsteigt

– das hat etwas von einer bedrohlichen Stille. Schnell greife ich zur Fernbedienung und mache den Fernseher an. So ist es viel besser! Ich schalte durch: Seifenoper, Actionfilm, Casting-Show, Reisedoku, Boulevardmagazin. Am Ende lande ich bei einer Dokumentation auf Arte. Sie ist schon fast vorbei, aber ich begreife so viel, dass es um Ureinwohner in Südamerika geht, die nach der Ankunft der Konquistadoren in die Wälder flohen, um dort nach ihren eigenen Regeln weiterzuleben. Es folgt eine Sendung über Meeresschildkröten. Diese Tiere durchschwimmen den ganzen Ozean und kehren nach fünfundzwanzig Jahren wieder an den Strand ihrer Geburt zurück, wo sie ihren Nachwuchs austragen. Es ist ein wunderschöner Strand mit schneeweißem Sand, türkisen Wellen und krummen Palmen, überwölbt von einem azurblauen Himmel. Halb liegend, halb sitzend starre ich mit müden Augen auf das bunte Flimmern der lieblichen Bilder und nicke irgendwann ein.

Als ich erwache, durchfährt ein konfuser Schrecken meinen Körper. Mittlerweile ist es finster geworden, doch allzu spät kann es noch nicht sein, denn vor den Cafés werden jetzt erst lautstark die Tische und Stühle aufeinandergestapelt. Im Fernsehen, noch immer Arte, läuft ein Beitrag über den Schriftsteller Arno Schmidt. Ich erfahre, dass er nur ein wenig älter war als ich, als sein erster Erzählband erschien. Von da an habe er wie ein Besessener gearbeitet, abgeschieden in seinem kleinen Häuschen irgendwo in der Lüneburger Heide. Schmidts Hauptwerk *Zettel's Traum*, das 1970 erschien, umfasste in der Erstausgabe 1.334 DIN-A3-Seiten (dreispaltig, wohlgemerkt!) und wog über zehn Kilogramm. Auch wenn es fraglich ist, ob je irgendein Mensch dieses Buch bis zum Ende durchgelesen hat, machte es den Autor mit einem Schlag berühmt.

Ich sitze nun aufrecht und bin hellwach. Du solltest lesen, du solltest endlich wieder mehr lesen – so wie früher! Oder besser noch: Schreiben! In meiner Schreibtischschublade liegt ein ganzer Block voll mit eigenen Gedichten. Eines Tages werde ich sie veröffentlichen, doch dafür brauche ich noch mehr.

Und ganz plötzlich, wie aus dem Nichts, ist da wieder dieser Satz in meinem Kopf. Voller Tatendrang gehe ich zum Schreibtisch, mache das Licht an und hole mein Manuskript aus der Schublade. Ich blättere, lese mir ein paar Gedichte durch. Hier und da muss noch gefeilt werden, aber im Großen und Ganzen doch gar nicht schlecht. Mit Schönschrift schreibe ich auf ein frisches weißes Blatt: *Das Leben ist ein Traum.*

Das ist schon mal gut, aber wie nun weiter? Ich grüble und grüble, doch der Fernseher lenkt mich zu sehr ab, wie ein kleines plapperndes Kind, das unaufhörlich nach Aufmerksamkeit verlangt. Soll ich ihn ausschalten? Dann wäre es wieder ganz still und dunkel in der Wohnung. Nur der letzte, kaum noch sichtbare Saumzipfel der untergegangenen Sonne am Horizont und in der Ferne das Kraspeln der Stühle und ein paar fremde Stimmen auf der Straße. Doch hier bei mir wäre nichts als kalte Stille. Der Gedanke lässt mich kurz erschaudern. Ich schäme mich zwar dafür, doch ich bringe es nicht übers Herz. Also stelle ich das Gerät auf lautlos, denn Stille und Lautlosigkeit sind zwei unterschiedliche Dinge, und setze mich an den Schreibtisch.

Während ich nun dichte und nachdenke, beruhigt es mich zu wissen, dass der Fernseher, dieser wahre beste Freund des Menschen, hinter meinem Rücken läuft, auch wenn ich ihn nicht höre. Doch da ist dieses Fenster zur Welt, aus dem ich jederzeit blicken kann. Und am späten Abend sitze ich wieder auf dem Sofa, im Öffentlich-Rechtlichen läuft ein alter Bibelfilm. Und ich breche das Brot und ich trinke den Wein. Ich bin allein. Ich schlafe ein. Das Leben ist ein Traum. Du siehst es – doch du spürst es kaum.

2

Extra Gottingam non est vita

Als Kind erzählte mir mein Vater von Platons Höhlengleichnis. Wir alle sind Gefangene, angekettet in einer dunklen Höhle, die nur von einem Feuer hinter uns erleuchtet wird. Verschiedenste Gegenstände werden an diesem Feuer vorbeigetragen und werfen ihren Schatten vor uns an die Wand. Weil wir seit unserer Geburt nichts anderes als diese Schatten kennen, halten wir sie für die Dinge, deren schemenhaftes Abbild sie bloß sind. Der Mensch liebt die Gewohnheit und verabscheut die Vorstellung, dass alles, was er bisher keines Zweifels für würdig hielt, nur eine Täuschung ist. Darum wird er sich mit Händen und Füßen dagegen wehren und zunächst weiterhin an seinem Irrtum festhalten, wenn man ihn loskettet und zwingt, sich umzudrehen. Doch allmählich wird er begreifen und seine Augen an das Licht der Erkenntnis gewöhnen. So wird es auch sein, nachdem man ihn aus der Höhle hinaus in den hellen Tag geführt hat. Käme er nun nach einiger Zeit wieder zurück in die finstere Grotte, wäre er mit einem Schlag wie blind und würde von den Zurückgebliebenen, die nur das Dunkel kennen, verhöhnt, verachtet und schließlich sogar ermordet werden, wenn er versuchte, sie von ihren Ketten zu befreien. Denn in einem sind die Götter sich mit ihren Geschöpfen stets einig: Sie hassen jene, die den Menschen das Licht bringen.

So hat mein Vater es mir erzählt. Ein kluger Mann, ebenfalls Arzt, der zu einer Schicht gehörte, die zu diesem Zeitpunkt im Westen schon so gut wie ausgestorben war, sich jedoch ausgerechnet unter der dicken Kruste des Arbeiter- und Bauernstaats bruchstückhaft konserviert hatte: das Bildungsbürgertum. So wie diese Klasse war auch mein Vater, seinem Naturell gemäß, ein Relikt des neunzehnten Jahrhunderts. Ich spüre in mir das Bedürfnis, ihm eine biedermeierhafte Strenge anzudichten, doch das wäre eine Lüge. Er war ein fröhlicher Mensch, genügsam, durchaus sanftmütig, sehr gebildet, sehr interessiert und zugleich sehr konventionell und ohne jeden Ehrgeiz. Ein Mensch, der sich gerne in die Behaglichkeit des Privaten flüchtete, in die schöne vergangene Welt der großen Literatur, der Kunst, Geschichte und Philosophie. Diese Zuflucht erlaubte es ihm, obwohl er das Regime verachtete, ein ruhiges, angepasstes und durchaus zufriedenes Leben in der DDR zu führen, ohne jemals in Konflikt mit dem Staat zu geraten. Seine Opposition war eine rein geistige.

»Der Mensch ist ein Herdentier«, erläuterte mir mein Vater seine persönliche Conclusio des Gleichnisses. »Er kann nicht ganz alleine oben auf der Welt überleben. Also was ist seine Wahl? Er kann versuchen, die anderen zu befreien, und wird dafür wahrscheinlich von ihnen massakriert werden. Oder er kehrt zurück in die Höhle, legt sich freiwillig die Ketten wieder an, lebt so weiter, wie er immer gelebt hat (denn er ist ja bis zu seiner Erkenntnis nicht unglücklich gewesen), und findet Trost darin, als Einziger die Wahrheit zu kennen – so lange, bis ihm der Zweifel kommt und er irgendwann die Lüge wieder selber glaubt.«

Ich muss gestehen, dass ich nicht weiß, ob er es tatsächlich in genau diesen Worten gesagt hat, ich mag zwölf Jahre alt gewesen sein, doch es entspricht in etwa dem Sinn. Man könnte meinen, wie ich von meinem Vater rede, dass er tot sei. Tatsächlich lebt er heute irgendwo am Rand von Leipzig in einem kleinen Häuschen mit seiner Frau und einer Tochter, die er auf seine alten Tage noch gezeugt hat. Einmal habe ich ihn dort besucht zu Weihnachten, das war vor vielen Jahren. Seine Einladung, die Festtage mit ihm und seiner Familie zu verbringen, landet seitdem jedes Jahr unbeantwortet in meinem Papierkorb. Es muss jetzt etwa acht Jahre her sein, dass ich ihn zuletzt gesehen habe.

Da liege ich also in meinem Bett, es ist morgens, die Stadt ist schon lange erwacht, doch in der Wohnung herrscht noch nächtliche Finsternis, denn die Vorhänge vor den Fenstern lassen so gut wie keinen Lichtstrahl durch. Nur auf die Zimmerdecke fällt ein schwacher Schimmer. Die Stange, an der die Vorhänge befestigt sind, ist gute zehn Zentimeter vom Fenster entfernt und so ergibt sich eine Kluft, durch die das Tageslicht an die Decke unmittelbar über dem Fenster geworfen wird und mein Schlafzimmer so in eine Camera obscura verwandelt. An manchen Tagen geschieht es, dass die Schatten der Menschen, die unten auf der Straße entlanggehen, an die Decke meiner Dachgeschosswohnung projiziert werden, wo sie als langgezogene, miniaturhafte Schemen von einer Seite zur anderen wandern oder gestikulierend beisammenstehen und sich unterhalten. Eben darum muss ich immer, wenn ich morgens im Bett liege und das Schattenspiel an meiner Schlafzimmerdecke beobachte, an Platons Höhlengleichnis denken.

Ich reiße die Vorhänge auf und blicke hinaus. Der Himmel ist schon seit ein paar Tagen ein einheitlicher weißer Brei, die Menschen laufen mit dicken Jacken umher und im Café Cron & Lanz hat man sich nicht einmal die Mühe gemacht, Stühle und Tische nach draußen zu räumen. Vierzehn Uhr wird mein Spätdienst beginnen, bis dahin sind noch ein paar Stunden Zeit. Ich öffne das Fenster und die Fußgängerzone rauscht wie ein Fluss an meinem Haus vorbei. Göttingen ist eine hübsche Stadt genau in der Mitte Deutschlands, im Westen und Süden sind es nur wenige Kilometer bis Hessen und im Osten ist Thüringen ganz nah. Sie besitzt ein mittelalterliches Rathaus, ein paar Kirchen, einige Fachwerkhäuser und eine große Universität. Seit mittlerweile fast vierzehn Jahren, seitdem ich herkam, um mein Medizinstudium zu beginnen, lebe ich in dieser Wohnung mitten in der Altstadt. So gut wie alle Kommilitonen, die ich von damals kenne, sind nach dem Studium fortgegangen, meistens in große Städte, einige haben im

Ausland, vor allem in England und der Schweiz, eine Stelle gefunden. Wie unser Oberarzt Dr. Thamer sagt: »Die Arbeitsbedingungen sind dort zwar besser, dafür verdienen die Ärzte aber auch mehr.« Ich blieb – und begann als Assistenzarzt im Neu-Jerusalem. Dorthin führt mich seit sieben Jahren Tag für Tag mein Weg.

Sobald ich hinaustrete, finde ich mich im Gewimmel der Weender Straße wieder, der zentralen Einkaufsmeile mit den obligatorischen Filialen. Linkerhand geht es zum Markt, dort steht das Gänseliesel, zweifellos eines der unspektakulärsten Wahrzeichen, die es gibt. Doch ich folge der Magistrale rechts nach Norden, vorbei an der Jacobi-Kirche mit ihrem hohen, wuchtigen Turm. An fast jedem Haus hängt eine steinerne Tafel, manchmal auch mehrere, mit Namen berühmter Persönlichkeiten, die hier gelebt und studiert haben. Heinrich Heine und Wilhelm Olbers sind meine Nachbarn, Humboldt, Gauß und Lichtenberg wohnen nicht weit entfernt. Das müssen interessante Zeiten gewesen sein, denke ich mir manchmal, als so viele große Geister auf engem Raum in dieser kleinen Stadt lebten.

Die meisten Häuser links und rechts sind zwar alt, aber von bescheidener Größe und zurückhaltender Erscheinung. Dennoch bilden sie ein feines und durchaus stimmiges Ensemble. Dann aber geschieht etwas Merkwürdiges, denn nach etwa zweihundert Metern verändert sich plötzlich alles, die lauschige Fußgängerzone endet abrupt und mit einem Mal scheint man sich in einer anderen Stadt zu befinden. Busse kommen im Minutentakt mit quietschender Hydraulik an, Autos und Fahrräder fahren hektisch vorbei. Es wirkt, als sei irgendwann in den Siebzigerjahren ein gigantischer Amboss vom Himmel gefallen und habe alles, was einst hier stand, unter sich zermalmt. Wie zwei alte, räudige Hunde, die sich zähnefletschend anknurren, stehen sich das Carré und das Gothaer Haus gegenüber. Das eine ist ein dunkler, fensterloser, rechteckiger Monolith, in dem sich unter anderem ein Einkaufszentrum und ein Fitnessstudio befinden. Das Gothaer Haus, benannt nach der Versicherungsgesellschaft, die es errichtet hat, ist ein ziehharmonikaförmiges Gebäude aus dunkelgrauem, halb verrottetem und weitgehend mit Taubenkot beschmiertem Beton und schmalen Fensterreihen auf jeder Etage. Im Erdgeschoss, dessen Wände bis zur Unkenntlichkeit mit hastigen Graffitis besudelt und mit unzähligen Stickern und Plakaten beklebt sind, waren bis vor wenigen Jahren noch eine Apotheke und ein Modediscounter untergebracht. Nun stehen die Geschäfte ob der ungewissen Zukunft des Hauses seit einer Weile leer und vor der verrammelten Eingangstür haben Obdachlose sich mit ranzigen Matratzen ein dauerhaftes Lager eingerichtet. Da die Bushaltestelle direkt davor einen wichtigen Knotenpunkt für den öffentlichen Nahverkehr der Stadt bildet, herrscht vor dem Gebäude stets ein reges und buntes Treiben. Ich schiebe mich eilig an den afrikanischen und arabischen Jugendlichen vorbei, ohne eines der lautstark ausgetauschten Worte zu verstehen.

Hat man diesen Abschnitt nun hinter sich gelassen, wird es architektonisch wieder etwas angenehmer. Die Häuser sind kleiner und älter, rechts führt eine Straße mit runzeligen Fachwerkhäuschen hoch zum Alten Botanischen Garten. Geradeaus geht der Weg über die sogenannte Dönermeile. Hier reiht sich ein türkischer Imbiss an den andern, mit Namen wie *Pinocchio* oder *Döner King*, dazwischen vereinzelt Sportwettbüros, Handyreparaturläden und Internet-cafés. Nach ein paar Metern wird es dann offener, lichter, man kreuzt den Wall, jenen die alte Stadtbefestigung markierenden Spazierweg, der einmal rund um die Altstadt führt, und ist schließlich draußen.

Aus der Weender Straße ist die Weender Landstraße geworden, benannt nach dem ehemaligen Dorf und heutigen Stadtteil Weende. Auch der Gehweg zerfließt jetzt zu einem kleinen Platz, an dem rechterhand das hübsche Alte Auditorium der Universität auftaucht, ein heller, gradliniger Bau aus dem neunzehnten Jahrhundert, von dessen Fassade die steinernen Köpfe mehrerer Göttinger Gelehrter – teils ernst, teils heiter – auf die Passanten und das moderne Treiben he-runterblicken. Unmittelbar davor steht das Denkmal für die in den Weltkriegen gefallenen Angehörigen der Georg-August-Universität. Ein künstlerisch bescheidenes, aber dafür heroisches Kriegermonument, wie es nach dem Ersten Weltkrieg in fast jeder deutschen Gemeinde aufgestellt wurde. Ein paar sehr grob aus dem Stein gehauene Soldaten tragen gemeinsam auf einer Bahre ihren toten Kameraden. Der hohe Sockel, auf dem sich die Szene abspielt, ist mit den Namen der Gefallenen übersät, die allerdings durch die starke Verwitterung des Steins kaum noch zu entziffern sind – auch nicht jene später schamvoll hinzugefügten Namen der Toten des Zweiten Weltkriegs.

Mein Weg führt mich nicht länger nach Norden, wo es nach Bovenden und Nörten-Hardenberg geht, sondern hinter dem Auditorium scharf nach rechts, den immer steiler ansteigenden Nikolausberger Weg hinauf. Eine etwa mannshohe, windschiefe alte Mauer begrenzt den Bürgersteig rechterhand auf einer Länge von vielleicht hundertfünfzig Metern. Dahinter verbirgt sich der deutlich tiefer im ehemaligen Wallgraben gelegene Botanische Garten. Links fällt der Blick auf die SUB, die Staats- und Universitätsbibliothek, die aus dieser Perspektive aussieht wie die aneinandergereihten Seitenschiffe einer gläsernen Kathedrale des Wissens. Während das Archäologische Institut mit seinem dicken Grauputz und dahinter der ganze Campus vorbeiziehen, folgt der Weg stetig steigend der Begrenzungsmauer. Die Häuser, stattliche ehemalige Professorenvillen und Burschenschaftsanwesen, werden immer herrschaftlicher. Aus den Dächern ragt der markante Zwiebelturm von St. Paulus wie ein wehmütiger Gruß an das katholische Bayern hervor.

Wenn ich ihn sehe, muss ich an meinen ersten Arbeitstag denken. Es war der 2. Januar: Ein mustergültiger Wintertag, denn alles war verschneit und erstarrt in klirrender Kälte. Ich fühlte mich in meiner Nervosität ebenso. Als ich bereits auf dem Weg zum Krankenhaus war, erkannte ich kurz vor dem Ziel, dass ich mich in der Zeit geirrt hatte und eine Stunde zu früh dran war. Am liebsten wäre ich zurück in meine Wohnung gegangen, um sie nie wieder zu verlassen. Da lag also diese Kirche vor mir mit dem Zwiebelturm und den weißen Bergen im Hintergrund und es wirkte so wundersam vertraut auf mich. Mein Großvater mütterlicherseits war als junger Mann Pfarrer in einer kleinen Kirche im tiefsten Bayern gewesen, die ganz ähnlich aussah. Dort wurde er auch bestattet. Ich war ein kleines Kind, als er starb, doch noch immer habe ich den Zwiebelturm vor Augen, den leuchtenden Putz und die hohen Berge im Hintergrund. Vielleicht ist es aber auch nur eine Einbildung, ein Bild, das ich einmal auf irgendeiner Postkarte oder im Fernsehen gesehen habe. Angesichts der schlotternden Ungewissheit jedenfalls, die ich nun kurz vor Antritt meines ersten Arbeitstages verspürte, erschien mir dieses Gebäude, das ich zwar kannte, aber nie zuvor betreten hatte, wie ein Stück Heimat. »Die alten Kirchen sind die guten Stuben unserer Kultur«, pflegte mein Vater manchmal zu sagen, wenn er aphoristisch gestimmt war. Auf Reisen – in einem fremden Land, einer fremden Stadt – war uns darum keine Kirche zu klein und unscheinbar, als dass wir uns nicht auf der Suche nach einem künstlerischen Kleinod oder irgendeiner architektonischen Besonderheit hineinbegeben hätten. Das hatte nichts mit Glauben zu tun, sondern einzig mit der Begeisterung für Kunst und Geschichte. Weder mein Vater ist gläubig, noch bin ich es. Lediglich meine Mutter hing der Vorstellung eines reinen, undogmatischen Christentums an, das sie tief verinnerlicht hatte. Kurz: Es war für mich etwas ganz Natürliches, ohne irgendeine religiöse Absicht in die Kirche zu gehen, und das tat ich. St. Paulus ist vielleicht siebzig oder achtzig Jahre alt, erinnert jedoch, trotz seiner Schlichtheit, auch von innen an seine barocken Vorbilder im Alpenland. Das liegt vor allem an dem beachtlichen Deckenfresko, das die Apotheose des Paulus zeigt, welche sich offensichtlich unmittelbar über der Kirche hier im Nordosten Göttingens zugetragen hat.

Nachdem ich mich ein wenig umgesehen hatte, nahm ich Platz, ich war ganz allein. Die Kälte ließ meinen Atem kondensieren. Und ich denke, dass es weniger die Spiritualität des Ortes als vielmehr die Erinnerung an schöne Urlaubstage im Süden war, die mir auf dieser eisigen, harten Kirchenbank letztendlich einen gewissen Trost zukommen ließ.

Der Nikolausberger Weg mit seinen schönen, eleganten Villen zu beiden Seiten knickt leicht nach links ab und zieht sich weiter den Berg hoch. Doch ich überquere an der Fußgängerampel die Straße und biege linkerhand in die Humboldtallee ein. Die gründerzeitlichen Mietshäuser werden nach einigen Metern durch die großen, gelb verklinkerten Gebäude der alten Universitätsklinik durchbrochen, die aus derselben Epoche wie die übrigen Häuser stammen und heute zum Geisteswissenschaftlichen Zentrum der Uni gehören. Es ist schön, so nah am Zentralcampus zu sein. Man kann in den Pausen dort das studentische Leben beobachten, sich günstig einen Kaffee holen und die eigene Studentenzeit Revue passieren lassen. Auch ist etwa die Mensa am Turm (der Turm ist in Wahrheit der hohe Schornstein des ehemaligen Klinikkrematoriums) viel besser als unsere im Krankenhaus. Wenn ich im Büro aus dem Fenster sehe, kann ich ihn gut erkennen. Autos rauschen vorbei, Studentinnen schieben, ins Gespräch vertieft, ihre Fahrräder neben sich her:

»Jedes Mal, wenn ich meiner Mutter erzähle, dass ich feiern gehe, sagt sie: ›Vergiss ja nicht deine gute Erziehung!‹«

»Ach echt? Meine Eltern sind da eigentlich ganz gechillt.«

Und dort auf der rechten Seite steht es. Noch ein kurzer Gang über den Parkplatz und ich habe mein Ziel erreicht: Neu-Jerusalem. Das ist mein Weg. Tagein, tagaus.

3
Frau Sievert

»Hallo, Frau Sievert, wie geht es Ihnen?«

Sie blickt über die Brille hinweg von ihrem Buch zu mir auf und lächelt überrascht. »Gut, Doktor Bode, vielen Dank! Immer, wenn mich das jemand nicht in der ersten Person Plural fragt, können das nur Sie sein.«

Nun muss ich lächeln. Frau Sievert ist eine feine Dame, zweiundsechzig Jahre alt, immer adrett gekleidet, intelligent, humorvoll und liebenswürdig. Ihre recht tiefe, sonore Stimme hat etwas Beruhigendes, die gemächliche, sorgsame Art und Weise, wie sie ihre Worte wählt, verstärkt diese Wirkung noch. Ich kenne Frau Sievert, seitdem ich hier arbeite, ja, sogar fast vom ersten Tage an. Sie war meine erste Patientin. Seit sieben Jahren kämpfen wir gemeinsam gegen ihre chronische myeloische Leukämie, haben Höhen und Tiefen erlebt. Gestern Abend brach sie plötzlich zu Hause zusammen und wurde auf Wunsch ihres Mannes gleich zu uns gebracht anstatt ins Uni-Klinikum. Zum Glück war es nur ein Schwächeanfall und es geht ihr schon wieder gut, man kann darin aber auch einen Wink des Schicksals sehen. Denn gerade heute wollte ich sie ohnehin anrufen und zu einem Gespräch herbitten. Wir stehen nun am Scheideweg und nie fiel mir der Gang zu ihr so schwer wie jetzt.

»Bitte entschuldigen Sie, dass Sie so lange warten mussten. Zum Glück haben Sie ja immer was zum Lesen dabei. Haben Sie denn ein schönes Ostern gehabt? Waren Ihre Söhne zu Hause?«, frage ich, während ich einen Stuhl an ihr Bett schiebe und mich setze.

Sie winkt ab: »Der eine ist gerade irgendwo in Neuseeland unterwegs und der andere arbeitet an einem neuen Werk und wollte lieber ungestört sein.«

»Also waren Sie und Ihr Mann alleine. Möchten Sie vielleicht einen Kaffee?«

»Nein, wirklich nicht, danke. Ja, wir waren alleine, aber das ist nicht schlimm«, beschwichtigt sie, als gelte es, ihre Söhne vor mir zu verteidigen. »Die Kinder werden groß und leben ihr eigenes Leben. Das ist eben der Lauf der Dinge.«

Ich nicke zustimmend und denke mir: Was für Nichtsnutze! Ich kenne die Söhne aus Frau Sieverts Erzählungen. Der eine ist Anwalt und dem Anschein nach immer nur auf Reisen quer durch die Welt, der andere ein arbeitsloser, depressiver Künstler, der mit über dreißig Jahren noch immer seinen Eltern auf der Tasche liegt. Niemals würde diese Frau ein schlechtes Wort über ihre Kinder verlieren. Wenn sie von ihnen spricht, dann nur mit der Stimme der Gnade. Doch sie schaffen es nicht einmal, zu Ostern bei ihrer todkranken Mutter zu sein, und zu Weihnachten war es nicht anders.

»Und Sie? Waren Sie denn wenigstens mit der Familie zusammen?«

»Oh ... leider musste ich arbeiten«, entgegne ich mit vielleicht etwas zu viel Trübsal in der Stimme, worauf Frau Sievert mir einen mütterlich-mitleidigen Blick zuwirft, von dem ich weiß, dass er keine Pose, sondern aufrichtig ist.

»Ach Gott, Sie Ärmster!«

Ich versuche, mein schlechtes Gewissen zu beruhigen, indem ich ihr sage, dass es mich nicht stört, an den Feiertagen allein zu sein, und dass das einzig Wichtige doch letztendlich sei, dass man überhaupt eine Familie habe, auf die man sich verlassen könne.

»Da haben Sie völlig recht«, stimmt meine Patientin mir zu. »Wir wollen uns nicht beschweren. So viele Familien brechen heutzutage auseinander, sind zerstritten, der eine spricht nicht mehr mit dem andern ... Das ist doch schrecklich. Allein bei uns im Bekanntenkreis ... ich könnte Ihnen da mindestens fünf Beispiele nennen.«

»Ja, das ist ...«, ich suche nach den richtigen Worten, »... wirklich keine schöne Entwicklung.«

Sie nickt mir zu und wir wissen beide, dass es nun ernst wird. Als wolle mein Blick vor der unangenehmen Aufgabe fliehen, durchirrt er einen kurzen Moment lang den Raum und bleibt auf dem Fernseher ruhen, der stumm an der Decke hängt und vor sich hin läuft. Doch die Bilder prallen an meiner Pupille ab und dringen nicht in meinen Geist ein.

»Dann lassen Sie uns doch mal das weitere Vorgehen bereden, Frau Sievert«, sage ich, nachdem ich tief durchgeatmet habe. »Wir haben uns ausgiebig in der Tumorkonferenz beraten, wie nun weiter verfahren werden soll, nachdem die TKI bei Ihnen nicht mehr wirken. Was wir jetzt noch probieren können – ich hatte Sie ja schon ein wenig mental darauf vorbereitet –, ist eine allogene Stammzelltransplantation. Dabei geht's also darum, die kranken Knochenmarkzellen durch gesunde Spenderzellen zu ersetzen. Damit uns das gelingt, müssen wir erst mal die alten Zellen komplett zerstören. Es ist also eine intensive Chemotherapie (in der Regel mit zusätzlicher Bestrahlung) nötig, um die kranken – aber auch die gesunden – Zellen zu zerstören. Das ist sehr risikoreich, weil wir Ihr Immunsystem gewissermaßen einmal komplett abschalten und austauschen. Sie können sich vorstellen, so ein Körper, der kein Immunsystem hat, der ist natürlich extrem anfällig für Infektionen, Krankheiten und so weiter. Deshalb müssten Sie sich am Anfang in einer Steri[l]einheit aufhalten. Aber trotzdem würde in den ersten zwölf Monaten ein deutlich höheres Risiko für Infektionen bestehen, die im schlimmsten Fall auch tödlich verlaufen können.«

Ich mache eine Pause, damit sie Gelegenheit hat, das Gesagte zu verarbeiten. Frau Sievert sieht mich ernst und aufmerksam an, als lausche sie mir noch immer.

»Außerdem«, fahre ich fort, »kann es passieren, dass die transplantierten Immunzellen Ihren Körper abstoßen und Organe angreifen. Auch das kann im schlimmsten Fall tödlich enden. Es ist, wie gesagt, eine sehr riskante Therapie und es gilt, immer viele Faktoren abzuwägen. Die erste Voraussetzung ist natürlich, dass wir einen geeigneten Spender haben. Meine Kollegen und ich, wir sind jedenfalls zu dem Schluss gekommen, dass das Verfahren in Ihrem Fall grundsätzlich in Erwägung gezogen werden sollte. Aber die Entscheidung liegt einzig bei Ihnen.«

Bedrückende Stille. Das Rauschen eines Lkws dringt von der Humboldtallee gedämpft durch die Fenster herein, Geklapper auf dem Flur. Der Himmel ist milchig blau. Frau Sieverts Blick ist nach unten gerichtet, auf ihre schönen, zierlichen Hände, die sie nachdenklich aneinanderreibt. Wie viel Anmut kann in der Traurigkeit liegen? Ich sehe sie an, sie trägt eine beige Bluse mit Blümchenmotiven. Frau Sievert liebt Blumen, denn sie stehen für Sanftmut und Leben, genau wie sie selbst. Ein Tagtraum schießt mir plötzlich durch den Kopf: Alles ist gut gegangen, Frau Sievert steht vor mir, rosig und gesund. Sie streichelt meine Wange mit ihrer weichen Hand und sagt: »Ich danke dir, dass du mich gerettet hast.«

Jäh werde ich in die Wirklichkeit zurückgerissen, als die Tür aufspringt und eine Schwester gerade hereinpoltern will. Ich werfe ihr einen bösen Blick zu, worauf sie sofort kehrtmacht und die Tür wieder hinter sich schließt. Auch meine Patientin ist aufgeschreckt. Sie blickt aus dem Fenster, die Knospen an den Kastanienbäumen sind wieder etwas weiter geöffnet als gestern.

Dann wendet sie sich mir zu und fragt: »Kennen Sie diesen einen Tag im Jahr, an dem man vor die Tür tritt und es ist überraschend mild und die Sonne scheint und die Vögel zwitschern und man weiß: Das ist der erste Frühlingstag, der Winter ist überwunden?«

Ich nicke und versuche, mir irgendwie ein Lächeln abzuringen, denn ihr Blick wirkt auf einmal heiter und verklärt, wie auf einer alten Mariendarstellung. Wieder schaut sie hinaus.

»Sie müssen sich nicht jetzt entscheiden«, sage ich. »Besprechen Sie es in Ruhe mit Ihrem Mann.«

»Wozu raten Sie mir?«, fragt sie unvermittelt.

Ich versuche, meine Worte mit Bedacht zu wählen: »Wenn Sie sich entscheiden, die Stammzelltransplantation nicht zu machen, sind Sie – zumindest schulmedizinisch – austherapiert. Sie wissen, was das bedeutet. Im Moment ist das die letzte Option, die wir noch haben.«

Dann fragt Frau Sievert mich nach weiteren Risiken, nach der Wahrscheinlichkeit, einen passenden Spender zu finden, nach der Mortalitätsrate. Ich berichte ihr wahrheitsgemäß, dass in achtzig Prozent der Fälle ein adäquater Spender gefunden werden könne und dass in den letzten Jahren immer weniger Patienten an den Folgen der Transplantation gestorben seien. Schließlich willigt sie ein und ich spüre eine wohlige Erleichterung in meinem Herzen.

Als ich mich bereits von ihr verabschiedet habe und mich aus meinem Sitz erheben will, wirft sie mir einen verwunderten Blick zu und sagt: »Wie schaffen Sie das?«

Ich sehe sie fragend an.

»So ein junger Mensch wie Sie. Das muss doch furchtbar sein, immer nur mit Krankheit und Tod zu tun zu haben. Menschen kennenzulernen, um dann zu sehen, wie sie sterben.«

»Frau Sievert, die Chancen stehen nicht schlecht …«

»Ich rede gar nicht von mir, Doktor Bode«, unterbricht sie mich. Ihr Blick hängt an dem stummen Fernseher an der Decke, wo gerade auf RTL irgendein exaltierter Vogel mit sehr manierierter Gestik und Mimik ins Mikrofon spricht und andauernd seine Augen weit aufreißt. Den eingeblendeten Namen habe ich noch nie gehört, darunter steht das Zitat *Dschungelcamp war beste Erfahrung ever*.

»Das macht mich wütend«, sagt Frau Sievert kopfschüttelnd. »Überall wird über diese Leute berichtet. Jeder kennt ihren Namen und sie verdienen so viel Geld mit dem Unfug. Dabei leisten sie rein gar nichts.«

Ich nicke, während ich noch immer den Bildschirm betrachte.

»Ärzte wie Sie, Wissenschaftler, Forscher – die sollte eigentlich jedes Kind kennen, denen sollte die Bewunderung gelten. Den Wohltätern der Menschheit, die vor fünfzig oder hundert Jahren gestorben sind, aber heute noch Menschen von Schmerzen befreien oder Leben retten.«

»Da haben Sie sicherlich recht«, antworte ich etwas verlegen.

»Aber«, fährt sie fort, »fragen Sie doch mal auf der Straße, wie viele Menschen dort wissen, wer das Penicillin entdeckt hat. Wahrscheinlich kaum jemand.«

Wieder nicke ich.

»Und Sie, Sie armer Kerl, Sie helfen anderen, retten Leben, haben den ganzen Tag nur mit …« – sie sucht nach den richtigen Worten – »… all dem hier zu tun, statt Ihre Jugend zu genießen! Und bekommen viel zu wenig dafür. Mein Neffe arbeitet auch im Krankenhaus, ich weiß, wie viel er verdient.«

»Es ist eben, wie es ist«, sage ich. »Man macht einfach seinen Job, so wie alle anderen.«

»Aber es ist kein Job wie alle anderen«, entgegnet Frau Sievert. »Können Sie denn die Arbeit wirklich einfach so hinter sich lassen, wenn Sie nach Hause gehen?«

»Ich versuche, keine zu enge Bindung zu den Patienten aufzubauen.«

»Gelingt Ihnen das denn?«, hakt sie nach.

Ich lächle: »Nicht immer.«

Noch am selben Tag sitze ich im Büro und fülle am Computer das Formular aus, das zunächst an die Sucheinheit im Uni-Klinikum geschickt und dann an das ZKRD, das Zentrale Knochenmarkspender-Register Deutschland, weitergeleitet wird. Mir gegenüber sitzt meine Kollegin Steffi. Sie ist ungefähr so alt wie ich und ebenfalls seit zwei Jahren Fachärztin für Innere Medizin. Eine kleine, schmale Person, sehr – diplomatisch ausgedrückt – kommunikativ, mit bleichem Teint, blondem, glattem Haar und einem Gesicht, das nur die Gewohnheit einprägt. Ich weiß von ihr, dass sie aus Winsen an der Aller kommt, Pferde liebt und seit fast zwei Jahren verlobt ist. Da sie uns in regelmäßigen Abständen freimütig und unaufgefordert von ihren Beziehungsproblemen berichtet, darauf bedacht, jeden Streit mit ihrem Verlobten möglichst detailgenau und in der exakten Chronologie der Ereignisse wiederzugeben, wundert sich niemand von uns, warum die Eheschließung nach wie vor in weiter Ferne zu liegen scheint. Dabei ist es typisch für sie, jeden auf ihre Seite ziehen zu wollen, indem sie mit rhetorischen Fragen à la »Oder siehst du das nicht so?« oder »Bist du etwa anderer Meinung?« um Verständnis und Bestätigung ihrer Positionen buhlt. Ebenfalls charakteristisch für sie ist das Übernehmen von Wörtern oder Wendungen, die vor Kurzem erst gefallen sind. Nehmen wir an, Steffi erzählt, wie so oft, in allen Einzelheiten vom schändlichen Verhalten ihres Verlobten (den sie am nächsten Tag schon wieder in den höchsten Tönen loben wird) und ich kommentiere herausfordernd: »Das ist aber wirklich sehr prätentiös, wie der sich verhält!« – Man kann sicher sein, dass Steffi in spätestens drei oder vier Sätzen, ohne jede Kenntnis über die Bedeutung dieses Wortes, so etwas sagen wird wie: »Sich über mich aufregen, aber selber nicht besser sein, das ist so was von prätentiös ...«

Links von mir am Quertisch sitzt Tino, ein großer Typ mit einem Kopf wie ein Luftballon, mit dunklem, welligem Haar, winzigen Äuglein und einer altmodischen Brille, hinter der er unaufhörlich zu blinzeln scheint. Er sagt allgemein wenig, hört Steffi aber immer gerne zu. Wobei er in der Regel nicht von seinem Bildschirm aufblickt, sondern mit einem schnippischen Gesichtsausdruck, der nichts von seinen wahren Gedanken preisgibt, weiter seine Arbeit verrichtet und ab und zu durch die Artikulation kurzer Töne, die wie ein im Halse steckengebliebenes Lachen klingen, zu verstehen gibt, dass er zuhört und amüsiert ist: »Hä!«, »Ha!«, »Hö!«. Ich weiß recht wenig über Tino. Er muss drei oder vier Jahre älter sein als Steffi und ich, da er schon einige Zeit vor uns seine Facharztprüfung bestanden hat. Außerdem ist er bereits verheiratet und hat eine kleine Tochter.

An diesem Tag nun ist Steffi gut auf ihren Verlobten zu sprechen und redselig wie immer. Es geht, so viel habe ich am Rande mitbekommen, um das Thema Kindererziehung. Steffi ist der Überzeugung, dass es heutzutage klug sei, seine Kinder von Anfang an zweisprachig zu erziehen.

»Ich find es geradezu verantwortungslos, wenn man das nicht tut«, sagt sie. »Das ist doch toll! Ich meine, wie toll wäre das, einfach so eine zweite Muttersprache in den Schoß gelegt zu bekommen, oder wie seht ihr das? Ich meine, warum sollte man das denn nicht machen? Wenn man heutzutage kein perfektes Englisch spricht, hat man eigentlich gar keine Chance mehr, irgendwas zu werden. Ja, oder nicht? Philipp und ich haben schon darüber gesprochen und wir wollen das machen.«

»Ha!«

Da Tinos Antworten sie in der Regel nicht zufriedenstellen, wendet sich Steffi meistens an mich: »Matthias, oder was meinst du?«

Ich erschrecke ein wenig, da ich nicht das allergeringste Interesse daran habe, mich an diesem Monolog zu beteiligen, und mir über dieses Thema auch noch nie Gedanken gemacht habe.

»Äh, ja klar, warum denn nicht«, sage ich. Als ich nun aber tatsächlich darüber nachdenke, kommen mir Zweifel und ich ärgere mich. Ich habe den Verdacht, dass meine Unsicherheit von anderen oft als Unwissenheit oder gar Dummheit missdeutet wird. Zwar kann ich es nicht rational begründen, aber irgendetwas an dieser Idee widerstrebt mir.

»Ich stelle mir das nur ziemlich schwierig vor, Steffi«, versuche ich, besonders bestimmt und souverän zu klingen. »Ich glaube, das klappt nur, wenn wirklich beide Elternteile konsequent nur eine Sprache mit dem Kind sprechen. Sonst lernt es am Ende gar keine Sprache richtig.«

»Ach, das glaube ich nicht«, wiegelt sie meinen Einwand kurzerhand ab. »Wir haben uns auch überlegt, dass wir unseren Kindern Namen geben wollen, die international sind, damit sie später mal hingehen können, wo sie wollen.«

»Hö! So wie Kevin?«, meldet sich Tino belustigt zu Wort.

»Der nun nicht gerade, aber es gibt ja auch schöne Namen, so wie Ben.«

»Du willst hoffentlich nicht so bald schwanger werden, sonst bleibt die ganze Arbeit an uns hängen«, sagt Tino. »Wer geht, wird nicht ersetzt, das weißt du.«

Die Tür springt auf und unser Oberarzt Dr. Thamer kommt herein.

»Ach, da sind Sie ja!«, sagt er zu mir gewandt. »Unser alter Freund Herr Lutz ist wieder da.«

»Warum das?«, frage ich verwundert.

»Kam mit Verdacht auf Myokardinfarkt in die Notaufnahme im Klinikum. Als sie ihn durchleuchtet haben, kam heraus, dass er mehr Metastasen als Hämozyten in seinem Körper hat. Deswegen ist er jetzt wieder bei uns. Kümmern Sie sich doch bitte um die Aufnahme. Sie beide verstehen sich doch.«

Gekicher bei den anderen. Herr Lutz ist ein alter Herr aus Sachsen, was man ihm auch anhört. Er lebt zwar schon seit Jahrzehnten in irgendeinem kleinen Dorf in der Nähe von Göttingen, hat sich aber seinen Dialekt bewahrt, wodurch er hinter den verschlossenen Türen des Arztzimmers zum Ziel für den Spott meiner Kollegen geworden ist. »Eklig klingt das, ich kann diesen Akzent nicht ab!«, hat Steffi damals bei jeder Gelegenheit gesagt und dabei ein Gesicht gezogen, als ob sie gerade saure Milch getrunken hätte. Auffälligerweise tat sie das immer nur dann, wenn Dr. Thamer gerade anwesend war, denn niemand hat größere Vorurteile gegenüber »Ossis« als er. Irgendwann hat er mal erzählt, wie kurz nach der Wende, als er ein junger Assistenzarzt war, ein frisch aus Halle an der Saale herübergekommener Oberarzt ihm das Leben zur Hölle gemacht habe. Gefragt, ob das die Ursache für seine Antipathien sei, würde er es vermutlich leugnen, doch ich bin überzeugt davon. Die Ossis hätten den Westen ruiniert und seien politisch völlig rückschrittlich, lautet hingegen seine offizielle Begründung, warum die Mauer wiederaufgebaut werden sollte.

Was mich betrifft, so bekomme ich ab und zu ein paar kleine Spitzen ab, die ich mit Fassung trage. Obwohl ich der Meinung bin, dass ich Hochdeutsch spreche, mokiert Thamer sich gelegentlich auch über meinen »Akzent«, weil ich beispielsweise manchmal noch »ölf« statt »elf« sage oder »Plaste« statt »Plastik«. Tatsächlich aber bin ich mir sicher, dass Thamer ein anständiger Kerl ist. Er macht hin und wieder seine Witzchen, um Steffi und Tino zum Lachen zu bringen, und sie tun ihm auch gerne den Gefallen. Doch kurz darauf überkommt ihn das schlechte Gewissen. Dann klopft er mir auf die Schulter und sagt in ernstem Ton etwas wie: »Hey, ist nur Spaß!« Auch wenn ich mit ihm alleine zu tun habe, behandelt er mich stets mit großem Respekt. Sobald jedoch die anderen Kollegen dabei sind, fühlt er sich genötigt, mir ein paar kleine verbale Gemeinheiten zukommen zu lassen. Sei's drum.

Was ich über Herrn Lutz gehört habe, klingt alles andere als gut. Ich hatte gehofft, ihn nicht wiedersehen zu müssen. Also begebe ich mich auf den Weg zu ihm, um die Aufnahme zu machen und herauszufinden, was los ist.

4

Kennst du das auch?

Gegenüber dem Alten Auditorium, auf einem Grünstreifen zwischen der Straße und dem Bürgersteig, steht ein rechteckiger, vom Schmutz der Jahrzehnte dunkel angelaufener Stein, vielleicht einen Meter vierzig hoch. Ein drolliger, kindlich wirkender Bär steht aufrecht auf den Hinterbeinen und reckt den Kopf in die Höhe, als ob er zu seiner Mutter aufblicke, während seine kleinen Tatzen in der Luft hängen. *BERLIN 325 KM*, besagt die Inschrift darunter. Ich habe einmal gelesen, dass diese Steine während des Kalten Krieges in der ganzen Bundesrepublik aufgestellt wurden, um an die Teilung des Landes und vor allem an das große Ziel der Wiedervereinigung zu gemahnen.

Berlin – als Kind hat dieser Name auf mich eine magische Wirkung gehabt. Er stand für die weite Welt, für die Summe aller Möglichkeiten, die das Leben bereithält, für die Sehnsucht. Der Grund mag darin liegen, dass ich in einem kleinen Ort inmitten der Magdeburger Börde aufwuchs. Ich sage »Ort« und nicht »Dorf«, obwohl es zweifellos ein Dorf ist. Doch im Vergleich zu anderen Dörfern in der Gegend ist Marenholtz fast schon eine kleine Stadt. Die einzige bekannte Persönlichkeit, die sie hervorgebracht hat, ist ein Dichter gleichen Namens aus der ehemals über den Ort herrschenden Freiherrenfamilie, der im Dritten Reich als Literat hohes Ansehen genoss und heute so gut wie vergessen ist. In Marenholtz gibt es eine Pizzeria, eine Pension, einen kleinen Kiosk und eine Kneipe. Sie alle liegen an der einzigen Hauptstraße, der Schloßstraße, die auf den Schloßplatz mündet, wo aber schon lange kein Schloss mehr zu finden ist. Als ich ein Kind war, befand sich dort, wo es einst jahrhundertelang gestanden hatte, an der Stirnseite des mit Kopfsteinen gepflasterten Platzes, eine wild wuchernde Wiese, die Ausmaß und Umriss des verschwundenen Gebäudes erahnen ließ. Ich selber kann mich nicht daran erinnern, dass die Straße und der Platz jemals einen anderen Namen hatten, weiß aber von meinen Eltern, dass sie wenige Jahre zuvor noch Ernst-Thälmann-Straße und Platz der Deutsch-Sowjetischen Freundschaft hießen. Kurz nach der Wende brach ein Streit über die Rückbenennung aus, der letztlich knapp zugunsten der Befürworter entschieden wurde, zu denen auch meine Eltern gehörten.

Auf eben diesem Platz steht in der Mitte, wo die Hauptstraße ihn kreuzt, ein alter Meilenstein in der Form eines Obelisken aus dunklem, porösem Sandstein. Darauf ist ein Adler mit gespreiteten Flügeln abgebildet, der auf dem Haupt eine Krone, in der einen Kralle ein Zepter und in der anderen einen Reichsapfel hält. Darunter steht in geschwungener, altertümlicher Schrift: *Berlin 24 Meilen*. Unzählige Male bin ich als Kind dort vorbeigegangen und habe mir dieses Monument genau eingeprägt. Vierundzwanzig Meilen – das klang so ungemein nah. Als müsste man nur die Straße noch ein Stück weitergehen, bis das Dorf zu Ende ist, um in der Ferne hinter den Weizenfeldern bereits den Fernsehturm sehen zu können. Tat man aber genau das, sah man nichts als eine lange, sich windende Straße, die in den Feldern verschwand. Nicht einmal die Turmspitzen des Magdeburger Domes, der nur wenige Kilometer entfernt lag, waren irgendwo zu erblicken. Meine Sehnsucht wurde dadurch nur noch größer, denn ich wusste: Würde ich die Straße immer weiter geradeaus gehen, käme ich irgendwann an mein Ziel. So wie mein Urgroßvater – väterlicherseits. Der wuchs in einem kleinen Dorf mit nur einer Straße in der Nähe von Perleberg auf. Als er ein junger Mann war, packte er seine Sachen und trat eines Morgens vor die Tür, um seine Gesellenwanderung anzutreten. Ich stelle mir immer vor, dass es ein strahlender Sommermorgen war, der Hahn krähte gerade, das Dörfchen lag noch im Schlaf, die Luft war zwar frisch, doch die Sonne bereits so stark, dass sie den Tau auf den Wiesen verdampfen ließ. Bereits jetzt ist klar: Es wird ein sehr heißer Tag werden. Mein Urgroßvater steht vor der Tür und blickt über das hölzerne Gartentor auf die Straße. Er muss sich entscheiden, ob er nach links oder nach rechts geht, nach Westen oder nach Osten. Zweifellos ist er in diesem Augenblick der freiste Mensch auf der Welt. Im Westen liegt der Rhein, der Atlantik, liegen Brügge, Paris und Lissabon. Im Osten geht es nach Berlin, Dresden, Prag, bis nach Griechenland und an das Schwarze Meer. Er biegt nach rechts ab und geht einfach immer geradeaus, ohne zu wissen, unter welchem Dach er am Abend liegen wird. Nach zwei Jahren, in denen er stur der Straße gefolgt und nicht einmal vom Weg abgewichen ist, steht er eines Tages mitten in Berlin vor dem Brandenburger Tor, wo seine Wanderung endet. Ein unbeholfener, staunender Provinzbursche mit einem Sack auf dem Rücken, in dem er seine wenigen Habseligkeiten aufbewahrt, einem Hut und einem Wanderstock, der von den Automobilen, die durch das Tor fahren, angehupt wird und dem die blasierten Fahrer mit ihren kruden Großstadtmanieren wütend hinterherrufen, er solle nicht blöd im Wege rumstehen. So habe ich mir diese Szene immer vorgestellt, wenn mein Vater davon erzählt hat, doch wer weiß, ob all das überhaupt stimmt. In jeder Familie gibt es diese Geschichten von den Groß- und Urgroßeltern, die wir schon als kleine Kinder hören. Sie sind wie uralte Mythen aus einer entrückten Vergangenheit und niemand kann sagen, was an ihnen wahr und was später hinzugedichtet worden ist.

Ich jedenfalls wäre gerne so frei. Es gibt eine innere und eine äußere Freiheit, hat mir ein Patient einmal erklärt. Die meisten Menschen seien äußerlich zwar frei, aber innerlich gefangen. Die Sehnsucht, die sie verspüren, sei bloß der Wunsch, aus dem Kerker der Gewohnheiten, Pflichten und inneren Zwänge auszubrechen. Wenn das stimmt, bin auch ich ein Gefangener und bin es immer schon gewesen. Vom Fenster meines Kinderzimmers aus konnte ich über den Gartenzaun blicken, wo gleich das Feld begann. Wenn ich als Schüler an meinem Schreibtisch saß und Hausaufgaben machte, ging mein Blick hinaus bis an den Horizont. Dort war eine Allee mit hohen Pappeln, ein unasphaltierter Weg inmitten der Felder, auf dem ich mit meinen Eltern oft spazieren gegangen bin. Wie häufig, wenn ich in meinem engen Zimmer am Schreibtisch saß und mich nach der weiten Welt sehnte, habe ich in meiner Fantasie einfach die Arme ausgebreitet und bin losgeflogen, immer geradeaus über Felder und Wälder, ohne Ziel. Oft lag ich nachts wach, mit Grauen an den kommenden Schultag denkend, an den täglichen Trott, an die Pflichten, die ich vernachlässigt hatte, und die Konsequenzen, die es für mich haben würde. Manchmal, wenn der Wind günstig stand, drang dann ein Rauschen wie von einem nahen Meer durch die gekippten Fenster zu mir herein. Das war die Autobahn.

Ich stehe am Fenster und blicke hinaus. Meine Mansardenwohnung liegt so hoch, dass ich über die Dächer der gegenüberliegenden Häuser auf die Berge jenseits der Stadt im Westen schauen kann. Wenn ich mich nicht täusche, müsste es sich um den Bramwald handeln, ein kleines Mittelgebirge, vielleicht auch nur ein Höhenzug, hinter dem die Weser fließt. Das Weserbergland ist eine sehr reizvolle Gegend, zu Beginn meines Studiums bin ich einmal mit Freunden dort gewesen und wollte gerne das romanische Kloster Bursfelde besichtigen, wurde aber von meinen Begleitern überstimmt, die sich dafür nicht interessierten und stattdessen auf dem Fluss Kanu fahren wollten. Es war dennoch ein wunderbarer Tag, denn bei diesem Ausflug lernte ich Maja kennen. Sie war damals diejenige, die den ersten Schritt machte und mich ansprach. Ich selber hätte mich das niemals getraut.

Die Sonne neigt sich der Erde entgegen und der Himmel leuchtet in kräftigen abendlichen Farben. Am Horizont zeichnen sich die dunklen, zackigen Konturen einer breiten Wolkenformation ab, als läge dort in der Ferne ein wildes, zerklüftetes Hochgebirge. Ich stelle mir Schluchten und rauschende Bäche darin vor. Zwischen jenen Bergen im Westen und der Göttinger Altstadt plätschert die Leine, schmal und unbedeutend, vor sich hin. Der eigentliche Strom, an dessen brausenden Ufern Göttingen liegt, wälzt sich, breit und mächtig, parallel entlang. Die A7 beginnt hoch oben an der dänischen Grenze und zieht sich fast tausend Kilometer in Richtung Süden, bis sie in den Alpen bei Füssen, nicht weit von dort, wo mein Großvater seine Pfarrei gehabt haben muss, ihr Ende findet. Da unten sind die Häuser bunt und die steilen Gipfel am Horizont aus Kalkstein und Granit, nicht aus Wasserdampf. Österreich ist ganz nah, Italien lässt sich schon erahnen.

Die Autobahn verbindet Städte und Länder, sie trägt dich hin, wo du willst. Ich könnte von Göttingen bis nach Messina fahren, ohne einmal den Asphalt verlassen zu müssen. Ich könnte mich noch heute Abend ins Auto setzen und wäre am frühen Morgen in Paris, am Nachmittag in Madrid und am Abend in Lissabon. Ich könnte. Aber ich kann nicht. Warum kann ich nicht? Weil ich Verpflichtungen habe und Rechnungen, die ich bezahlen muss. Weil andere sich auf mich verlassen, meine Zeit verplanen, über mich bestimmen. Weil mich morgen früh um sechs Uhr zehn mein Wecker zur Arbeit rufen wird. Meine Freiheit ist, wie die der meisten Menschen, rein hypothetisch.

Während ich am Fenster stehe und der verglühten Sonne hinterherblicke, läuft hinter mir der Fernseher. In den Nachrichten wird über einen Terroranschlag in Paris berichtet: mindestens vierunddreißig Tote in einem Straßencafé im Marais an der Rue Vieille du Temple. Es heißt, die flüchtigen Täter hätten mit ihren Kalaschnikows willkürlich in die Menschenmenge geschossen, die an diesem warmen Frühlingstag draußen auf der Straße Platz genommen hatte. Über die Motive könne man bislang nur spekulieren, betont die Korrespondentin. Augenzeugen sprechen jedoch davon, dass die Schützen »Allahu akbar« gerufen hätten, bevor sie das Feuer eröffneten. Ich muss daran denken, dass mir einmal jemand erzählt hat, eine Tasse Kaffee in Paris sei umso teurer, je näher man an der Straße sitze, denn in der Wahl des Sitzplatzes im Café spiegle sich gewissermaßen der Platz in der Gesellschaft wider. Wenn das stimmt, wurden genau die Menschen, die am meisten zu zahlen bereit waren, vermutlich als Erste getötet.

Doch es gibt auch gute Neuigkeiten, verkündet die Nachrichtensprecherin: Der deutschen Wirtschaft geht es hervorragend und die Staatskasse verzeichnete im vergangenen Jahr einen Rekordüberschuss dank gestiegener Steuereinnahmen. Draußen auf der Straße ist plötzlich ein Geräusch zu vernehmen – ganz leise. Ein rhythmischer Lärm, der jenseits des stetigen Gemurmels erklingt. Ich öffne das Fenster und erst bei genauerem Lauschen erkenne ich, dass es sich um einen Sprechchor handelt, der dieselbe Parole immer und immer wieder skandiert. Doch es ist zu weit weg, als dass ich die Worte verstehen könnte. Wahrscheinlich kommt es vom Markt, vom Gänseliesel, denke ich mir. Dort werden häufig Demonstrationen abgehalten. Ich schließe schnell wieder das Fenster.

Kurz darauf liege ich in meiner dampfenden Badewanne, so wie fast jeden Abend, an dem ich zu Hause bin. Die Augen sind geschlossen, alle Glieder entspannt, der Kopf ist völlig leer. Es ist, als könne kein kluger Gedanke hier im heißen

Wasser gedeihen, keine unheilvolle Ahnung dich je erreichen. Alles ist gut, da ist nichts als vollkommene Behaglichkeit. Ich könnte ewig in wonnigem Stumpfsinn so liegen bleiben. Doch allmählich wird es kälter und nach einiger Zeit merkst du ganz plötzlich, wie es dich etwas fröstelt und es gar nicht mehr so angenehm ist.

Ein kühler Hauch weht durch das gekippte Fenster herein und legt sich auf meine Brust. Es ist der letzte Abend im April: Walpurgisnacht. Auf dem Brocken findet ein kitschiges Hexenspektakel statt und an zahlreichen Orten im ganzen Land werden sie heute in den Mai tanzen und den Winter verabschieden. Ein banger Gedanke erfasst mich auf einmal: Morgen ist Mai, übermorgen wird schon Juni sein. Die Blätter, die jetzt noch zart und frisch sind, werden vergilben, vertrocknen, Altersflecken bekommen und schließlich sterben. Die Sonne wird die kranke, ergraute Erde als schlechten Umgang empfinden und uns fortan meiden. Regen und Kälte werden wie biblische Plagen das Land heimsuchen. Oktober, November, Dezember, Januar, Februar, März: Das ist eine lange Zeit.

Was ist nur los mit mir? Warum fürchte ich mich im Frühling bereits vor dem Winter? Schnell drehe ich mit meinem rechten Fuß den Hahn auf und sofort fließt wieder dampfend heißes Wasser hinzu und wärmt mich. Ja, so könnte ich es ewig aushalten ...

Gegen halb zwölf liege ich in meinem Bett, die Wohnung ist still und dunkel, und ich weiß, dass es wieder einmal zu spät ist und der Tag morgen lang und anstrengend sein wird. Der Schlaf kann eine Zuflucht sein, so wie der Tod. Während ich in die Finsternis starre, freue ich mich darauf, in wenigen Augenblicken von einem tiefen, erlösenden Schlummer hinfortgetragen zu werden. Schon als Kind liebte ich die Nacht. Niemand erwartet von dir, dass du dich mit Arbeit oder Schule beschäftigst, du bist frei von Pflichten. Sie verlangen bloß, dass du unter deiner warmen Decke liegst und schläfst. Wenn ich bedenke, wie viel Lebenszeit ich schon in meinem Bett verbracht habe – und es war nicht die schlechteste. So viele wunderbare Träume habe ich darin geträumt, so oft mich vor den erdrückenden Aufgaben des Tages hierhergeflüchtet! Zählen denn die Träume nicht ebenso zu meinem Leben wie die Dinge, die ich wirklich getan habe? Habe ich in ihnen nicht häufig genug größeres Glück und größeren Schmerz empfunden als am Tage? Dieses Drittel meines Lebens steht den anderen beiden nicht nach. Ein letztes Aufzucken der Beine und Erschrecken, dann endlich löst sich die Spannung aus allen Gliedern und ich versinke tief in meinen Kissen. Möge die Nacht lang sein.

5

Staub und Asche

Ich bin gekommen, um Abschied zu nehmen. Einmal tief durchgeatmet, dann klopfe ich an die Tür von Zimmer 1003 – es ist Herrn Lutz' Zimmer. Aus dem lebensfrohen Mann mit dem Wohlstandsbäuchlein ist eine hagere, ausgezehrte Gestalt geworden. Die Schmerzen müssen schon seit Wochen unerträglich gewesen sein, doch er hat seit seiner Entlassung bei uns keinen Arzt konsultiert und keinen Kontrolltermin wahrgenommen. »Letzte Woche sah er noch ganz gesund aus«, meinte seine Frau, als sie ihn aus dem Klinikum zu uns schickten. Und ich dachte nur: Nie und nimmer! Jetzt ist es noch eine Frage von Tagen, vielleicht ein paar Wochen, bis er tot ist. Wir, das heißt die Kollegen, behandeln ihn nur noch palliativ, mehr können wir nicht tun. Theoretisch kann es jeden Tag so weit sein, darum bin ich gekommen, um mich zu verabschieden.

Herr Lutz liegt im Bett, schwach sieht er aus, aber sein Blick ist klar. Ich stehe, denn es ist nicht meine Absicht, lange zu bleiben. Nachdem ich ihn begrüßt und mit beiden Händen kräftig seine schlaffe Hand gedrückt habe, frage ich ihn nach seinen Schmerzen.

»Es jeht«, sagt er.

Ob die Grünen Damen sich gut um ihn kümmern?

»Ja, doch, sie sind sehr nett.« Herr Lutz greift mühsam neben sich nach einem Glas Wasser, ich reiche es ihm eilends. Dabei verrutscht seine Kleidung etwas und mein Blick fällt zufällig auf seinen Bauchnabel. Ich muss plötzlich daran denken, dass dieser alte, kranke Mann, dessen Leben nun am Ende angelangt ist, einmal ein Embryo war. Bei seiner Geburt durchtrennten sie seine Nabelschnur wie bei jedem Neugeborenen. Das war am 20. Oktober 1944 in Freiberg in Sachsen.

Gerhard Wolfgang Lutz wurde in einfachen Verhältnissen geboren. Sein Vater, den er niemals kennengelernt hat, war Handwerker. Er fiel wenige Monate vor der Geburt des Sohnes in Frankreich. Ob er wirklich der leibliche Vater war, ist allerdings fraglich, denn die Mutter arbeitete seit Jahren als Haushälterin bei einem wohlhabenden Fabrikanten, dessen Ehefrau schon lange Zeit im Rollstuhl saß. Aus diesem Grund duldete sie die Affäre des Ehemannes mit der Haushälterin, die wiederum materiell in der entbehrungsreichen Kriegszeit davon profitieren konnte. Doch als 1945 Soldaten der Roten Armee in das Haus des Fabrikanten eindrangen, um sich an seiner Einrichtung und seinem Weinkeller gütlich zu tun, erschossen sie sowohl ihn als auch seine Frau. Herrn Lutz' Mutter habe sich währenddessen, wie sie ihrem Sohn später erzählte, die ganze Zeit mit dem Kleinen in einer Ecke des Dachbodens versteckt gehalten und gebetet, dass er nicht anfange zu weinen. Erst nach vielen Stunden, als es wieder ruhig im Haus war, habe sie sich hinausgewagt.

Da sie glaubte, in einer größeren Stadt sicherer zu sein, schlug sie sich zunächst mit ihrem Sohn nach Dresden durch und, als sie sah, dass die Stadt nicht mehr existierte, nach Leipzig. Dort verbrachten sie die ersten Nachkriegsjahre, Frau Lutz wurde zur Trümmerfrau. Später zog die kleine Familie nach Ost-Berlin und wenige Wochen vor dem Mauerbau schließlich in den Westteil der Stadt, Herr Lutz war da siebzehn Jahre alt. Er machte eine Ausbildung zum Schlosser und verließ mit Anfang zwanzig die Stadt gen Westen, nachdem seine Mutter ihn händeringend hatte anflehen müssen, nicht die Dummheit zu begehen, in den Arbeiter- und Bauernstaat zurückzukehren. Er ging zunächst nach Hamburg, später nach Kassel und arbeitete für verschiedene Betriebe. Als er eines Tages in Göttingen auf Montage war, lernte er seine Frau kennen, die in einer Bäckerei arbeitete, das muss Anfang der Siebzigerjahre gewesen sein. Sie zogen zusammen in eine kleine Wohnung in der Innenstadt und heirateten wenige Monate vor der Geburt ihres einzigen

Sohnes. Herr Lutz gründete bald nach der Hochzeit seine eigene Firma in Göttingen und die kleine Familie zog hinaus aufs Land in ein Häuschen im Grünen, wie man so sagt. So hätte es für immer weitergehen können, doch leider steht am Schluss dieser Geschichte kein »Und sie lebten glücklich bis ans Ende ihrer Tage«. An irgendeinem Morgen einundzwanzig Jahre später klingelte das Telefon in dem Häuschen und ein Polizist erklärte auf der anderen Seite, dass ihr Sohn bei einem Motorradunfall ums Leben gekommen sei, weil ein Auto ihm die Vorfahrt genommen hatte. Kurz darauf starb Herr Lutz' Mutter an dem gleichen Krebs, den er heute hat. Ein paar Jahre später musste die Firma Insolvenz anmelden, Frau Lutz nahm einen schlecht bezahlten Hilfsposten in der Stadtbibliothek an und beide arbeiteten bis zum Eintritt in die Rente nur noch für ihre Gläubiger. Ein Leben in fünf Akten mit Exposition, Steigerung, Peripetie ... Selbst das retardierende Moment ist vorhanden und die Katastrophe steht unvermeidlich aus.

So hat Herr Lutz es mir erzählt, freilich in allen Einzelheiten, doch das ist, was mir in Erinnerung blieb. Ich stelle mir vor, dass wir im Moment unserer Geburt aus nichts als Zukunft bestehen – die wir dann im Laufe unseres Lebens wie einen Treibstoff allmählich verbrauchen und in Vergangenheit umwandeln. So lange, bis wir nur noch Vergangenheit sind. Zwischen diesen zwei Augenblicken liegt ein ganzes Leben, ein Nichts und eine Ewigkeit. Es ist einer dieser schrecklich trivialen Gedankengänge, die einem in gewissen Situationen durch den Kopf schießen und für kurze Zeit unglaublich bedeutsam erscheinen. Ich weiß nicht, wer das einmal geschrieben hat, doch es ist wahr: Jeder Anfang trägt sein Ende in sich. Das einzig sichtbare Zeichen dieses Anfangs ist die kleine Stelle auf dem Bauch, an der wir einst mit unserer Mutter verbunden waren.

Eine unbehagliche Stille liegt zwischen uns. Es ist niemals angenehm, mit Sterbenden zu reden, da das Unvermeidliche umso unaussprechlicher wird, je näher es rückt. Der Tod flattert wie eine dicke Fledermaus im Zimmer herum, sitzt auf der Schulter deines Gegenübers, aber du musst so tun, als sähest du ihn nicht. Herr Lutz richtet sich mit Mühe etwas auf in seinem Bett. Da er permanent friert, trägt er gleich zwei Pullover übereinander, die ihm beide viel zu groß sind, mit der Hose verhält es sich nicht anders. Er muss seit seiner Diagnose damals gut dreißig Kilo abgenommen haben, vermute ich. Fast schon feindselig blickt er mich an, straft mich so für meine ärztlichen Fragen, die nur ein berufliches Interesse an ihm erkennen lassen, nachdem er mich dergestalt an seinem Leben hat teilnehmen lassen.

Auf dem Nachttisch neben dem Bett liegt ein Katalog für Modelleisenbahnen der Firma Märklin mit einigen Eselsohren.

»Schon ein neues Stück ins Auge gefasst?«, frage ich, mit einem Blick auf den Katalog deutend.

»Nu, die Zeiten sind doch sozusajen vorbei«, winkt er ab. »Das kann ich mir schon lang nich mehr leisten.«

Ob die Modelleisenbahnen heute teurer als früher seien, frage ich ihn, um mein Interesse an diesem Thema zu bekunden, was Herr Lutz jedoch falsch deutet. Einen kurzen Moment sieht er mich ungläubig an, als überlege er, ob ich die Frage ernst gemeint habe. Doch dann hellen sich seine Züge plötzlich nachsichtig auf wie gegenüber einem Kind, das soeben aus Unwissenheit eine große Dummheit gesagt hat.

»Nu, darum jeht es doch nich. Sie kriechen heute den janzen Schrott aus Kina doch hinterjeschmissen. Es ist einfach kein Jeld mehr da für so was, wir müssen jeden Cent sozusajen umdrehen. Aber ein wenich im Katalooch blättern, das darf ich noch.« Als er eine gewisse Verlegenheit an mir bemerkt, fügt er hinzu: »Ich will Ihnen doch nicht die Ohren volljammern, Doktor. Sie sind jung, das ist alles weit wech für Sie. Und außerdem«, fügt er schmunzelnd hinzu, »arbeiten Sie doch hier sozusajen auf einer Insel der Glückselichen.« Ich verstehe nicht, was er damit meint. »Na, hier in so nem privaten Krankenhaus ist doch eichentlich alles 'n bissl vornehmer, die Patienten doch uch«, erklärt er. »Die meisten Menschen hier sind doch sozusajen jemachte Leute. Ich bin seit Jahren nur noch inner Privaten, weil ich nich mehr wechseln kann. Ich würd's sofort tun, die Beiträje fressen mich sozusajen auf.«

»Es ist kein optimales System«, sage ich, doch er scheint mich schon wieder misszuverstehen.

»Das kann man wohl sajen«, antwortet er ärgerlich, »es ist 'n bescheuertes System, wenn man vierzich Jahre hart jearbeitet und Steuern jezahlt hat, um am Ende als Bettler dazustehen. Wissen Se, was meine Frau an Rente bekommt? 564 Euro! Nach der Erhöhung werden's 582 sein! Dadurch werden wir jemeinsam über den Freibetrach rutschen und unsere Renten versteuern müssen. Dank der Erhöhung, mit der sich die Politiker brüsten, werden wir also noch deutlich wenijer haben. Das ist doch Idiotie, ist das. Aber so weit wird es ja jar nicht erst kommen ...«

Herr Lutz hat die letzten Worte mit einer ausladenden, resignativen Geste gesprochen. Nun sitzt er auf der Bettkante, dieser alte, kranke Mann mit den zwei Pullovern, und blickt trübsinnig vor sich hin. Ich aber spüre auf einmal so etwas wie eine Befreiung dank seiner Worte, als sei nun endlich der Punkt erreicht, an dem wir offen über alles reden könnten.

»Bereuen Sie etwas?«, entschlüpft es mir plötzlich.

Ein paar Sekunden vergehen und ohne dass sich sein Blick währenddessen ändert, beginnt er ganz ruhig und traurig: »Wir haben immer alles auf später jeschoben. ›Das machen wa, wenn wa Rentner sind‹, haben wir immer jesacht. Und immer jab es einen Vorwand, nicht *jetzt* zu verreisen, nicht *jetzt* wechzuziehen. Als wa jung waren und die Mittel jehabt hätten, haben wir's nicht jetan. Ich hab immer nur jearbeitet und jearbeitet und jearbeitet. Und später haben wa's uns nicht mehr leisten können. Die Firma ist pleite jejangen, mein Sohn ist tot. Fünf Jahre hab ich jehabt, bevor die Diagnose kam. Fünf Jahre! Und die habe ich auch nich jenutzt. Ja, ich bereue, ich bereue so vieles. Das Schlimmste«, fährt er nach einer kurzen Pause fort, sichtbar mit Tränen in den Augen, »ist, dass ich nich weiß, was aus meiner Frau werden soll. Sie wird selbst mit der Witwenrente kaum jenuch zum Leben ham. Sie hat niemanden dann, wissen Sie. Und das Alter ... kann so furchtbar einsam sein. Was, wenn sie eines Tajes in ein Heim muss? Die werden ihr sozusajen alles nehmen, was sie hat.«

Ein alter, sterbender Mann mit zwei viel zu großen Pullovern sitzt mir gegenüber auf einer Bettkante, den Blick gesenkt, und weint – leise, ehrlich, würdevoll. Ich empfinde Mitgefühl für ihn, doch da ist auch eine strenge Stimme in mir, die es in diesem Moment als ihre ärztliche Pflicht ansieht, ihm Vorhaltungen zu machen. Warum er nicht zu den Nachsorgeterminen gekommen sei, will ich von ihm wissen. Damit hätte wahrscheinlich alles abgewendet oder zumindest um einige Zeit hinausgezögert werden können.

»Nu, das weiß ich doch«, sagt er. Seine Stimme ist wieder fest. »Aber ich wollte eben nicht meine restliche Zeit sozusajen nur noch von einem Arzttermin zum nächsten leben, andauernd Angst haben, was die nächsten Erjebnisse bringen. Ich wollte einfach leben, nur noch ein wenich leben, frei sein. Und das war ich.«

Jeder ist seines Glückes Schmied – man kennt das Sprichwort, es ist nicht ganz richtig und nicht ganz falsch. Manches kann man beeinflussen, anderes nicht. Wir sind es uns und den Menschen, die uns lieben, schuldig, nicht fahrlässig mit unserem Leben umzugehen, davon bin ich zutiefst überzeugt. Ich habe Menschen behandelt, die auf ihre Ernährung geachtet, Sport getrieben, weder geraucht noch getrunken haben. Sie machten alles richtig und starben nur darum an ihrer Krankheit, weil sie seit ihrer Geburt dazu verdammt waren. Andere achten ihr Leben lang nicht auf sich, sind selbst noch zu bequem, zum Arzt zu gehen, wenn sie offensichtlich ernsthaft krank sind. Ich kannte Patienten, deren Gesichter durch riesige Tumoren entstellt waren, weil sie sich jahrelang erfolgreich eingeredet hatten, es sei nichts Schlimmes – so lange, bis es zu spät war. Es fällt mir schwer, für Menschen, die durch Dummheit oder Phlegmatismus ihr Leben zerstören, Mitleid zu empfinden. Bei Herrn Lutz verhält es sich freilich etwas anders. Er hat seine Optionen abgewogen und bewusst eine Entscheidung getroffen, deren Konsequenzen er nun zu tragen hat. Das ist ein fairer Prozess, der weiß Gott nicht jedem zuteilwird, und darum ist er selber verantwortlich für sein Schicksal – und für das seiner Frau. Es ist meine Meinung, die natürlich unausgesprochen bleibt. Doch ich bemerke eine Veränderung an mir, die ich schon oft beobachtet habe. Das Mitgefühl, das ich eben noch empfand, ist fort, und an seine Stelle tritt – nichts. Nur eine schweigende Leere, ein beschämender Gleichmut. Vielleicht ist es eine Art Selbstschutz vor dem vielen Leid, dessen Zeuge ich werden muss, damit der Abgrund nicht in mich hineinblickt.

Wortlos sitzen wir uns gegenüber. Was könnte ich ihm auch sagen? Dass schon alles irgendwie gut werden wird, dass er sich keine Sorgen zu machen braucht? Seine Sorgen sind ja völlig berechtigt. Wenn Frau Lutz Glück hat, wird sie zum Sozialfall und zur Aufstockerin werden, sobald ihr Mann tot ist. Wenn sie Pech hat, liegt sie mit ihrer Rente und Witwenrente knapp über dem zulässigen Einkommen und hat keinen Anspruch auf die Grundsicherung. Dann wird ihr in der Tat kaum etwas zum Leben übrig bleiben. So oder so sieht ihre Zukunft nicht rosig aus, Herr Lutz weiß das und ich weiß es. Alles, was ich noch tun kann, ist, ihm einen traurigen Blick zuzuwerfen und so mein Mitgefühl zu zeigen. Nach einer Minute schaue ich auf die Uhr und tue ganz überrascht, wie spät es doch bereits sei.

»Ich muss leider los, Herr Lutz«, sage ich mit bedauernder Miene.

Er sitzt stumm auf seiner Bettkante und sieht mich verbittert an. Wir wechseln noch ein paar Worte und ich gebe ihm floskelhaft meine besten Wünsche mit auf den Weg. Dann verlasse ich den Raum und die Tür zwischen uns fällt für immer zu.

Am Nachmittag sitze ich in der Cafeteria, esse ein Brötchen und trinke Kaffee, es ist wenig los. Ein paar Tische weiter sitzt Steffi mit ihren Eltern. Als sie herüberblickt, nicke ich ihr lächelnd zu und grüße mit einer halbherzigen Handbewegung, sie lächelt verlegen zurück. Merkwürdig befangen wirkt sie, blickt ganz ernst drein und spricht nur wenig, obwohl Steffi sonst keine zwei Minuten den Mund halten kann. Und ich sage mir: Unattraktiv ist sie ja nicht, mir gefällt diese Nachdenklichkeit, die ich noch nie an ihr bemerkt habe. Und auf einmal kommt mir der Gedanke, ob das nicht möglicherweise sogar ihr wahres Wesen sein könnte, das sich hinter einer Fassade aus exaltierter Oberflächlichkeit verbirgt. Ich betrachte ihre Eltern: Sie müssen schon jenseits der siebzig sein. Vornehm ist der Eindruck auf den ersten Blick, ein wenig spießbürgerlich auf den zweiten. Der Vater, ein sehr kleiner Mann, trägt ein weißes Hemd, darüber eine dunkelblaue Strickjacke, er hat kurze grauweiße Haare und eine randlose Brille. Die Mutter hat einen langen schwarzen Rock und eine Bluse in Altrosa angelegt, dazu eine dezente goldene Halskette und Ringe. Und doch wirkt das alles nicht ganz natürlich, nicht selbstverständlich, sondern als hätten sie sich nur für diesen besonderen Anlass fein gemacht. Ja, sie wirken irgendwie verloren, die kleinen, anständigen Leute, wie aus der Zeit gefallen – hier in der Cafeteria, wo man auf billigen Plastikstühlen an billigen Plastiktischen sitzt und trockene Brötchen isst, die ebenso Massenware sind. Ihre Tochter zeigt wenig Interesse an ihnen, ist vielmehr mit dem Smartphone beschäftigt. Vermutlich schreibt sie ihrem Verlobten, mit dem sie sich mal wieder schrecklich zerstritten hat. Es wird kaum gesprochen am Tisch.

Steffi hatte den Besuch ihrer Eltern bereits im Vorfeld angekündigt und sich wenig begeistert darüber gezeigt. »Die wollen unbedingt sehen, wo ich arbeite«, hatte sie gesagt und dabei mit den Augen gerollt. Was sie daran so störte, verstand ich nicht. Da sitzt also das alte Pärchen, sie haben sich herausgeputzt, haben ihr Häuschen mit den Butzenglasscheiben in der Lüneburger Heide verlassen, um ihre Tochter zu besuchen, auf die sie – so stelle ich es mir vor – außerordentlich stolz sind, weil sie Ärztin ist und einen Doktortitel hat. Doch die Generationen haben sich nichts zu sagen, die Alten sind fremd in dieser Welt, sie haben ihre Schuldigkeit getan. Und nun sind sie den Jungen unangenehm.

Es werden ein paar Worte gewechselt. Ich trinke meinen Kaffee und habe nun selber mein Smartphone in der Hand, damit nicht der Eindruck entsteht, dass ich mich von der Tragik dieser Eltern-Kind-Beziehung unterhalten lassen will. Während ich gelangweilt die Beiträge auf meiner Facebook-Startseite überfliege, beobachte ich, wie Steffis Vater aufsteht und sich zur Toilette begibt. Als die Mutter kurz darauf in ihrer Handtasche zu kramen beginnt, bemerke ich den Blick meiner

Kollegin auf mir. Wir sehen uns an – zwei, drei Sekunden. Dann überkommt mich die Verlegenheit und ich ziehe die Augenbrauen hoch und presse die Lippen aufeinander, was eigentlich ein verschmitztes Lächeln werden sollte. Sie antwortet mit einer schwer zu entschlüsselnden Mimik. Ihr Blick ist bitter und süß zugleich, wirkt erschöpft, genervt, gelangweilt – aber ebenso mild, barmherzig und verlockend. Was ist das für eine interessante Seite, die ich da an dir entdecke, Steffi?

Als der Vater kurz darauf wiederkommt, erheben sich die beiden Frauen und die Familie geht an mir vorbei in Richtung des Empfangs.

»Na kommt«, sagt Steffi gleichmütig zu ihren Eltern, »dann zeig ich euch noch eben den Garten.«

Am Abend gehe ich nach Hause, es ist der übliche Weg, der übliche Gang. Der übliche alte Mann, der in der Fußgängerzone auf seinem Klappstuhl sitzt und Akkordeon spielt, am liebsten *Ave Maria*, neben sich einen großen Einkaufsbeutel von einem Discounter, in dem er sein Instrument transportiert. Noch ist es nicht ganz dunkel, doch hier und da blicken bereits ein paar Sterne neugierig vom Himmel. Ist es nicht seltsam, dass man zu so einem unendlich fernen Objekt, von dem man nichts anderes weiß, als dass es als kleiner, funkelnder Punkt an irgendeiner Stelle dieses unermesslichen Himmels steht, eine persönliche Beziehung haben kann? Ich denke an einen ganz bestimmten Stern, dessen Namen ich nicht einmal kenne. Er leuchtet so hell, dass es sich eventuell auch um einen Planeten handeln könnte. Dieser Stern jedenfalls weist mir oft den Weg, wenn ich abends von der Arbeit nach Hause gehe. Wie ein alter Bekannter steht er im Süden und begleitet mich. Und er ist auch ein alter Bekannter, denn ich erinnere mich daran, wie ich als Kind und Jugendlicher oft im Garten unseres

Hauses stand und nach Süden über den Zaun und die Felder blickte, wo genau dieser Stern als Leuchtfeuer einer fremden Welt markant am Himmel prangte. Auch heute leuchtet mir mein alter Freund aus Kindertagen, diese gigantische, lebensfeindliche Gluthölle, die vermutlich alles Leben, das sich ihr zu nähern wagte, bereits Millionen Kilometer entfernt zu Staub und Asche verbrennen würde.

6

Traum vom Heizungskeller

Es war gestern, ich stand nach Feierabend im Supermarkt an der Kasse an. Eine junge Frau mit einem runden, gewöhnlichen Gesicht saß dort in ihrer weißen Arbeitskleidung, ich beachtete sie gar nicht. Wie ich nun an der Reihe bin und warte, während sie lustlos einen Artikel nach dem andern über den Scanner zieht, fällt mein Blick ganz unvermittelt auf ihr Namensschild. Ich sehe es an, es kommt mir vor wie der Bruchteil einer Sekunde, doch es muss länger gewesen sein, denn ich werde von einem rüden »Hallo?« der Kassiererin aufgeschreckt, die mich böse ansieht. Da ich befürchte, dass sie meinen starrenden Blick auf ihre linke Brust falsch verstanden haben könnte, beginne ich mich sofort wie ein ertappter Schuljunge zu rechtfertigen.

»Äh ... Entschuldigung«, stottere ich und lache dabei verlegen, »ich hab da nur auf ihr Namensschild da geguckt. Weil Sie haben den gleichen Namen wie meine Mutter«, füge ich ungelenk hinzu und setze ein möglichst liebenswürdiges Lächeln auf.

Sie sieht mich an mit einem Blick, der zu sagen scheint: »Was zum Teufel redest du da, du Idiot?« Erst jetzt sehe ich herunter und bemerke, dass alles, was ich kaufen wollte, bereits über das Band gelaufen ist, der Preis angezeigt wird und die Kassiererin ihn vermutlich auch schon genannt hat. Hinter mir steht eine Schlange von ungeduldigen Menschen, die darauf warten, dass es endlich vorwärtsgeht, und mich wahrscheinlich gerade innerlich verfluchen. Ich zahle also schnell, packe die Sachen zusammen, erkenne, dass es ein Fehler war, in der Hektik keine Tüte zu nehmen, und verdrücke mich eilig aus dem Supermarkt, wobei mir unmittelbar vor dem Eingang aus meinen übervollen Armen ein Joghurtbecher herunterfällt und unwiederbringlich verloren ist.

Während ich diese etwas peinliche Begebenheit nach kurzer Zeit wieder aus meinem Bewusstsein verdrängt hatte, beschäftigte sich mein Unterbewusstsein offenbar weiter damit, denn nur so kann ich mir den Traum erklären, den ich in der folgenden Nacht hatte.

Im Haus meiner Eltern gab es einen alten Kohlenkeller. Noch in meiner frühen Kindheit wurde dort in beträchtlicher Menge die Kohle für den Ofen gelagert. Als wir irgendwann nach der Wende eine moderne Heizung bekamen, fanden die Öltanks hier ihren Platz, doch selbst Jahre später noch war der markante Kohlegeruch nicht fort. Das war ein gewölbeartiger Raum ohne Fenster, nur durch ein paar schmale Rillen der Kohlenluke fiel hin und wieder ein sehr schwacher Lichtstrahl hinein. Der Boden bestand aus schlichtem Estrichbelag, wie er für Kellerräume der Jahrhundertwende typisch war. Die Wände waren aus blankem Backstein, ohne Putz oder Tapete, der jedoch mit weißer Farbe überstrichen war – wahrscheinlich, um den Raum etwas aufzuhellen. Noch gut erinnere ich mich auch an die dicke Panzertür, die jüngeren Datums war. Ich vermute, dass meine Eltern genötigt waren, sie aus Gründen des Brandschutzes einbauen zu lassen, als die Öltanks aufgestellt wurden. Da nun keine schwarzen Kohleberge mehr den Raum füllten, war plötzlich eine Menge Platz da und so wurde der Heizungskeller zunehmend auch als Lagerraum genutzt. Alles Mögliche stand und lag da herum: Kartons, Skier, ein alter Lehnstuhl mit kaputtem Sitzpolster, ausgemusterte, verstaubte Teppiche und an der Wand und auf dem Tisch zahlreiche Werkzeuge, von denen viele noch meinem Opa gehört hatten.

Das einzig Interessante jedoch war ein alter, abgeschabter Lederkoffer, der in der hinteren linken Ecke unter der Kohlenluke auf dem Boden stand, eine Schatzkammer der Erinnerung. Dieser Koffer war bis oben hin voll mit unzähligen Briefen, Fotos und Dokumenten aus der Familie, von der Eheurkunde meiner Urgroßeltern über die Feldpostbriefe meines im Krieg gefallenen Großonkels väterlicherseits, Liebesbriefe meiner Eltern bis zu meinen Einschulungsfotos. Alles befand sich hier drin! Meine Mutter, die Hüterin dieses Horts, achtete stets darauf, dass das Familienarchiv nach Möglichkeit vollständig und aktuell war. Zwar kam es nicht sehr oft vor, doch ich erinnere mich an mehrere Abende in meiner Kindheit und Jugend, an denen meine Eltern redselig Anekdoten aus der Familie erzählten, Geschichten von ihren Eltern und Großeltern. Irgendwann auf dem Höhepunkt der Nostalgie hieß es: »Lasst uns den Koffer hochholen!« Nach kurzer Zeit entwickelte sich das Schwelgen dann regelmäßig zu einem munteren Personenraten, denn sobald es um Ur- oder gar Ururgroßeltern ging, fiel auch meinen Eltern die Identifizierung der Ahnen auf den alten Sepiafotos aus der Kaiserzeit nicht leicht. Erstaunlicherweise kam es beim Durchwühlen auch jedes Mal zu Neuentdeckungen, Fotos und Dokumente, die anscheinend selbst meine Eltern nicht kannten oder die sie schon lange vergessen hatten.

In diesem merkwürdigen Raum fand ich mich also letzte Nacht wieder. Der Traum war kurz und hatte keine Handlung, sondern bestand vielmehr aus einem diffusen, bedrohlichen Gefühl, das ich selbst noch spürte, nachdem ich erwacht war. Woran ich mich erinnere, ist, dass ich mitten in diesem fensterlosen Kellerraum stehe, die dicke Panzertür ist geschlossen, an der Decke summt eine nackte, grell leuchtende Glühbirne. Über mir sind Schritte zu vernehmen und vor allem ein dumpfes, sich ineinander verknäuelndes Gemurmel zahlreicher Stimmen, die ein undechiffrierbares, gleichmäßiges Rauschen erzeugen. Dort oben – es muss im Wohnzimmer sein – ist eine feierliche Gesellschaft zusammengekommen. Warum bin ich nicht bei ihnen? Weil irgendetwas auf dieser Feier mich verfolgt, etwas Schreckliches. Mir wird bewusst: Ich bin hier, weil ich geflohen bin. Ausgerechnet in diesem kahlen, höhlenartigen Kellerloch, hinter der dicken Panzertür, fühle ich mich geborgen und sicher. Ich weiß: Hier wird es mich nicht finden.

Als ich erwache und meine Ängstlichkeit sich langsam wie ein morgendlicher Nebel auflöst, bleibt eine bleierne Traurigkeit zurück. Fast eine halbe Stunde liege ich im Bett und starre an die Decke, wo das obligatorische Schattentheater das immer gleiche Stück aufführt. Schließlich überwinde ich mich, aufzustehen, die Vorhänge aufzureißen, irgendwie das Beste aus diesem Tag zu machen. Ich mache mir ein bescheidenes Frühstück, bestehend aus einer Tasse Kaffee, drei trockenen Brotscheiben und einem halbleeren Nutellaglas, und schalte den Fernseher ein. Der MDR bringt den *Grafen von Monte Christo* mit Jean Marais in der Hauptrolle, Frankreich 1954. Wir befinden uns bereits im zweiten Teil. Der Graf hat soeben den Sohn der schönen Mercédès aus einer Kneipenschlägerei gerettet und wird jetzt von diesem seiner einstigen Verlobten vorgestellt. Ihr verschreckter Blick offenbart, dass sie ihn sofort erkennt. »Wenn man reich und glücklich ist, vergisst man schnell die Vergangenheit«, kontert sie Dantès' subtil angedeuteten Vorwurf, den verleumderischen Fernand Mondego geheiratet zu haben, der Dantès in den Kerker schickte. »Das würde man gern. Wenn man es könnte«, antwortet der Graf stolz.

Eine schmerzhafte und doch wohlige Vertrautheit überkommt mich, wenn ich diese alten Bilder mit ihren schrillen Farben sehe, die kein stumpfes Abbild der Wirklichkeit sind, sondern bewegten präraffaelitischen Gemälden gleichen. Es ist wie eine zersplitterte Erinnerung in deinem Kopf, von der du nicht weißt, ob du sie wirklich erlebt oder vor langer Zeit geträumt hast. Ich kenne sie alle aus meiner Kindheit: *Ben Hur*, *Der Untergang des Römischen Reiches*, *Quo Vadis*, *El Cid*, *Cleopatra*. Diese Filme zu sehen, heißt, mich zu erinnern: Zum Beispiel an jenes Osterfest, als ich schrecklich verliebt war in meine Mitschülerin Lara. Ein kleiner Vogel war an jenem Tag gegen die große Fensterscheibe in unserem Wohnzimmer geflogen und hatte sich schwer verletzt, lebte aber noch. Meine Eltern fuhren mit dem Tier zu einer Notdienststelle des Deutschen Tierbundes, ich lag alleine zu Hause auf dem Sofa und plagte mich ab mit meinem Liebeskummer, im Fernsehen lief gerade *Ben Hur*. Oder an das letzte glückliche Weihnachtsfest, das zugleich eines der ganz wenigen war, an denen Schnee lag. Wir saßen zusammen am Tannenbaum, dessen Lichter gemeinsam mit ein paar Kerzen den Raum erhellten, und sahen *Doktor Schiwago*.

Wie ich nun hier sitze und auf den Fernseher starre, um mich herum die Möbel aus meinem alten Zimmer und noch ein paar weitere Stücke, die ich von zu Hause mitgenommen habe – da ist mir ein wenig, als wäre ich wieder daheim. Der Kuchen steht auf dem Tisch, eine Kerze flackert, das Ticken der alten Gründerzeitstanduhr ist wie das Atmen des Hauses – ein und aus. Ein und aus. Eine Rosine ist aus dem Dresdner Stollen herausgebrochen und liegt gemeinsam mit ein paar Krümelchen auf der Tischdecke – ihr Stoff ist weich und dick. Ein Duft von frischen Tannennadeln und Dominosteinen liegt in der Luft, die Geschenke sind zwar ausgepackt, liegen aber noch immer auf dem Boden, denn sie wegzuräumen hieße, sich einzugestehen, dass das Fest vorbei ist. Oh, wie unglaublich gemütlich ist dieser Sessel! Mein Blick wandert vom Bildschirm auf das Fenster und hinaus in den Garten. Kalt und grau ist die Welt da draußen, der alte Apfelbaum ist nur noch ein Gerippe. Doch eines Tages kommt der Frühling wieder, dann jagen die Wolken über den tiefen blauen Himmel, aber sie werden strahlend weiß sein wie frisch bezogene Laken. Und auch der Apfelbaum wird ein weißes Festkleid tragen, ja, überall wird

Mutter Natur ihre Kinder zum Altar bringen, um den ewigen Bund zu erneuern ...

Dass aus meinem Tagtraum ein echter geworden ist, merke ich erst, als ich von einem aufdringlichen Lärm geweckt werde, der von der Straße kommt. Trommeln, Geklimper, ein Chor von Frauenstimmen, der immer wieder irgendeine Parole brüllt. Ich rekle mich umher, versuche, mir mit dem Sofakissen die Ohren zuzuhalten, doch als mir die Unmöglichkeit des Wiedereinschlafens unter diesen Umständen bewusst wird, richte ich mich verärgert auf und gehe fluchend zum Fenster. Da unten, direkt vor dem Haus, hat sich mitten in der Fußgängerzone eine Gruppe von sieben jungen Frauen und einem ebenso jungen Mann im Kreis aufgestellt. Sie tragen sommerliche Jeansshorts und T-Shirts, der Junge, ein Bürschchen mit langen Haaren und ein paar Fuseln im Gesicht, gibt mit seiner Trommel den Rhythmus vor, den die Mädchen, von einer Seite zur anderen wippend, mit Schellenringen adaptieren und dabei immer wieder skandieren: »Kein Gott! Kein Staat! Kein Miet-ver-trag!« In der Mitte des Reigens steht eine junge Frau mit einem Transparent in der Hand, darauf steht: *Gegen die Zwangsräumung des Hauses Planckstraße 24! Für internationale Solidarität und Antifaschismus!* Sie scheint die Taktgeberin zu sein, denn auf einmal ruft sie: »Haus-be-sit-zer«, worauf die anderen sofort einstimmen: »Ka-pita-lis-ten! Ihr seid alle Scheiß-fa-schis-ten!« Diesen Slogan wiederholen sie mehrfach, bis wieder der alte vorgegeben wird.

Ich betrachte die Demonstranten genauer. Zweifellos handelt es sich um Studenten. Die Mädchen sind geschminkt und gut angezogen, der Junge trägt eine kurze Hose und ein viel zu großes schwarzes T-Shirt mit irgendeiner weißen Aufschrift, die ich nicht zu entziffern vermag. Ich kann mich des Eindrucks nicht erwehren, dass dieser ganzen Szene etwas

Groteskes innewohnt, und beginne, mich zu fragen, ob dieser Effekt beabsichtigt ist. Angefangen bei der Monotonie und Unaufgeregtheit, mit der sie ihre Parolen wiederholen, den leidenschaftslosen Gesichtern, bis hin zu dem ungelenken Hin-und-her-Wippen, mit dem ihre Körper dem Rhythmus folgen. Die meisten Passanten gehen achtlos an dem Spektakel vorbei. Eine kleine Gruppe von drei arabisch aussehenden Männern (man merkt ihnen an, dass sie noch nicht lange hier sind) hat das Treiben zunächst mit einer offenkundigen Mischung aus Erstaunen und Belustigung aus einigen Metern Abstand beobachtet und sich nun nach und nach näher herangewagt. Jetzt sind sie vielleicht noch drei Meter entfernt, sehen hin, wechseln ein paar Worte, lachen, sehen wieder hin. Es hat den Anschein, als ginge es um eine Mutprobe, zu der sich der Auserkorene noch nicht überwinden kann. Doch dann endlich schert derjenige, der dem Stehkreis die ganze Zeit schon am nächsten stand, plötzlich aus, macht einen Schritt auf die Demonstrantinnen zu und beginnt, unter dem beifälligen Gelächter seiner Kumpanen einen Tanz aufzuführen, indem er seine Hüfte kreisen lässt, die Lippen ironisch spitzt und seine Hände immer wieder synchron von einer Seite zur anderen gleiten lässt. Angefeuert durch seine Freunde, sind Selbstbewusstsein und Vergnügen nun offenbar so groß, dass der Mann sich weitere Tanzeinlagen ausdenkt, um die anderen zwei zu unterhalten. Das geht geschlagene drei Minuten so, ehe er zur Gruppe zurückkehrt und die Männer lachend davonziehen. Die Mädchen haben von dem Spaß anscheinend nichts mitbekommen oder sich zumindest nicht davon beirren lassen. Sie singen weiterhin zum Rhythmus von Trommel und Schellen ihre Parole: »Kein Gott! Kein Staat! Kein Miet-ver-trag!«

Ich wende mich ab, trete vom Fenster weg und empfinde auf einmal, wie ich mich nun im Zimmer umblicke, einen unerklärlichen Abscheu – gegenüber meiner Wohnung, den Filmen, allem, worin ich eben noch geschwelgt habe. Vor meinem geistigen Auge taucht das Bild eines Maulwurfs oder Hamsters auf, eines kleinen, jämmerlichen Nagetiers, das sich immer tiefer in seinem Bau vergräbt. Genau das bist du, denke ich mir. Nichts weiter als ein kleines Nagetier, das sich vor der Welt versteckt. Plötzlich spüre ich nur noch dieses eine Verlangen, aus der Enge auszubrechen, an die Luft, in die Weite des öffentlichen Raums zu fliehen!

Ehe ich mich versehe, bin ich schon auf der Straße unter Menschen. Und jetzt? Es fühlt sich gut an, hier zu stehen und den Wind im Gesicht zu spüren, ein Teil dieser Stadt, dieser Leute zu sein, irgendwo dazuzugehören. Ich wandere ziellos umher, vorbei an den vielen Modegeschäften, die mich nicht interessieren, vorbei an den Bettlern und Straßenmusikanten. Da sitzt eine junge, hübsche Frau am Straßenrand und isst ein Brötchen aus einer Tupperdose, vor sich einen Plastikbecher mit ein paar Münzen drin. Der alte Mann hat sich heute gut positioniert. Direkt am Marktplatz sitzt er auf seinem Klappstuhl mit dem Akkordeon. Die Konkurrenz ist nur ein paar Meter entfernt: ein südosteuropäisches Geigerduo, das sogar eigene CDs verkauft. Dazwischen lauert die Drückerkolonne irgendeiner Wohltätigkeitsorganisation auf Passanten, um sie zu Spendenabos zu überreden. »Entschuldigung! Haben Sie vielleicht einen kurzen Augenblick Zeit, um den hungernden Kindern in Somalia zu helfen? Nein? Dann noch einen wunderschönen Tag!«

Es zieht mich hinein in die kleineren Straßen. Hier ist es ruhig, man hört die Vögel zwitschern und ein Hauch von Fliederduft weht dann und wann herüber, wer weiß woher. Die Häuser in der Speckstraße sind klein und alt, manche stehen seit vielen Jahren leer und verfallen – es ist ein wenig wie daheim. Durch die schmutzigen Fensterscheiben eines Gebäudes kann man durch sämtliche Stockwerke und das Dach in den Himmel blicken. Fetzen von alten Tapeten mit blumigen, überbordenden Mustern kommen an den wenigen Wänden, die noch stehen, zum Vorschein. Ansonsten werden die Mauern lediglich von ein paar morschen Balken aufrecht gehalten. Der grobe weiße Putz an der Fassade hat an manchen Stellen große Löcher, hinter denen Lehm zum Vorschein kommt. Es sieht aus, als seien sie mit einer Spitzhacke in die Fassade geschlagen worden. Neben einem der Fenster prangt in roter Farbe eines dieser schnell mit Schablonen hingesprühten Graffitis: *Frieden für Afrin!* Und daneben, eindeutig ohne Schablone gefertigt: *A.C.A.B.* und *No G20*.

Meine Aufmerksamkeit wird plötzlich durch ein Winseln und Jaulen angezogen, das vom anderen Ende der Straße kommt. Ein zerlumpter Vagabund mit langen, fettigen Haaren, tiefen Augenhöhlen und einem rauschenden schwarzen Bart, der ihm über die Lippe wuchert, geht in meine Richtung, in der Hand eine Leine, an der er einen jungen, verängstigten Hund hinter sich herzieht. Als die Leine sich um eine Straßenlaterne verfängt, krächzt der Penner lautstark: »Komm her, Scheißdreckskóter!« – und zieht ihn mit einem kräftigen Ruck zu sich, wobei der Hund aufheult. Ich wende mich ab und starre wieder in die staubigen Fenster, während der Mann hinter mir vorbeigeht, immer noch vor sich hin fluchend.

Als ich an der Albani-Kirche ankomme, biege ich rechts ab und sehe eine kleine Menschenansammlung vor einem der Häuser. Die kennst du doch, denke ich mir. Es sind die jungen Leute, die vor einer halben Stunde in der Fußgängerzone ihren kuriosen Protest abgehalten haben. Sie sind offenbar gerade hier angekommen und wurden schon erwartet von einem etwa siebzigjährigen wohlgenährten Mann, der ein kurzärmeliges Hemd mit einer schwarzen Lederweste trägt, dünne lange Haare, eine altmodische Brille und graue Bartstoppeln hat.

»Kommt, jetzt gibt's erstmal Kaffee und Kuchen«, sagt er fröhlich, während die anderen ihre Instrumente ins Haus bringen. Als alle im Inneren verschwunden sind, trete ich näher und betrachte das Gebäude genauer. *Rotes Zentrum im Lieschen-Vogel-Haus*, steht über der von einer roten Fahne umwehten Eingangstür, daneben befindet sich eine Art breites Schaufenster, das von innen komplett mit politischen Postern beklebt ist, auf denen Botschaften stehen wie *NAZIAUFMARSCH BLOCKIEREN! 4. August 2012 Bad Nenndorf* oder *REICHTUM FÜR ALLE! DIE LINKE*. Das Haus, ein hoher Gründerzeitbau inmitten flacher Fachwerkhäuschen, wirkt gut gepflegt und wurde wahrscheinlich vor wenigen Jahren erst saniert. Ich betrachte die strahlend weiße marmorne Gedenktafel, die am linken Hausrand über einem der breiten Fenster des Parterres hängt, vermutlich noch nicht sehr lange. *LIESCHEN VOGEL HAUS*, darunter ein stolzer roter Stern. *Die Kommunistin und Antifaschistin lebte von 1923–1941 in Göttingen*. Genau entgegengesetzt, auf der anderen Seite des Hauses, befindet sich ebenfalls eine Tafel – kleiner, älter, bescheidener: *Edith Stein – Philosophin – 1913-1916*.

Eine alte Frau mit lila gefärbten, ungepflegt auf die Schulter fallenden Haaren, die einen deutlichen weißen Ansatz erkennen lassen, kommt langsam den einsamen Gehweg hochgeschlichen. Sie trägt eine verschlissene Strickjacke, einen langen grauen Rock, auf dem sich mehrere dunkle Flecken abzeichnen, und zieht eine Art Sackkarre hinter sich her, mit mehreren großen Einkaufsbeuteln beladen, die allesamt mit leeren Pfandflaschen bis oben gefüllt sind. Während sie mit der linken Hand die Karre hinter sich zieht, hält sie in der rechten ihre selbst gedrehte Zigarette, die sie in einem Turnus von etwa drei Sekunden nervös zum Mund führt und gierig daran zieht. Ich blicke die Frau verstohlen an, wie man es tut bei Fremden, denen man auf einer ansonsten leeren Straße begegnet. Sie aber beachtet mich gar nicht, sondern steuert zielstrebig den Abfallbehälter ein paar Meter entfernt an, um ihn nach etwas Brauchbarem zu durchsuchen und, nachdem sie fündig geworden ist, schlürfend ihres Weges weiterzugehen. Ich sehe ihr noch eine Weile nach, bis sie um die Ecke gebogen ist.

Da geht quietschend eines der Fenster in der ersten Etage des Hauses auf. Der Junge mit den langen Haaren, der vorhin der Trommelspieler war, hat es aufgestoßen und will sich gerade wieder umdrehen, als er mich bemerkt. Argwöhnisch, ja fast gereizt, betrachtet er den Fremden, der grundlos vor dem Haus steht. Wir starren uns ein paar Sekunden lang an, als gelte es, dem Blick des andern so lange wie möglich standzuhalten. Schließlich wende ich mich ab und setzte meinen Gang durch die Stadt fort. Noch in zehn Metern Entfernung liegt mir der Duft von frisch gebackenem Kuchen in der Nase.

7

Drei Hoffnungen

Herr Lutz ist in der Nacht gestorben. Dreieinhalb Wochen hat er sich nach meinem Besuch noch gequält, hat unermessliche Schmerzen durchlitten, die ihn nicht mehr schlafen ließen. Heute Nacht ist er endlich eingeschlafen und ist, um es romantisch zu sagen, nun bei seinem Sohn. Friedlich liegt er da, die Augen geschlossen, die Hände gefaltet, mit nur einem Pullover, einer braunen Cordhose, sogar Schuhe haben sie ihm angezogen. Vor dem Bett auf einem Sockel flackert andächtig eine hohe weiße Kerze mit einem roten Kreuz darauf. Die werden in einem der abgeschlossenen Schränke auf dem Flur gelagert.

»Mein herzliches Beileid, Frau Lutz«, sage ich zu der kleinen Frau, die auf einem Stuhl neben dem Totenbett sitzt, als ich eintrete. Sie erscheint zunächst etwas erschrocken, doch als sie mich erkennt, hellen sich ihre Gesichtszüge sofort auf. Mit beiden Händen umschließt sie meine Hand.

»Ach, Doktor Bode, vielen Dank! Sie ahnen nicht, wie sehr mein Mann von Ihnen geschwärmt hat! Das hat ihm so viel bedeutet, dass Sie sich immer Zeit für ihn genommen haben und immer Mitgefühl gezeigt haben. Solche Ärzte, hat er gesagt, solche Ärzte gibt's heut kaum noch.«

Ein verlegenes Lächeln huscht über mein Gesicht. »Es war für ihn eine Erlösung«, sage ich. »Jetzt hat er keine Schmerzen mehr.«

»Ja, ja, da haben Sie recht. Ach, Sie haben das ja alles so schön hier gemacht.«

»Falls Sie Unterstützung brauchen bei all den Dingen, die jetzt anfallen, was die Bestattung und so weiter betrifft …«

»Das ist schon alles erledigt«, fällt sie mir ins Wort und ihr Lächeln drückt einen gewissen Stolz, ja beinah Triumph aus. »Er wollte, dass ich so wenig Mühe wie möglich habe. Die Leiche wird verbrannt und dann im Friedwald bestattet. Es wird nicht mal eine offizielle Trauerfeier geben.«

Die Leiche, wiederhole ich in Gedanken langsam und spüre ein gewisses Unbehagen. »Wir haben auch eine psychologische Betreuung zur Trauerbewältigung ...«

»Das ist ganz lieb, aber vielen Dank«, winkt Frau Lutz erneut mit einem vornehmen Lächeln ab. Und als habe sie das Gefühl, sich dafür rechtfertigen zu müssen, schiebt sie hinterher: »Wissen Sie, ich habe jetzt so lange Zeit gehabt, mich darauf vorzubereiten. Für einen Außenstehenden mag das vielleicht kaltherzig klingen. Aber nach den vielen Jahren der Krankheit fühle ich jetzt so etwas wie Erleichterung, dass es vorbei ist. Wissen Sie, mein Mann hat sich auch verändert. Er hat nur noch bedauert, nur noch mit Reue zurückgeschaut. Sein ganzes Leben kam ihm im Nachhinein wie ein Fehler vor. Aber das war's nicht. Wir haben wundervolle Jahre zusammen gehabt, für die wir dankbar sein müssen. Aber das konnte er nicht.«

Ihr Blick ist ernst geworden und ruht jetzt auf dem Toten, als sehe sie in Wahrheit durch ihn hindurch in eine unendliche Leere.

»Ihr Mann hat mir bei unserem letzten Treffen gesagt, dass er sich um Ihre Zukunft sorgt.«

Frau Lutz sieht mich wieder an und lächelt. »Er hat sich immer so viele Sorgen gemacht über alles. Und ich habe dann immer gesagt: Gerhard! Hör auf damit, es wird sich alles finden! Noch als er sterbenskrank war, hat er mit unseren finanziellen Verhältnissen gehadert. Aber wissen Sie, Herr Doktor – natürlich ist es sehr wenig, was mir jetzt noch bleibt. Aber es wird irgendwie gehen. Andere kommen doch auch damit zurecht.«

Ich nicke zustimmend und stelle mir vor, dass Frau Lutz eine jener lustigen Witwen ist, die in einem Jahr schon wieder einen neuen Partner haben, weil sie mit Sprungfedern unter den Füßen durch die Welt gehen. Ich kenne diesen Typus zur Genüge, kenne und verachte ihn. Weiß diese Frau wirklich, wie ihr Mann sich in seinen letzten Tagen um sie gesorgt hat, welche Angst er um ihre Zukunft hatte? Kann sie es auch nur erahnen? Gewiss kann sie. Sie kannte ihn besser als jeder andere. Doch wer so unbeschwert durchs Leben geht, über jeden Abgrund wie ein Schmetterling hinwegschwebt, selbst den Tod des eigenen Lebensgefährten als Erleichterung empfindet – dem wird es sicherlich niemals wirklich schlecht gehen. Oder, kommt mir plötzlich der Gedanke, bist du vielleicht zu hart? Hast du überhaupt das Recht, einfach so über diesen Menschen zu richten, bist du wirklich in der Lage, dich in ihn hineinzuversetzen?

»Ich habe ihn sehr geliebt, müssen Sie wissen«, sagt Frau Lutz plötzlich, als habe sie meine Gedanken erraten. Ihr Blick hat sich verfinstert und ruht wieder auf ihrem toten Ehemann. Ganz bestimmt hat sie das, denke ich mir. Aber in ein paar Tagen wird sie damit beginnen, das Haus zu entrümpeln und die alten Fotos zu entsorgen und die Briefe seiner Mutter und vielleicht auch gleich den Teddybären des Sohnes, den sie bei der Gelegenheit findet, denn wozu sollte man ihn noch behalten? Und sie wird seine Werkzeuge und die Modelleisenbahnen verscherbeln, alles, was ihm im Leben etwas bedeutet hat, aber nicht zu einem adäquaten Preis, nein. Sie wird sie in Kisten packen und zweifellos irgendeiner Wohltätigkeitsorganisation überlassen und erst die wird die Sachen zu einem adäquaten Preis verkaufen, während Frau Lutz in ihrem von allen lästigen Erinnerungen an die Vergangenheit bereinigten Haus auf ihre alten Tage noch mal ein neues Leben beginnen kann. Denn es muss ja schließlich weitergehen …

»Ich bin mir sicher, dass er Sie auch sehr geliebt hat, Frau Lutz. Er hat immer sehr liebevoll von Ihnen gesprochen.«

Zum ersten Mal sehe ich Tränen in ihren Augen funkeln, während sie mich anlächelt, und es sieht so aus, als könne dieses Lächeln augenblicklich in ein Schluchzen übergehen. Großer Gott, habe ich ihr unrecht getan? Ich habe sie verkannt! Wie konnte ich mir anmaßen, diese alte Frau, die gerade den einzigen verbliebenen Menschen in ihrem Leben verloren hat, zu verurteilen, bloß weil sie selbst jetzt noch Stärke und Lebenskraft besitzt? Es ekelt mich vor mir selbst. Ich greife ihre Hand.

»Falls wir Ihnen doch noch irgendwie dabei helfen können, diese schwere Zeit durchzustehen, dann lassen Sie es mich bitte wissen, Frau Lutz, Sie haben ja meine Durchwahl.«

Sie winkt auch diesmal ab: »Danke, Herr Doktor, ich werde das schon schaffen, aber vielen Dank.«

Wir verabschieden uns schließlich und ich verlasse das Zimmer. Frau Lutz hat wieder auf dem hölzernen Stuhl am Bett Platz genommen, die Kerze flackert und draußen auf dem Flur sage ich Schwester Aljona Bescheid, dass sie bitte Frau Lutz in Zimmer 1003 fragen soll, ob sie etwas zu trinken haben möchte.

Man soll sich von solchen traurigen Begegnungen nicht verschrecken lassen, denn es gibt auch immer wieder freudige Anlässe und heute steht mir einer bevor, auf den ich mich ganz besonders freue.

»Ich kann Ihnen gerne jetzt alles am Telefon erklären«, sagte ich gestern zu Frau Sievert, doch sie bestand darauf, dass wir uns persönlich treffen. Das heißt natürlich in Wahrheit, dass sie mich sanft und höflich fragte, ob ich ihr nicht alles »vis-à-vis« mitteilen könnte, was ich gerne bejahte. Ich bot ihr an, dass wir uns ganz unkompliziert heute um vierzehn Uhr in der Cafeteria treffen könnten, um die guten Nachrichten zu bereden.

Als ich dort mit siebenminütiger Verspätung eintreffe, ist sie nicht da. Ob sie noch später dran ist als ich, schießt es mir durch den Kopf. Unwahrscheinlich, denn Frau Sievert ist in aller Regel überpünktlich. Ich setze mich hin, warte, es vergehen fünf, dann zehn Minuten. Ich werde unruhig.

»Faruk, hast du eine ältere Dame hier gesehen?«

Er sieht hinter der Theke auf, wo er gerade ein Sandwich in Klarsichtfolie einwickelt, um es in die Auslage zu legen, schüttelt den Kopf und wendet sich wieder seiner Tätigkeit zu. Ein paar Leute betreten den Raum und ich schöpfe kurz Hoffnung, aber nein: Sie ist nicht dabei. Das ist doch in all den Jahren nicht vorgekommen, denke ich mir, da muss irgendetwas passiert sein, sonst hätte sie wenigstens vorher angerufen, sie hat doch sogar meine private Handynummer. Aber ich habe ja auch ihre! Also zücke ich das Handy und rufe sie an. Es klingelt mehrmals, doch Frau Sievert geht nicht ran. Zweifellos, es ist etwas passiert! Doch nicht jetzt, doch nicht heute, flehe ich innerlich und spüre, wie mein Herzschlag von Sekunde zu Sekunde schneller wird. Es darf nicht sein, nicht jetzt, nicht heute!

Ich eile den Flur hoch Richtung Haupteingang, trete vor die Tür. Da stehen bloß ein paar Raucher und sehen mich verwundert an. Zurück in der Eingangshalle bleibe ich einen Augenblick ratlos stehen, auch die Pförtnerin hat sie nicht gesehen, doch die blickt ohnehin kaum von ihrem Tablet auf, auf dem sie ununterbrochen während der Arbeit irgendwelche Serien schaut. In der Hoffnung, dass ich Frau Sievert vielleicht jetzt in der Cafeteria antreffen könnte, obwohl sie mir dann eigentlich hätte begegnen müssen, kehre ich um, durchquere den langen Flur bis zur Cafeteria und treffe dort meine Patientin erneut nicht an. Der zweite Anruf bleibt ebenfalls unbeantwortet. Ich habe keine andere Wahl, als ins Büro zu gehen, mir ihre Festnetznummer herauszusuchen und dort anzurufen. Warum habe ich das nicht gleich gemacht, anstatt hier durch die Gänge zu irren? Kurz darauf hebt jemand ab, es ist ihr Mann, ich spüre eine erste Erleichterung, doch nicht lange.

»Sie ist noch nicht da?«, fragt er überrascht. »Das ist aber seltsam.« Vor einer guten halben Stunde sei sie losgefahren und für die Fahrt benötige man keine fünfzehn Minuten. Meine Beunruhigung steigt erneut und Herr Sievert versichert mir, es ebenfalls auf dem Handy seiner Frau zu probieren. »Wahrscheinlich ist sie bloß irgendwo ins Schwatzen geraten«, sagt er ohne jede Aufregung.

Als ich mich von ihm verabschiede und auflege, betritt Steffi den Raum.

»Alles okay?«, fragt sie, nachdem sie meinen besorgten Gesichtsausdruck gesehen hat.

»Ja, ja«, winke ich gleichgültig ab. »Ich war bloß eigentlich um zwei mit ner Patientin verabredet, die nicht aufgetaucht ist. Frau Sievert.«

»Die steht draußen im Garten und quatscht.«

»Ach echt?«

»Hab sie gerade gesehen.«

»Und ich verschwende hier meine Zeit«, sage ich mit gespielter Empörung, während ich aufstehe.

Ich begebe mich auf den Weg nach unten und spüre, wie mein Herzschlag sich allmählich wieder normalisiert. Kurz darauf trete ich hinaus in den Garten und erblicke sofort Frau Sievert. Sie steht ein paar Meter entfernt auf dem Gehweg vor einer der Sitzbänke, auf der eine alte Dame sitzt, und unterhält sich. Als sie mich sieht, kneift sie die Augen zusammen und wirft mir einen um Nachsicht flehenden Blick zu, während die alte Frau weiter auf sie einredet, als störe es sie gar nicht, dass sie nicht die Aufmerksamkeit ihres Gegenübers hat.

»Ich muss jetzt wirklich los, hat mich gefreut, Sie wiederzusehen, und gute Genesung«, unterbricht Frau Sievert den Redeschwall der Alten und kommt, ohne eine Antwort abzuwarten, gleich auf mich zu. Die Alte scheint von diesem Verhalten etwas pikiert zu sein, denn sie wirft Frau Sievert einen giftigen Blick hinterher.

»Ich kann Sie nur tausendmal um Entschuldigung bitten, Doktor Bode«, gibt Frau Sievert mir die Hand. »Die Dame hat mich buchstäblich abgefangen, als ich durch den Garten kam, wir kennen uns von früheren Aufenthalten, da kommt man ja einfach nicht los.«

Als ich sehe, wie unverblümt ihr das schlechte Gewissen ins Gesicht geschrieben ist, fällt jeder Anflug von Ärger von mir und der Wunsch, diese sanftmütige Frau auf irgendeine noch so harmlose Weise zu strafen, erscheint mir plötzlich völlig absurd.

»Alles in Ordnung, Frau Sievert, aber schauen Sie doch ab und zu mal auf Ihr Handy. Ich habe versucht, Sie zu erreichen, Ihren Mann hab ich auch noch scheu gemacht.«

»Mein Handy! Das liegt wahrscheinlich noch im Auto! Ich kann wirklich nur nochmals um Entschuldigung bitten.«

Da es ein sommerlicher Spätfrühlingstag ist, schlage ich vor, dass wir uns hier draußen eine ruhige Ecke suchen und reden. Auf einer schattigen Bank unter einem Baum finden wir Platz, dort, wo die eifersüchtigen Blicke der Alten uns nicht erreichen können.

»Wir haben also«, beginne ich mit freudiger Miene, »einen Spender für Sie gefunden und das überraschend schnell. Das heißt, wir können die Therapie beginnen. Als Erstes werden wir Sie mal gründlich auf Herz und Nieren untersuchen, um alle Risikofaktoren zu kennen. Sobald wir ausschließen können, dass Sie irgendwelche versteckten Infekte oder Ähnliches haben, kann die Konditionierung beginnen, also die Strahlen-

und Chemotherapie. Die wird ein paar Tage dauern, aber hoffentlich die letzte sein, die Sie machen müssen.«

Ich blicke Frau Sievert an, in der Hoffnung, ein Lächeln auf ihrem Gesicht zu erhaschen, doch sie wartet angespannt darauf, dass ich fortfahre.

»Die Transplantation selbst erfolgt, denkbar unspektakulär, über den Venenkatheter. Und dann beginnt die wirklich kritische Phase. Die Stammzellen brauchen ungefähr zwei Wochen, bis sie angewachsen sind. In dieser Zeit kann das Knochenmark keine eigenen Blutzellen bilden, die für das Immunsystem extrem wichtig sind. Man nennt das Aplasiephase, in dieser Zeit treten die meisten Komplikationen auf und es besteht das höchste Infektionsrisiko. Wir haben jetzt hier bei uns momentan zwei Räume, die baulich genau auf diese Therapie ausgelegt sind, mit einem speziellen Lüftungssystem. Wenn irgendwann mal der neue Flügel endlich gebaut wird, kommen noch ein paar dazu. Da können wir Sie auf jeden Fall adäquat durch diese Zeit führen und nach so sechs bis acht Wochen können Sie, wenn alles gut läuft, dann nach Hause. Da müssen Sie aber natürlich weiterhin gut auf sich achtgeben. Tja, Frau Sievert«, sage ich nach einer kurzen Pause, »das ist unser Programm für die nächsten zwei Monate, nehmen Sie sich also nichts vor.«

Es zwitschern die Vögel, es rauschen die Blätter, Licht und Schatten spielen auf unseren Gesichtern. Frau Sievert blickt mich freundlich an, doch es ist nicht echt, sie macht es mir zuliebe. Und ich denke mir: Hab keine Angst, ich werde dich retten. Vertrau mir nur.

»Natürlich ist es nicht ohne Risiko«, sage ich. »Und ich weiß, dass Sie besorgt sind. Aber zuallererst ist das eine sehr gute Nachricht! Wir befinden uns jetzt auf der Zielgeraden, Frau Sievert …«

»Marianne!«, unterbricht sie mich. »Nennen Sie mich doch bitte Marianne, das wollte ich Ihnen schon lange sagen.«

»Wir befinden uns auf der Zielgeraden, Marianne«, sage ich und es fühlt sich seltsam an. Soll ich ihr nun auch anbieten, mich beim Vornamen zu nennen? Ich fahre schnell fort: »Mit etwas Glück sind Sie diese verdammte Krankheit bald endlich los und können Ihr Leben wieder genießen. Und das ist doch das Risiko wert, oder?«

Sie sieht noch immer ängstlich oder doch zumindest sehr nachdenklich aus, den Blick hält sie würdevoll gesenkt.

»Versprechen Sie mir, das mit mir gemeinsam durchzustehen, Doktor Bode?«, fragt sie, plötzlich aufblickend, mit einem schüchternen Lächeln.

»Das tue ich. Ich verspreche es Ihnen. Wir werden das gemeinsam schaffen und Sie gesund kriegen. Und«, schiebe ich hinterher, »Sie können mich ruhig Matthias nennen.«

Ich nehme ihre Hand und drücke sie fest. Ihre warmen braunen Augen scheinen jetzt vor Hoffnung zu funkeln. Du wirst leben, denke ich. Ich mache dich gesund, du wirst leben.

Als ich kurz darauf wieder auf dem Weg zum Arztzimmer bin, höre ich schon aus einigen Metern Entfernung Gelächter und weiß sofort, was das zu bedeuten hat. Ich trete ein und Mariusz sitzt auf Tinos Stuhl, dreht sich zu mir um und sagt fröhlich mit seinem starken polnischen Akzent: »Wen haben wir denn da?«

Mariusz arbeitet eigentlich auf der Kardio, schaut aber ab und zu bei uns vorbei, um uns mit seinen Erfahrungen aus der Station zu amüsieren. Er ist ein kleiner, schmaler Kerl mit einer hohen Stimme, lichtem schwarzem Haar, Stoppelbart und Brille. Sein Wortschatz und seine Kenntnisse der deutschen Grammatik sind sehr gut bis gut, die Aussprache eher befriedigend, doch das hält ihn nicht davon ab, wie ein Wasserfall zu reden. Zweifellos war Mariusz in der Schule der Klassenclown, denn er ist eine Frohnatur, ein Witzbold vor dem Herrn, ein geborener Entertainer.

»Na, was gibt's denn Neues, Mariusz?«, frage ich gut gelaunt.

»Ach, hör mir auf, du«, winkt er ab. »Gestern war wieder The Walking Dead angesagt. Sobald dunkel ist, drehen die Dementen am Rad, sag ich, mit ihre Delire. Tagsüber sind alle normal, sprech ist gestern zu Frau Krüger, ja, ist früher Abend! Sag ich: Frau Krüger, so und so, Ihre Medikamente. Alles gut, war alles bestens, war wie völlig klar und vernünftig. Paar Stunde später ruft mich die Schwester: Doktor, Doktor! Das müssen Sie ansehen! Komm ich hin, liegt Zimmernachbar nackt auf Boden, auf dem Bauch! Und Frau Krüger nackt auf ihm und reibt sich.«

Wir verfallen alle drei in überschwängliches Gelächter.

»Warte, warte«, sagt Mariusz und holt sein Handy hervor. »Ich musste einfach Foto machen, hier, schaut!«

Und erneut können wir uns kaum halten, als wir das Foto der nächtlichen Szene betrachten.

»Und so geht das ganze Zeit«, sagt er, als wir uns etwas beruhigt haben. »Oder vor ein paar Tage. Patient liegt in Bett, ich rede mit ihm, alles gut, Gitter ist oben. Geh ich kurz raus, wirklich nur zwei Minuten! Komm ich wieder, liegt er vor dem Bett auf Boden und bewegt sich nicht. Bei jeder Gelegenheit fallen die aus Betten, es ist genau wie bei diesem Buch, sag ich.«

Nachdem er noch zwei, drei weitere Schnurren erzählt hat und unser Gelächter irgendwann abgeklungen ist, verabschiedet sich Mariusz: »So, Freunde, ich gehe. Muss ja mal arbeiten. Ich hoffe, ich konnte dich bisschen aufmuntern, Steffi!«

»Warum denn aufmuntern?«, frage ich.

Steffi will antworten, doch da antwortet schon Mariusz ganz selbstverständlich: »Hat sie nicht erzählt? Mit Verlobte ist vorbei, hast jetzt also Chancen, Junge!« Dabei klopft er mir zwinkernd auf die Schulter und ist kurz darauf verschwunden.

»Ist das wahr?«

Sie nickt. Dann war das wohl neulich, als ihre Eltern zu Besuch waren und sie sich mit ihrem Verlobten gestritten hatte, etwas Ernstes, denke ich mir und muss unwillkürlich ein Lächeln unterdrücken.

»Ach Mensch, Steffi, das tut mir ja so leid, wie kommt das denn?«, will ich mit dem gebührenden Ernst wissen.

Und sie beginnt, mir ausführlich jedes Detail ihres Zerwürfnisses zu schildern und dass sie eigentlich von vornherein gewusst habe, dass er nicht der Richtige für sie sei, doch sie habe das nicht wahrhaben wollen und so weiter. Und immer wieder fragt sie: »Oder siehst du das anders?«, »Oder hab ich nicht recht?«, »Oder hab ich da falsch reagiert? Nein, oder?« Das eigentlich Erstaunliche oder vielleicht auch Beängstigende an Steffis Logorrhoe ist, dass sie währenddessen scheinbar ohne jede Einschränkung ihrer Arbeit am Computer nachgehen kann, Epikrisen verfasst, Recherchen betreibt und vieles mehr. Ich halte gut zehn Minuten durch, ehe ich innerlich abschalte. Zwar ist Steffi noch immer geschwätzig wie ehedem, doch etwas an ihrer Aura hat sich verändert. Sie wirkt so viel ernster, so viel reifer neuerdings. So viel attraktiver. Während sie sich weiter ohne Unterlass ihren Frust von der Seele redet, beginne ich mit den ersten Vorbereitungen für Frau Sieverts Therapie.

»Matthias?«

Ich schrecke auf. »Ja?«

»Hättest du Lust?«

»Worauf?«

»Dass wir mal abends zusammen was trinken gehen.«

»Ja, sehr gerne, das können wir sehr gerne machen, Steffi«, antworte ich und spüre mein Herz schneller schlagen. Und auch Steffis Gesicht hellt sich auf.

»Sehr schön, das freut mich«, sagt sie und sieht mich mit einem vielsagenden Blick an, der mich verwirrt.

Als sie kurz darauf von einer Schwester gerufen wird, bleibe ich alleine zurück mit einem diffusen Glücksgefühl im Bauch, als ob sich soeben die Tür zu einer unverhofften Wendung in meinem Leben geöffnet hätte. Das ist meine erste Verabredung seit Jahren und sie ging nicht einmal von mir aus. Steffi und ich, könnte das funktionieren, frage ich mich. Warum denn eigentlich nicht? Sie ist hübsch, intelligent, wir könnten eines dieser Ärztepaare sein. Und ich beginne, mir vorzustellen, wie es sein muss, mit Steffi liiert zu sein, wie es wäre, wenn wir zusammenlebten, wenn sie mich ihren Eltern vorstellte, daheim in Winsen, wo wir in ihrem alten Kinderzimmer schlafen mit den Pferdepostern an der Wand. Ich lache laut auf ob dieser absurden Gedanken. Und doch: Ein wenig meine ich es ernst.

8

Wo bist du, Eurydike?

Es ist Donnerstagabend, kurz nach acht Uhr. Oben am Himmel jagen in atemberaubender Geschwindigkeit weiße Wolken über das tiefe Blau und auf der nassen Straße schimmern golden die Regenpfützen im Licht der wiedererstarkten Abendsonne. Überall hört man es triefen, dicke Tropfen fallen im Akkord von den Dachrinnen herab, die Luft ist kühl geworden. Es war ungefähr vor einer Stunde, da tauchte im Westen eine breite, finstere Gewitterfront auf und schob sich langsam und unabwendbar auf die Stadt zu. Donner, Blitz und Starkregen gaben dem drückenden Tag, wonach er verlangte. Ich stehe in der Burgstraße, blicke auf die kleinen Häuschen und auf den hübschen Garten der Alten Aula. Linkerhand liegt der Wilhelmsplatz, im Volksmund »Willi« genannt – vor allem in der warmen Jahreszeit ein beliebter Treffpunkt für feierlaunige Studenten und sonstige Trinker. Das schlechte Wetter hat sie jedoch bislang alle ferngehalten.

Ungeduldig trete ich auf der Stelle, gehe ein paar Meter nach links und dann wieder zurück, blicke zerstreut in die Schaufenster der geschlossenen Geschäfte, wobei mich ein üppiger Tropfen mitten auf dem Kopf trifft und meine Schläfe herunterläuft. Das ärgert mich! Fast zwanzig Minuten stand ich bestimmt vor dem Spiegel, ehe ich mit meiner Frisur zufrieden war. Sogar Haargel habe ich mir gekauft, dazu Parfum, von dem ich nicht weiß, ob es gut riecht oder nicht. Ich trage eine dunkle Jeans, Lederschuhe, ein weißes Hemd und eine leichte Sommerjacke. Mein Blick wandert ungeduldig zur Uhr. Viertel neun, Steffi ist schon fünfzehn Minuten zu spät. Ob sie bereits drin ist? Ach was, wir hatten ganz klar verabredet, dass wir uns draußen vor dem Trou treffen.

Ich muss plötzlich daran denken, was es für ein Gewaltakt war, sich auf diesen Tag zu einigen. Entweder musste Steffi abends arbeiten oder ich. Zweimal habe ich einen Termin vorgeschlagen, an dem wir beide freihatten, zweimal hat sie kurz vorher abgesagt. Ich spürte, dass ihre Lust und Bereitschaft, sich mit mir zu treffen, in den vergangenen Wochen stark schwankte und vermutlich stets von dem tagesaktuellen Verhältnis zu ihrem Verlobten abhängig war. An manchen Tagen ging die Initiative von ihr aus, an anderen (und diese Tage häuften sich in letzter Zeit) war sie eher passiv, wirkte – auf unser beabsichtigtes Treffen angesprochen – etwas peinlich berührt, behauptete jedoch, sich nach wie vor mit mir verabreden zu wollen. Ich bot ihr an, sich Zeit zu nehmen, um erst einmal das mit ihrem Verlobten zu klären, doch Steffi sagte mir mit Bestimmtheit, dass es da nichts mehr zu klären gebe. Philipp sei vor vier Tagen bei ihr ausgezogen. So einigten wir uns letzte Woche dann endlich auf den heutigen Abend.

Ein wenig will ich noch warten. Steffi wohnt außerhalb der Innenstadt, kommt bestimmt mit dem Bus und hat ihn verpasst oder etwas in der Art. Noch zehn Minuten bleibe ich hier auf dem Gehweg stehen und wenn sie bis dahin nicht auftaucht, werde ich hinuntergehen und nachsehen, ob sie vielleicht doch schon auf mich wartet. Die Zeit vergeht, weil sie nicht steht. Daraus sollte ich etwas machen, denke ich mir und schreibe eine Notiz. Der Willi füllt sich nun langsam, vor allem mit Studenten, aus der Tür hinter mir treten junge Leute heraus, andere gehen hinein. Die Luft ist kühl und es dunkelt. Ich blicke ängstlich zur Uhr und auf mein Handy. Die Frist ist abgelaufen und keine Nachricht, kein verpasster Anruf leuchtet auf. Du weißt genau, dass sie nicht mehr kommen wird und dass sie auch nicht da drinnen auf dich wartet, sagt mir eine innere Stimme. Ja, ich weiß es, antworte ich.

Während ich noch immer auf dem Bürgersteig verharre – unschlüssig darüber, ob ich nun hineingehen, fortgehen oder noch etwas warten soll –, beobachte ich, wie zwei junge Burschen, beide können höchstens zwanzig sein, vom Wilhelmsplatz einbiegen und auf mich zukommen, dabei angeregt miteinander diskutieren.

»Natürlich kommt Judith Butler da ein riesiges Verdienst zu«, doziert der Kleine mit den dunklen, vollen Locken, während sein Gesprächspartner, etwa zwei Meter groß, schlaksig, dünnes blondes Haar, sich leicht zu ihm herabbeugt und seinen Ausführungen aufmerksam folgt. »Aber du darfst ja nicht vergessen, dass die Grundlagen schon auf Simone de Beauvoir zurückgehen. Sie hat ja schon entdeckt, dass man nicht als Frau geboren wird, sondern durch soziale Praktiken zur Frau *gemacht* wird, so wie wir alle in Summe ja erst durch Sozialisation unser Geschlecht erhalten.«

»Das kann man sich irgendwie gar nicht so richtig vorstellen, finde ich«, sagt der Große etwas unsicher mit einer tiefen Stimme.

»Doch, ich schon, ich kann mir das vorstellen. Ist doch logisch! Da braucht man sich gar nichts vorstellen können, das ist einfach so. Das soziale Geschlecht ist so dominant, dass auch die vermeintlich angeborenen biologischen Unterschiede zwischen den Geschlechtern dadurch determiniert sind. Das sind in Wahrheit alles kollektiv inszenierte und individuell vollzogene Sozialisations- und Initiationsprozesse, die dafür verantwortlich sind.«

»Ja, ja, stimmt schon. Alter, du hast das echt gut drauf, ich sollte vielleicht auch mal in das Tutorium gehen!«

Ohne mich eines Blickes zu würdigen, gehen die Studenten vorbei und verschwinden hinter mir im Trou. Ich stehe wieder alleine da und schaue auf die Uhr: Es ist fünf vor halb neun. Noch weitere fünf Minuten entschließe ich mich zu warten. Dann läutet irgendwo eine Glocke und gibt mir das Signal. Natürlich könnte ich auch einfach nach Hause gehen, doch da ist noch immer eine kleine Hoffnung in mir, dass Steffi dort unten sitzt oder dass sie gleich, sich tausendmal für die beträchtliche Verspätung entschuldigend, noch kommen wird. Also betrete ich das kleine Häuschen, das im Erdgeschoss zur Straße hin völlig offen ist, und öffne die Metalltür, auf der in roten Buchstaben der Name der Kneipe steht. Vor mir liegt eine steile Kellertreppe, an deren Ende sich wiederum eine geschlossene Tür befindet. Ich steige vorsichtig die schmalen Stufen hinab, bis ich an der Tür angelangt bin. Dann betrete ich die Unterwelt.

Ein dunkler, verliesartiger Gewölbekeller aus dem vierzehnten Jahrhundert, flach und eng, aus grob behauenen Steinen gemauert, denen der Ruß der Jahrhunderte anhängt. Drei Schritte gegenüber vom Eingang befindet sich die Theke, dahinter der stets übelgelaunte und lakonische Wirt. Es ist noch derselbe wie vor Jahren. Geht man nun rechts um die Ecke, eröffnet sich ein schmaler, schlauchartiger Gang, der zu beiden Seiten mit Sitzbänken und zu Tischen umfunktionierten und mit Kerzen ausgestatteten Bierfässern versehen ist, die in der Mitte lediglich einen engen Korridor übriglassen. Dieser endet nach wenigen Metern an einer Glastür – ein unverzeihlicher Stilbruch und Anachronismus –, hinter der sich ein weiterer recht großzügiger Raum befindet, der den Rauchern vorbehalten ist.

In meiner Studentenzeit bin ich nicht gerade selten hier gewesen, das Trou war die erste Göttinger Kneipe, die ich kennenlernte. Noch genau erinnere ich mich daran, wie ich am ersten Abend der Medi-O-Phase mit ein paar Kommilitonen, die ich eben erst kennengelernt hatte, dort in der Ecke saß, neugierig und ein wenig ängstlich, wie wohl das Studium sein würde, ein Fremder in einer fremden Stadt. Vierzehn Jahre sind seitdem vergangen, das Trou hat sich nicht verändert. Ich wollte es so gerne wiedersehen, wollte mich unbedingt hier mit

Steffi treffen. Ich blicke um die Ecke in den schmalen Gang. Dort hinten links, kurz vor der Glastür, saß ich mit Maja bei unserer ersten Verabredung bis tief in die Nacht – einer der schönsten Abende meines Lebens.

Es ist noch früh und das Lokal ist kaum gefüllt. Ein schneller Rundumblick verrät mir, dass Steffi nicht hier ist. Die beiden Erstsemester haben links in der Ecke neben dem Eingang, wo es zu den Toiletten geht, Platz genommen. Der Wirt, ein kleiner Mann mit kurzen grauen Haaren und Brille, mustert mich streng hinter der Theke. Gehen oder bleiben? Soll ich jetzt tatsächlich wieder hoch an die Oberfläche und in meine Wohnung gehen, mich vor den Fernseher setzen? Das kann ich nicht. Ich weiß nicht, warum, doch ich fühle mich hier unten im Schoß der Erde gerade so geborgen, dass mir die Vorstellung an eine Welt außerhalb dieses fensterlosen Gewölbes für einen kurzen Moment Angst einjagt. Ich setze mich an die Theke und bestelle ein Maibockbier.

»Gibt's nicht mehr«, sagt der Wirt trocken.

»Dann einfach ein normales Bier. Ja, Einbecker ist in Ordnung.«

Während ich warte, komme ich erneut nicht umhin, dem Gespräch der beiden Studenten hinter mir zu lauschen, die sich keinerlei Mühe geben, ihre Worte vor irgendjemandem zu verbergen. Es kommt mir sogar so vor, als sprächen sie mit Absicht besonders laut, damit jeder sie verstehen kann.

»Genau darum geht's doch!«, sagt der Kleine schulmeisterlich zu dem Großen, der auch jetzt den Kopf schräg nach unten gesenkt hält, als schäme er sich vor dem anderen für seine Größe. »Die rechtliche Gleichheit, die alle Bürgerinnen vor dem Gesetz haben, verschleiert in Wahrheit die ökonomische Herrschaft des Bürgertums und damit die Ungleichheit! Der Staat erscheint zwar neutral, steht aber in Wahrheit auf der Seite des

Kapitals. Darum ist der farbenblinde Staat, wie ihn der klassische Liberalismus fordert, in Wahrheit ungerecht. Was wir brauchen, ist ein Staat, der eindeutig Position bezieht, der gegen Faschismus und Rassismus und Kapitalismus kämpft und für Toleranz, Vielfalt und internationale Solidarität!«

Darauf erheben beide feierlich ihre Bierkrüge, sehen sich gegenseitig an, wie man es tut, wenn man sich einer Meinung weiß, und nehmen einen tiefen Schluck, der für einen kurzen Augenblick eine bedrückende Stille in der ganzen Kneipe entstehen lässt, ehe sie ihre Konversation über ein anderes Thema fortsetzen.

»Und? Was halten Sie davon?«, höre ich plötzlich eine leise Stimme neben mir sagen. Überrascht wende ich meinen Blick nach rechts und werde dort erst jetzt eines älteren Herrn mit schmalem Gesicht und kurzen grauen Haaren gewahr, der einen exzellent gepflegten Schnurrbart trägt und mich interessiert anblickt. Er muss schon lange hier auf diesem Hocker zwei Plätze von mir entfernt sitzen, denn ich habe ihn nicht eintreten sehen und das zu drei Vierteln geleerte Bierglas vor seiner Nase spricht ebenfalls dafür.

»Ich weiß nicht, was soll ich davon halten?«, zucke ich etwas irritiert mit den Achseln und würde es am liebsten bei dieser Antwort belassen. Da er mich noch immer mit seinem Blick durchdringt, füge ich verlegen hinzu: »Besser als die üblichen Stammtischparolen.«

Er aber sieht mich weiterhin ernst und würdevoll an, als wolle er mich so bestrafen, und in der Tat steigt ein Gefühl der Scham in mir auf. Dann, ganz unvermittelt, entspannen sich seine Züge, seine Augen wirken auf einmal müde, er wendet sie von mir ab und seinem Bier zu und sagt, wie zu sich selbst: »Ach, es wird so viel Wahrheit an Stammtischen gesprochen. Und an Rednerpulten so viel gelogen ...«

Während der Wirt mir wortlos das Bier auf den Tresen stellt, leert mein Sitznachbar mit einem langen Zug sein Glas, um sich sofort ein weiteres zu bestellen. Dann erhebt er sich plötzlich und nimmt auf dem Hocker direkt neben mir Platz.

»Also, ich bin ja ... es stört Sie doch hoffentlich nicht, dass ich hier sitze?«

»Nein, nein«, sage ich aus Höflichkeit.

»Also«, beginnt er sogleich, »ich bin ja ein alter, einsamer Kauz, aber warum sitzen Sie hier ganz alleine? Ich heiße übrigens Ranke.«

Er reicht mir die Hand und ich schüttle sie, ohne ihm meinen Namen zu nennen.

»Eigentlich war, also eigentlich *bin* ich hier verabredet mit einer Kollegin.«

»Aber sie ist nicht aufgetaucht.«

»Da ist sicherlich irgendwas Wichtiges dazwischengekommen«, erwidere ich nach ein paar Sekunden, als müsste ich mich vor ihm rechtfertigen.

»Der Grund wird alles andere als wichtig sein«, antwortet er in einem gelangweilten Tonfall und nimmt einen Schluck aus dem vollen Bierkrug, den der Wirt ihm hingestellt hat. Was weißt du denn schon, du kennst sie doch gar nicht, denke ich mir. Er aber sieht mich auf einmal bedeutungsvoll an und sagt: »Die Gleichgültigkeit. Das ist die Krankheit unserer Zeit. Unser *mal du siècle*. Früher hat man sich auch zu Dingen durchgerungen, die einem unangenehm waren, weil man sich verpflichtet fühlte. Aber heute! Nein. Wenn ich keine Lust drauf habe, mach ich's eben nicht. Es geht nur noch darum, sich selber gut zu fühlen. Die Konsequenzen für die anderen sind egal.«

Ich gebe ein paar Laute von mir, die zu verstehen geben, dass ich seine Worte wahrgenommen habe, enthalte mich aber einer Erwiderung, in der Hoffnung, dass er das Interesse an einer Unterhaltung mit mir verliert.

Er aber fährt fort: »Die da hinter uns zum Beispiel, die ohne Unterlass die Folien der letzten Vorlesung rezitieren ... Sie glauben doch nicht ernsthaft, dass es denen um die anderen geht, um eine bessere, gerechtere Welt! Die sind vernarrt in das Gefühl, auf der richtigen Seite zu stehen, und wer immer ihnen dieses Gefühl gibt, dem schließen sie sich an. Glauben Sie mir, ich kenne diese Leute genau ... also nicht diese zwei da, ich meine den Typus. Moralisten des Wortes, Immoralisten der Tat, würde Nietzsche sagen. Sie teilen die Welt in Opfer und Täter ein, Gerechte und Ungerechte, Progressive und Reaktionäre. Wer nicht zur einen Kategorie gehört, wird automatisch zur andern gerechnet. Das Wichtige ist, dass sie selber immer auf der richtigen Seite stehen. Das erlaubt es, andere zu verurteilen und zu verfolgen.«

Ranke hält kurz inne und ich neige meinen Blick unmerklich seitwärts nach hinten, wo die Studenten sitzen, die sich zwar unterhalten, aber etwas ruhiger geworden sind, als lauschten sie mit einem Ohr unserem Gespräch.

»Ich rede zu viel, wenn ich ein bisschen was getrunken habe. Das ist eine Schwäche, ich weiß. Belästige ich Sie? Wenn ja, setze ich mich sofort weg.«

»Nein, bitte, bleiben Sie sitzen, Sie belästigen mich nicht«, beschwichtige ich ihn. Ich betrachte Ranke genauer. Er ist nicht so alt, wie ich zunächst geglaubt habe. Sein Gesicht wirkt beinah jugendlich, nur sein komplett graues, ja im Grunde bereits weißes Haar lässt ihn greisenhaft erscheinen. Er hat eine angenehme, tiefe Stimme, die jedoch im Ansatz bereits jene leichte heisere Korrosion aufweist, wie alte Männer sie oft haben. Doch alt ist er eigentlich noch nicht, vielleicht um die sechzig, so wie mein Vater. Rankes Modegeschmack wirkt wie der eines in die Jahre gekommenen Professors oder Dozenten, der gerne jung wäre. Er trägt hellbraune, glänzende Lederschuhe, eine recht enge Jeans mit Gürtel, ein dunkelblaues Hemd und ein weites kariertes Sakko in einer schwer zu bestimmenden Farbe irgendwo zwischen Grün und Erdton.

»Tja ...«, sagt er zerstreut, als versuche er, einen verloren gegangenen Faden wieder aufzugreifen. »Es geht im Grunde immer nur um den eigenen Lustgewinn. Aber«, fährt er plötzlich auf, »das ist doch keine neue Erkenntnis! Das wissen wir doch alles schon seit wie viel – seit hundertfünfzig Jahren? Hinter allem steckt Egoismus, was wir nicht aus wahrer Liebe für andere tun, tun wir vor allem für uns selbst. Das ist doch eine bahnbrechende Erkenntnis! Oder etwa nicht? Aber glauben Sie, das Denken der Menschen hat sich deswegen verändert – dass sie ihre Vorstellungen von Gut und Böse deswegen hinterfragen? Nichts! Es ist, als hätte Kopernikus seine Entdeckung gemacht, aber man kann davon nur in ein paar astronomischen Fachbüchern lesen. Im Gegenteil: Die meisten Menschen sind mehr denn je überzeugt, dass die Sonne um die Erde kreist. Sie glauben heute an Richtig und Falsch, an Gut und Böse, wie sie früher an Gott und den Teufel geglaubt haben. Ganz nach Spinoza: Wenn ich schon Atheist bin, will ich wenigstens wie ein Heiliger leben.«

Mit einem kräftigen Schluck leert Ranke sein Bierglas fast zur Hälfte, als müsse er seine aufgeheizte Zunge abkühlen, wobei ein bisschen Schaum an seinem perfekt getrimmten Schnurrbart hängen bleibt. Ich mache ihn jedoch nicht darauf aufmerksam.

Dann fährt er fort: »Ich habe mir neulich so einen Vortrag von einem jungen Kerl angehört, der von seiner Tätigkeit als ›Flüchtlingsretter‹ auf dem Mittelmeer erzählt hat. Ich schwöre Ihnen: Zwei Stunden lang hat dieser rührselige Salbader im pastoralen Ton erklärt, warum er so ein guter Mensch ist, hat Sätze gesagt wie ›Dann habe ich dort noch zwanzig Menschen gerettet‹ oder ›Es ist gar nicht so schwer, menschlich zu sein‹. Oh, Gott ... Und dann blickt man sich um, ob man irgendwo jemanden findet, der von so viel Selbstgerechtigkeit genauso angeekelt ist – und was passiert?« An dieser Stelle reißt Ranke die Augen weit auf und öffnet den Mund, als bestaune er etwas Überwältigendes. »Ich werde stattdessen geblendet von dem verzückten Leuchten in den Augen der alten Leutchen! Als hätte es so was wie Moralkritik niemals gegeben. Sie lauschen diesem eitlen Vorzeigeministranten und glauben, das sei wahre Güte.«

Ich spüre, wie sich die feindseligen Blicke der beiden Studenten hinter uns in meinen Rücken bohren. Ganz diskret drehe ich meinen Kopf leicht zur Seite, um meinen Verdacht aus dem Augenwinkel heraus zu überprüfen.

»Mein Gott, lassen Sie die Bengel doch denken, was sie wollen«, sagt Ranke plötzlich mit strenger Nachsicht und ich fühle mich ertappt wie ein Schüler, der im Unterricht von seinem Lehrer aus einer Träumerei gerissen wird. »Die, die sich am meisten empören, lügen auch am meisten! Verzeihen Sie! Es ist so eine schlechte Angewohnheit von mir, in Aphorismen zu sprechen ...«

»Ich finde, gegen Idealismus ist nichts einzuwenden«, versuche ich, selbstbewusst diese Zurechtweisung zu kontern. »Gerade wenn die Menschen immer egoistischer werden, wie Sie sagen.«

Ranke blickt auf den Tresen und schüttelt nachdenklich den Kopf. »Idealismus!«, sagt er plötzlich laut, dass sich ein paar andere Gäste umdrehen. »Der Idealismus ist die Dummheit der Klugen. Es gibt tausend gute Gründe, die man gegen ihn einwenden kann. Aber das ist genau diese Naivität, die ich meine.

Die größten Ideologen sind auch die größten Idealisten. Aber nach all den Erfahrungen, die wir gemacht haben, tun die Menschen heute so, als könne aus Idealismus immer nur etwas Gutes entstehen. Als zähle stets nur die gute Absicht. Ich sage Ihnen meine Meinung dazu: Idealismus ist gut, wenn er einem guten Herzen entspringt. Wenn er Maß hält und seine eigenen Folgen bedenkt, wenn er sich der Wirklichkeit fügt und sich nicht die Wirklichkeit gefügig machen will, dann ist er gut.«

Ranke trinkt sein Bier aus und bestellt sich umgehend ein neues.

»Sicher?«, fragt der Wirt mit einem kritischen Blick.

»Ja, ganz sicher!«, antwortet sein Gast patzig. »Hören Sie, ich bin etwas angetrunken«, wendet er sich nach ein paar Sekunden wieder an mich. »Und wenn ich angetrunken bin, dann rede ich zu viel. Wahrscheinlich beschäme ich Sie. So ist es doch, oder? Ich beschäme Sie.«

Ich mache eine abwehrende Geste.

»Ich weiß es, Sie halten mich für schlecht, oder: Sie überlegen, ob ich schlecht bin. Aber das bin ich nicht! Ich bin kein Bösewicht, nur weil ich nicht daran glauben kann, dass alle Menschen bald Brüder sein werden. Und Schwestern natürlich! Und *die* sind nicht gut, nur weil sie das behaupten. Wissen Sie, wer ich bin? Ich werde es Ihnen verraten, kommen Sie näher, noch etwas näher.«

Wir stecken die Köpfe konspirativ zusammen und er flüstert mir bedächtig ins Ohr, als sei es wichtig, dass ich jede Silbe genau verstehe: »Ich bin ein Konservativer. Mehr noch: Ich bin der letzte Konservative.«

Ich muss schmunzeln ob dieser so geheimnisvoll vorgebrachten Offenbarung und das scheint ihm zu gefallen, denn ein diabolisches Lächeln blitzt jetzt auf seinem Gesicht auf. Unterdessen füllt sich das Trou mit immer mehr Studenten.

Wir sitzen wieder aufrecht nebeneinander und Ranke fährt in normaler Lautstärke fort: »Sie fragen sich, wie ich dazu komme. Ganz einfach: Fragen Sie irgendeinen Menschen, in was für einer Zeit wir leben. Die werden Ihnen alle brav antworten, dass es eine großartige Zeit ist, eine Zeit des Fortschritts, alles wächst zusammen, alles verändert sich und darum müssen auch wir uns verändern und so weiter. Schön und gut, aber: Ich will mich nicht verändern. Ich hänge an diesem Deutschland und an diesem alten Europa, so, wie es ist. Ich liebe seine Kultur, seine Geschichte, seine Traditionen. Doch all das stirbt vor meinen Augen. Und das ist mein einziges Verbrechen: dass ich den Untergang einer Welt beweine, die ich liebe. Sehen Sie doch nur, wie überall die Werte und Traditionen verloren gehen. Die Kinder nennen ihre Eltern heutzutage nicht mal mehr ›Mama‹ und ›Papa‹, sondern ›Mom‹ und ›Dad‹, weil sie das so aus den Filmen kennen. Welches Kind wächst denn heute noch mit den alten Geschichten auf? Alles, was uns ausmacht, geht allmählich verloren und ich bin der Einzige, der darin keinen Fortschritt, sondern einen Niedergang erkennt, ein ewig Gestriger. Die Zeit ist aus den Fugen, das ist meine Meinung, ganz einfach meine Meinung. Ich fühle mich, als ob mein Haus, das Haus, in dem ich mein ganzes Leben verbracht habe, verfällt, die Wände bröckeln, das Dach stürzt ein, ich will es reparieren lassen, aber alle sagen bloß: Akzeptiere es endlich! Wir reißen es ab und bauen ein schöneres Haus. Aber alles, was ich will, ist mein altes Haus mit seinen knarrenden Dielen und dem schiefen Boden ... Kennen Sie das berühmte Foto von dem Cellisten in der Nationalbibliothek in Sarajevo? So fühle ich mich.«

Er schiebt sein volles Bierglas von sich weg, als habe er soeben beschlossen, sich für immer von einem Laster loszusagen. Und auf einmal, wie seltsam, wirkt er ganz klar und aufgeräumt, als sei nun der Alkohol wie ein Dämon aus ihm gefahren. Dann fragt er mich, ob ich religiös sei, und ich verneine es.

»Ich auch nicht«, sagt er traurig, während er sanft mit der Hand über das wellige Holz des Tresens streift. »Mit der christlichen Lehre konnte ich nie viel anfangen. Und doch, ich muss gestehen: Ich hänge an dem, was jahrtausendelang das Leben unserer Vorfahren geprägt hat, auch wenn ich nicht daran glaube. All diese vertrauten Gesichter in jeder Kirche, egal wo auf der Welt. Wir erkennen den heiligen Franziskus sofort, wenn wir ihn sehen, oder den heiligen Sebastian. Das alles ist seit Jahrhunderten unverändert. Der Gedanke, dass unsere Vorfahren Generation um Generation mit diesen Geschichten aufwuchsen, im Schatten dieser Figuren lebten und starben – wie kann er uns nicht voreingenommen für sie machen? Warum lachen Sie?«

»Sie erinnern mich an meinen Vater. Wenn wir früher unterwegs waren, mussten wir in jede Kirche gehen. Er hat immer gesagt: Die Kirchen sind die guten Stuben unserer Kultur.«

Ranke lächelt abwesend und nippt an seinem Bier. »Ja, das ist eine schöne Metapher«, sagt er melancholisch. »Ich weiß nicht, aber ... ich habe mich in Kirchen immer geborgen gefühlt, heute immer noch. Ich weiß noch, als mein Großvater starb, den ich sehr geliebt habe, da war ich ein Bube von vielleicht elf Jahren oder so. Zu Hause – wir lebten in einem sehr kleinen Haus – waren alle so traurig und ich war auch traurig, aber ich wollte es niemandem zeigen. Ich dachte, wenn alle schwach sind, dann muss wenigstens ich stark sein, zumindest dem Anschein nach. Ich wollte meine Trauer verbergen. Also bin ich in unsere kleine Pfarrkirche gerannt und habe mich auf eine der hinteren Bänke unter der Empore gesetzt, genau neben dem Ölgemälde mit Jesus, der die Kindlein zu sich kommen lässt, daran erinnere ich mich noch genau. Und dort in der Kirche war ich ganz allein und habe geschluchzt und geweint. Aber niemand hat mich gehört.«

Ich starre auf den klebrigen Grund meines leeren Bierglases und fühle mich so angenehm angetrunken. Nach gerade einmal einem Glas. Nein, ich vertrage nicht mehr viel. Ranke hat in derselben Zeit bereits das Dreifache verkonsumiert. Ich blicke zu ihm hinüber, fast schon auffordernd. Er aber starrt vor sich an die Wand hinter dem Tresen, als wäre er ganz woanders. So vergehen einige Minuten, es kommen und gehen die Gäste hinter unserem Rücken, das Lokal ist mäßig voll, gewiss nicht ungewöhnlich für einen Donnerstagabend. Ich bestelle eine neue Runde für uns beide und das reißt meinen stumm gewordenen Gesprächspartner aus seiner Lethargie. Mit einem feinen Lächeln nickt er mir zu.

»Darf ich Sie fragen, wo Sie herkommen?«, eröffnet er von Neuem das Gespräch. »Ich würde auf die Magdeburger Gegend tippen?«

»Ja, ganz genau! Woher wissen Sie …?«

»Ich habe es rausgehört. Ansonsten hätte ich auf Ostharz getippt. Kommen Sie direkt aus Magdeburg?«

»Aus einem Dorf in der Nähe.«

Eine unterdrückte Genugtuung leuchtet auf seinem Gesicht auf. »Ich habe Ihnen sofort angesehen, dass Sie kein Stadtmensch sind! Als ich Sie sah, habe ich das Bild einer kleinen Dorfstraße vor mir gesehen, bescheidene Häuschen, Vorgärten mit Holzlattenzäunen, dahinter gleich Wiesen und Felder und irgendwo in der Nähe gibt es ein altes Schloss, das seit Jahrhunderten auf diesem Boden steht. Na ja, was soll ich sagen, ich bin halt ein Romantiker. Aber die Illusion eines unbeschädigten Lebens wird sich auch in der Provinz nicht mehr lange aufrechterhalten lassen.«

»Es gab tatsächlich mal ein Schloss bei uns, es wurde aber irgendwann in den Siebzigern abgerissen.«

Mit einem Schlag ist alle Freude aus Rankes Gesicht verflogen, als hätte er soeben erfahren, dass ein alter Bekannter und mit ihm ein Teil seiner eigenen Jugend gestorben sei.

»Diese verdammten Idioten, es war überall das Gleiche, Ost wie West!«, sagt er, zornig mit dem Kopf schüttelnd. »Ich habe es hier in Göttingen selbst erlebt als Student. Alles haben sie zerstört, uralte Häuser, ganze Straßenzüge mit wunderschönen Fachwerkhäusern. Und wofür? Für kalten, hässlichen Beton. Gehen Sie mal durch die Neustadt heute – furchtbar! Sozialer Wohnungsbau der übelsten Sorte. Selbstverständlich hätte man die alten Häuschen modernisieren können, allein es fehlte der Wille. Alles sollte jetzt modern sein und nichts mehr an die Vergangenheit erinnern. Sogar die alten Häuser, die man stehen ließ, wurden mit diesen Metallplatten verkleidet, damit sie wie Neubauten aussahen, das muss man sich vorstellen! Oder der barocke Reitstall, ein herrliches steinernes Gebäude! Da erinnert nur noch der Name der Straße dran, heute steht da das Einkaufszentrum ... wie heißt es? Das Carré! Ach, es gibt leider so viele Beispiele ...«

»Aber sagen Sie ...«, hebt er kurz darauf an, nachdem er sich gefasst hat, »wie heißt denn nun der Ort, aus dem Sie kommen?«

»Ich glaube nicht, dass der Name Ihnen etwas sagen wird. Der Ort heißt Marenholtz.«

»Ha! Soll das ein Witz sein? Selbstverständlich!«

Ich blicke ihn verblüfft und fragend an.

»Heinrich von Marenholtz! Der Dichter! Ich habe mal einen Aufsatz über ihn geschrieben, das ist allerdings schon ewig her. Gilt heute als Persona non grata und ist in keiner Anthologie mehr zu finden. Das gab damals eine riesige Debatte, weil Reich-Ranicki zwei seiner Gedichte in den Kanon aufgenommen hat. Und das waren dann nicht mal die schönsten ... eine Ballade und ... ich weiß nicht ...«

Er hält kurz inne und überlegt. Dann – völlig unerwartet – bricht Ranke in schallendes Gelächter aus und beginnt, ganz langsam und jede Silbe genau artikulierend, wobei seine Stimme auf einmal sehr viel höher wirkt als gerade eben noch, zu deklamieren:

»Wir sind nur wie Kiesel am Strande!
Wir liegen im warmen Sande
Und fühlen uns groß und schwer.
Dann kommt der Wellenbrande
Und reißt uns weg vom Lande
– Und spült uns fort ins Meer.

Wusste ich doch, dass ich noch eins auswendig kann! Mögen Sie Lyrik?«

Ich erzähle ihm, dass ich die Lyrik seit meiner Jugend sehr schätze und mich selber hin und wieder daran versuche.

»Da sitze ich hier also die ganze Zeit neben einem leibhaftigen Dichter! Es ist mir eine Ehre!«

Ich nehme seine spöttische Anerkennung mit einem Kopfnicken und einem bitteren Lächeln zur Kenntnis.

»Sie nehmen mir das doch nicht übel?«, fragt Ranke mich plötzlich besorgt und greift dabei an meinen Unterarm, der auf dem Tresen liegt. »Nein? Dann ist gut, es war auch wirklich nicht böse gemeint. Wissen Sie, wenn ich zu viel trinke ... Also aus Marenholtz kommen Sie. Und sind Sie denn noch regelmäßig da?«

»Ich war seit Jahren nicht mehr da. Keiner aus meiner Familie wohnt noch dort.«

»Ja, ich verstehe. Aber – es gibt Orte, die sind selber wie Familienmitglieder, finden Sie nicht? Und ab und zu hat man einfach das Bedürfnis, sie zu besuchen.«

Ich zucke unschlüssig mit den Achseln: »Ich weiß nicht. Ja, bestimmt.«

Ranke scheint von meiner Antwort sehr irritiert zu sein. Einige Augenblicke lang sitzen wir schweigend nebeneinander und trinken. Die Studenten hinter uns sind immer noch da und unterhalten sich jetzt über Fußball und wie lukrativ es sei, im Internet darauf zu wetten.

»Ich habe schon über hundertsechzig Euro damit verdient«, sagt der Kleine. Und ich muss schmunzeln, als er »verdient« sagt. Als ich zu Ranke hinüberblicke, scheint er tief in Gedanken versunken zu sein.

»Ich würde niemals einen Wohnsitz in Venedig haben wollen«, sagt mein Sitznachbar nach einiger Zeit, als habe er sich mitten in seinen Überlegungen entschlossen, mich daran teilhaben zu lassen. Ich sehe ihn fragend an. »Wissen Sie, warum? Weil ich Venedig liebe. Ich könnte dann nicht mehr in irgendein Hotel gehen und dieses herrliche Gefühl des Fremdseins empfinden. Mit einer Wohnung, selbst wenn es nur ein kleines Zimmerchen wäre, hätte ich dort ein Zuhause. Ich würde jedes Mal heimkommen. Aber Daheimsein, das bedeutet Alltäglichkeit, Gewöhnung ... die Zerstörung des Unbekannten, Fremden, Einzigartigen, alles, was wir auf Reisen suchen, wofür wir Ozeane und Gebirge überqueren. Als ich jung war, habe ich mich so sehr nach der Ferne gesehnt, ich wollte hinaus in die Welt, überallhin. Nachdem ich mit der Schule fertig war, habe ich die ganze Welt bereist, ich war in Asien, in Südamerika, in Afrika. Ich habe Orte gesehen, von denen meine Vorfahren nur träumen konnten. Während meiner Promotion hatte ich dann das Glück, eine Dozentenstelle an der NYU zu erhalten. Und ich war wirklich glücklich dort, es war eine der schönsten Episoden meines Lebens. Aber wissen Sie was? Es waren die Museen ... das Metropolitan und die Pierpont Morgan Library.

Als ich da drin war, da wurde mir seltsam zumute. Das war ... wie soll ich es beschreiben ... als ... hätte ich die Seiten gewechselt. Als wäre das Vertraute nun zum Fremden geworden. All diese Relikte aus dem alten Europa, Fremdkörper inmitten dieser neuen Welt, die Gemälde und Bücher, was man bei uns in jeder Kirche, jedem Schloss findet, die Partituren von Beethoven und Mozart mit den deutschen Marginalien – das löste so ein starkes Gefühl in mir aus. Aber verstehen Sie, es ... es war kein neues Gefühl. Ich erkannte, dass es genau dasselbe Gefühl war, das ich zu Hause empfunden hatte, wenn ich von der Fremde träumte. Es hatte sich einfach nur umgekehrt! Indem mir die Fremde vertraut und das Vertraute fremd wurde, wurde aus meinem Fernweh – Heimweh! Von da an sah ich auch die Stadt, in der ich lebte, mit anderen Augen. Ich ging im Battery Park am Ufer entlang, sah in Richtung des offenen Ozeans und sehnte mich nach den Kathedralen, nach den Gassen und Plätzen Europas. Ich sage Ihnen, nirgendwo kann man die alte Welt so innig lieben wie in der neuen.«

Ich nicke verlegen und betrachte mein leeres Bierglas. Der alte Mann wird mir langsam etwas zu geschwätzig, denke ich mir. Und etwas zu betrunken. Noch ein oder zwei Gläser mehr und es könnte unangenehm werden. Also entschließe ich mich, zu gehen. Ranke aber sieht, wie ich auf mein leeres Glas starre, bemerkt eine innere Unruhe und zieht die falschen Schlüsse.

»Schon gut, Sie haben recht, die nächste Runde geht auf mich!«, sagt er bierselig.

»Nein, nein, vielen Dank, ich werde jetzt gehen«, erwidere ich. »Es ist schon fast elf und ich muss morgen arbeiten.«

»Ja, ja, wir müssen alle morgen arbeiten, wir alle hier!«

Mir ist bei diesen Worten plötzlich, als spräche ich mit einem Räuberhauptmann. Ohne meinen Einspruch zu respektieren, ruft er den Wirt zu sich und bestellt zwei Erdbeerbowlen.

Unmittelbar fährt er in einem sarkastischen Ton fort: »Wir sind alle bloß hier, um uns ein bisschen zu vergnügen, bevor die Arbeit morgen wieder von vorne losgeht. Viel Arbeit und ein bisschen Vergnügen, saure Wochen, frohe Feste, daraus besteht doch das Leben, nicht? Wir vergnügen uns ... um uns davon abzulenken ... dass wir eigentlich nur leben ... um zu arbeiten. Wussten Sie übrigens, dass wir alle heute für die alten Griechen keine vollwertigen Menschen wären? Die hielten nichts von mühseliger Arbeit. Das war nur etwas für Sklaven und andere Unfreie, und wissen Sie, wie man diese Menschen nannte, die zum Arbeiten verdammt waren?« Er wartet meine Antwort nicht ab. »Banausen! Ja, wir sind heute alle Banausen!«

Und mit sichtlicher Freude über diese Erkenntnis und mit glasigen Augen nimmt Ranke seine Erdbeerbowle und stößt mit mir an. Als er kurz darauf von der Toilette zurückkommt, knüpft er nahtlos an seinen Monolog an.

»Tja, und sehen Sie, heutzutage ist es genau andersherum. Alles dreht sich nur ums Arbeiten und wehe Ihnen, wenn Sie in Ihrem Lebenslauf nicht nachweisen können, dass Sie auch tatsächlich jeden Monat für irgendwen malocht haben. Oder sich zumindest darum bemüht haben. Dann gelten Sie schon ein wenig als asozial. Eigentlich existiert doch heute gar nicht, wer nicht arbeitet. *Laboro ergo sum*. Nein, nein, freiheitsliebende Menschen kann der Kapitalismus nicht gebrauchen. Er braucht Knechte, die dankbar für ihre Ketten sind.«

Wir sitzen einige Zeit schweigend nebeneinander, dann fragt Ranke mich nach meiner Meinung. Ob ich nicht auch so dächte? Ich spüre, dass es ihm um mehr geht, nicht nur um diesen Punkt. Er sucht einen Verbündeten, einen Mitverschwörer. In diesem Moment frage ich mich, ob er vielleicht jeden Abend hier an dieser Theke im Trou sitzt und immer wieder einem anderen dieselben Dinge erzählt – so lange, bis er einen Bruder im Geiste gefunden hat und nicht mehr allein ist. Doch ich bin dieser Bruder nicht.

»Ich kann das alles nicht so drastisch sehen wie Sie«, sage ich. »Wir leben in einer Zeit mit vielen Schwächen, aber Sie dürfen doch all das Gute nicht vergessen! Den Fortschritt, medizinisch, technisch, den Frieden, den Wohlstand. Früher ging es so vielen Menschen schlecht und heute leben wir doch alle ganz gut. Ich glaube, durch all das, was Sie kritisieren, sind sehr viel mehr Menschen heute glücklich als früher. Wer vor hundert Jahren mit seiner Familie unter erbärmlichsten Bedingungen leben musste, hat heute ein Häuschen im Grünen und ein schönes Auto davor. Ja, ich glaube, dass die meisten Menschen heute ein besseres und glücklicheres Leben führen können als früher.«

»Tja, so ist das«, antwortet Ranke nach einigen Sekunden gedankenlos, während er mit seinem Bierdeckel auf dem Tresen spielt. »Was das angeht, halte ich es lieber mit Pascal: Wenn die Menschen wirklich glücklich wären, bräuchten sie nicht andauernd Ablenkung. Und niemand braucht mehr Ablenkung als wir heutzutage. Nein, das ist doch der Widerspruch: Wir sind nicht wirklich glücklich, doch wir sind verdammt zum Glücklichsein. Unglücklich sein in dieser Welt des Wohlstands und Vergnügens bedeutet doch in Wahrheit: undankbar sein.«

Daraufhin verfällt Ranke in ein langes, grüblerisches Schweigen. Wir sitzen nebeneinander und trinken unsere Bowle. Und als sein Glas leer ist, bestellt er umgehend für uns beide nach. Ich habe mich mittlerweile damit abgefunden, warum denn auch nicht? Es gibt Schlimmeres, als hier unten angenehm berauscht im Schein des Feuers zu sitzen und Erdbeerbowle zu trinken. Da oben könnte eine Atombombe explodieren, wir würden es nicht mitbekommen. Dann wird das morgen eben ein anstrengender, übermüdeter Tag, man kann nicht immer vernünftig sein, denke ich mir trotzig. Hier und da sitzen noch ein paar Gäste in den Ecken, die Studenten hinter uns sind bereits unbemerkt in die Nacht entschwunden.

»Ich war in meiner Jugend sehr einsam ...«, bricht Ranke irgendwann sein Schweigen, ohne mich dabei anzusehen. Er wirkt mittlerweile deutlich angeschlagen. »Ich weiß, was Einsamkeit ist. Nichts, was man zum Lebensprinzip erheben sollte. Es gab eine Zeit, da wäre ich fast gestorben vor Sehnsucht nach Liebe. Wissen Sie, was das ist? Sehnsucht nach Liebe? Das hat mich ernst gemacht, es hat mich nachdenklich gemacht.«

Er schweigt einige Augenblicke lang, sein Blick, den er dem Nichts entgegenwirft, wirkt leer und verworren.

»Das Unglück ist schlecht, wenn es sich durchs ganze Leben zieht. Aber es ist gut, wenn es ein Ende hat. Die Russen sprechen vom Leid, als wäre es ein Land, in das man reist. Ein Weg, den man einschlägt, um klüger und reifer wiederzukehren. Wir hingegen wehren uns mit Händen und Füßen dagegen. Wir fürchten nichts so sehr wie das Leid.«

Wieder starrt er mit halb geöffnetem Mund auf die Wand vor sich, als blicke er in einen tiefen Abgrund hinein. Niemand von uns sagt etwas, Ranke aber erhöht sein Tempo und trinkt unaufhörlich, als bestehe nun kein Grund mehr, sich zurückzuhalten. Es muss fast eine halbe Stunde sein, die so vergeht, ehe er lallend das Wort an mich richtet.

»Ich habe sie so geliebt ...« Er sagt es langsam und kaum hörbar, wie man nach vielen Jahren endlich ein großes Geheimnis preisgibt. »Aber sie hat meine Liebe nicht erwidern können ... Damals war der Gedanke ... dass sie jemals mit einem anderen Mann zusammen sein könnte ... unerträglich für mich. Und heute frage ich mich ... was wohl aus ihr geworden ist und ob sie ... mit einem anderen glücklich geworden ist. Und plötzlich ist der Schmerz wieder da.«

Maja! Auf einmal ist ihr Bild vor meinen Augen: ihr unverfälschtes Lächeln, ihre zarte Hand, die über meinen Arm streichelt und mit meinen Haaren spielt. Ihr sanfter Mund, der mich küsst. Wo bist du jetzt gerade?

Hier in der Unterwelt vergeht die Zeit schneller: Ein ganzes Leben kann nur wenige Stunden dauern. Als ich aufstehe und meine Rechnung bezahle, ist es halb zwei. Wie soll ich mich von ihm verabschieden? Unschlüssig stehe ich neben Ranke, er wendet langsam seinen Kopf zu mir und sieht mich an.

»Also dann ...«, sage ich und nicke ihm zu.

Er aber starrt mich nur mit seinen glasigen Augen traurig an, als begreife er nicht, dass nun die Zeit gekommen ist, um Abschied zu nehmen. Ich will mich schon umwenden und gehen, da streckt er seine Hand aus und lässt sie auf meiner linken Schulter niedersinken.

»Wenn ich einen Sohn hätte ... würde ich ihm einen Rat auf den Weg geben.« Er sieht mich an, seine Augen funkeln, doch sein Blick ist leer. »Sei tapfer! Sei stark! Sei tapfer und stark!«

Das helle Licht auf der Treppe blendet mich. Als ich bereits die erste Stufe genommen habe und die Tür langsam hinter mir zufällt, sehe ich noch einmal zurück. Ranke sitzt zusammengesackt am Tresen, den schweren Kopf mit der linken Hand abgestützt. Die Tür ist zu. Ich werde ihn nicht wiedersehen.

9
Somnolentia

Ich gehe durch unsere alte Straße: Alles sieht völlig anders aus, die Häuser sind größer und prunkvoller, überall sind Geschäfte, wie in einer richtigen Stadt. Da fließt auf einmal ein Bach mitten durch den Ort und eine kleine gusseiserne Brücke führt hinüber. Nichts ist so, wie ich es in Erinnerung habe, selbst die Landschaft ist anders. Marenholtz liegt jetzt in einem hügeligen Arkadien. Eben stand ich noch auf der Straße und blickte in einen Innenhof, wo Menschen an Tischen saßen und speisten wie in einem Restaurant. Eine Sekunde später laufe ich durch einen Wald, bis ich an eine Böschung komme und hinunter in ein weites, dunstiges Tal blicke. Obwohl nichts davon in Wahrheit existiert, weiß ich von Beginn an genau, wo ich bin. Nichts erscheint mir sonderbar, selbst das Sonderbarste nicht. Dieser Ort ist mein Zuhause, auch wenn er nichts damit zu tun hat. Ich nehme es einfach hin, ich nehme ihn an als das, was er zu sein vorgibt. So macht man es in Träumen.

Dunkelheit. Noch ist es Nacht, schnell wieder zurück! Ein großes Passagierschiff und eine feine Gesellschaft an Deck, ich mitten unter ihnen. Die Gesichter sind mir alle fremd und doch weiß ich, dass ich sie kenne. Und obwohl ich sie kenne, fühle ich mich unglaublich einsam. Das Meer muss ganz ruhig sein, der Abend ist dunkelblau. Da sehe ich, dass parallel zu uns ein weiteres Schiff fährt. Langsam bewege ich mich zur Reling, um es genauer zu betrachten. Da durchfährt ein Gefühl der Angst meinen ganzen Körper. Das stille Meer ist in Wahrheit ein tosender Ozean. Und was für ein seltsames Schiff ist das! Es besteht aus zwei Teilen, die durch eine große schwarze Kugel in der Mitte verbunden sind. Während der Rumpf schwankt und von den hohen Wellen auf- und niedergeworfen wird, bleibt der obere Teil perfekt ausbalanciert, sodass die Menschen an Deck den stürmischen Wellengang gar nicht bemerken. Erst jetzt wird mir bewusst, dass unser Schiff genauso konstruiert sein muss, und mein Herz beginnt, immer schneller zu pochen.

Was war das für ein Geräusch? Beruhige dich! Ist das die Dämmerung? Es ist bloß die Straßenlaterne, schlaf weiter! Diese Nacht ist lange nicht vorbei, sie dauert noch viele Stunden, vertrau mir. Ein Getreidefeld im Hochsommer. Schon wieder dieser Lärm! Es ist so warm hier, die Sonne scheint, die Schmetterlinge fliegen, ich fühle mich unendlich wohl. Und da ist sie, sie kommt langsam auf mich zu, ein warmer Hauch weht durch ihr Kleid, sie lächelt mich an. So lange habe ich mich nach dir gesehnt, ich muss dir so viel erzählen. Licht und Schatten spielen auf ihrem hübschen Gesicht. Blütenweiß sind die Wolken.

Sie fragt: »Bist du glücklich?«

Ich nicke: »Jetzt wieder.«

Es durchströmt meinen ganzen Körper, ich kann es fühlen. In der Mitte des Feldes steht ein Baum. Du siehst ihn, doch du spürst ihn kaum. Das Leben ist ein Traum. Nur ein Traum. Ein Traum!

Dumpfes Dröhnen der Motoren, tiefe Traurigkeit des Herzens. Ich werde meine Lider nur ganz leicht öffnen, eigentlich sind sie noch geschlossen. Das muss Tageslicht sein, was durch die Vorhänge schimmert. Nein, nein, das kann nicht sein. Ich bin noch nicht bereit, aufzustehen. Bitte! Und wenn es nur eine Stunde ist, nur eine halbe! Lass mich zurück auf das Feld, ich flehe dich an! Meine Lider sind so schwer, mein Verstand ist wie betäubt. Ich werde diesen Tag nicht überleben, wenn ich jetzt aufstehen muss. So ein Tag kann ewig lang sein und die Nacht ist so kurz. Es ist eindeutig, sie laden die neuen Waren aus, das Licht an der Decke wird immer heller. Eine Stunde nur, nur eine Stunde will ich noch schlafen, tief und fest schlafen! Du hast keine Stunde mehr! Wie lange habe ich noch? Vielleicht vierzig Minuten, vielleicht vier. Stell dir vor, ich könnte den Wecker einfach ausmachen und weiterschlafen. Kannst du aber nicht! Der Wecker hat noch nicht geklingelt, schlaf ein, jede Minute zählt! Ich versuche es! Ein Getreidefeld im Hochsommer, in der Mitte steht ein Baum. In wenigen Minuten ist es bestimmt so weit, vielleicht sind es nur noch Sekunden! Dich quält die Ungewissheit! Blicke auf die Uhr und erlöse dich. Aber die Gewissheit ist noch quälender. Ich weiß es, jede Sekunde dieses Tages wird eine Qual sein. Ich will nur schlafen, einfach nur schlafen …

Als Steffi am Nachmittag zum Spätdienst erscheint, ist ihr deutlich eine gewisse Unbehaglichkeit in meiner Gegenwart anzumerken. Sie vermeidet Blickkontakt und ist für ihre Verhältnisse außergewöhnlich wortkarg. Nur ein sparsamer Gruß, ehe sie hinter ihrem Monitor verschwindet. Zweifellos ist sie erleichtert, als ich kurz darauf zu einem Patienten gerufen werde.

Ein paar Minuten später betrete ich den Raum wieder und spüre sofort, dass sie ihre Strategie offenbar überdacht und geändert hat. Sie lächelt mich offen an, während ich mich hinsetze, dann nimmt sie einen Stoß Papiere zur Hand, verzieht ihr verschwitztes Gesicht, als sei sie gerade inmitten einer unfassbaren Anstrengung begriffen, und fächert sich mit den Blättern Luft ins Gesicht, gefolgt von einem erschöpften Stöhnen.

»Also dieser Sommer ist doch nicht normal, oder wie?«, sagt Steffi wie zu sich selbst. »Ständig diese Hitze! Das geht jetzt schon seit Wochen so, blöder Klimawandel.«

Mein Blick wandert hinaus in den sonnigen Julitag und verfängt sich in der Krone des Kastanienbaums, der direkt vor dem Fenster steht und dessen Blätter vom heißen Wind gekitzelt werden. Nein, ich spüre nicht die geringste Lust, mich auf diesen Smalltalk einzulassen, und außerdem: Warum nicht Steffi ein wenig leiden lassen? Sie hat es verdient. Also gebe ich zwar zu verstehen, dass ich ihre Worte vernehme, doch ich gehe nicht darauf ein und konzentriere mich weiter ganz auf meine Epikrise. Steffi startet noch ein paar Versuche, dann gibt sie auf. Es folgen einige schweigsame Minuten und ich spüre, dass es Trotz ist, der ihr die Lippen verschließt.

Schließlich knickt sie ein: »Ach du, sag mal ...«, spricht sie demonstrativ gelassen und beiläufig, »war das gestern, wo wir angedacht hatten, mal was trinken zu gehen?«

»Wir waren gestern verabredet, ja«, erwidere ich ohne jeden Groll.

»Ach Mensch, Shit! Das ist mir jetzt echt peinlich, Matthias!«

»Alles gut, Steffi.«

»Weißt du, Philipp ist nämlich vorgestern wieder bei mir eingezogen und ... na ja« – sie errötet und lacht dabei – »also, wir hatten da einiges nachzuholen, kannst du dir vorstellen ...«

Ich fasse es nicht, dass sie mir das so unverblümt sagt, anstatt sich wenigstens eine halbwegs akzeptable Ausrede einfallen zu lassen.

»Ist okay. Wäre einfach schön gewesen, wenn du abgesagt hättest.«

»Ja Mensch, sorry!«, sagt sie und versucht, mir, wie ich aus dem Augenwinkel heraus erkennen kann, einen Welpenblick zuzuwerfen. »Wir holen das aber nach, ja?«

»Na klar, machen wir«, antworte ich und weiß genau, dass es leeres Gewäsch ist. Ich spüre ihren Blick auf mir, während ich so tue, als ob ich angestrengt meinen Text noch einmal überfliege. Dann wendet sich Steffi ihrem eigenen Monitor wieder zu.

In Wahrheit ist mein Brief längst abgeschlossen und ich nutze den freien Augenblick, um auf Facebook nach Maja zu suchen. Ah, da ist sie ja! Was sie wohl macht? Ob sie glücklich ist? Auf dem Profilfoto sieht sie eigentlich aus wie früher. Im Vordergrund ist ihr strahlendes Gesicht zu sehen und ein Teil des weißen Kittels, dahinter vermutlich ihr Büro und ein Kollege, der blöd in die Kamera grinst.

Arbeitet bei: Universitätsklinikum Hamburg-Eppendorf
Hat hier studiert: Georg-August-Universität Göttingen
Hat hier studiert: Universität Hamburg
Aus: Hamburg
Wohnt in: Hamburg
Verlobt

Es geht eine Druckwelle einmal komplett von oben nach unten durch meinen Körper und zieht mir die Beine weg. Eine bleierne Traurigkeit überkommt mich. Immer wieder lese ich dieses Wort, als bestünde die Hoffnung, dass es sich vor meinen Augen auflöst. Verlobt. Sie ist also verlobt. Aber nicht mit dir, schiebt sich plötzlich ein kleiner, gemeiner Gedanke in meinen Kopf. Natürlich nicht mit mir! Ich habe sie seit mindestens sechs Jahren nicht gesehen und gesprochen. Tu doch nicht so, als wüsstest du nicht genau, wann es war! Jetzt im Herbst sind es sechs Jahre. Das war in Hamburg, sie hat ihre Promotion gefeiert. Da haben wir uns das letzte Mal gesehen. Und dann habt ihr nie wieder gesprochen, fragt mich mein kleiner Dämon. Nein, nie wieder. Es war besser so, die Gefühle waren noch immer zu stark, zumindest meine. Dafür ist sie umso schneller über dich hinweggekommen. Schon kurz, nachdem ihr getrennt wart, hat sie … Ich weiß! Na los, sieh dir ihre Fotos an! Da schau, das ist er! Was für ein offenes, freundliches Gesicht! Ein bisschen langweilig vielleicht, aber besser als so ein komischer, problembeladener Kauz wie du. Ja … Urlaub auf Bali: Palmen, Strand. Ihr Körper ist so schön wie früher, vor allem im Bikini. Eine Lodge am Meer, saubere Zimmer, ein breites Bett. Was sie darin wohl alles getan haben …? Das kümmert mich nicht. Bist du sicher? Sieh dir mal die neueren Fotos an! Da! Siehst du? Sieh genau hin! Nein, nein! Oh doch! Ist sie etwa? Ist sie wirklich? Mein Herz beginnt zu rasen. Schau doch genau hin, hier sieht man es noch besser. Ein hübscher runder Bauch unter dem T-Shirt. So viel kann ich dir sagen, kichert der kleine, bösartige Dämon, du warst das nicht. Als diese Eizelle befruchtet wurde, lagst du vermutlich allein auf dem Sofa und hast Audrey Hepburn über Spaniens Blüten singen hören. Warum quälst du mich? Warum quälst *du* dich? Hör auf damit! Hör auf!

»Doktor Bode?«

»Was denn?«, fauche ich die Schwester an.

»Äh … Frau Sievert aus der TE würde gerne mit Ihnen sprechen.«

Ich atme tief aus, als wäre ich soeben aus einem Albtraum hochgeschreckt, und fahre mir mit den Händen durchs Gesicht. Steffi blickt, überrascht von meinem rauen Ton, irritiert zu mir herüber. Wahrscheinlich denkt sie, es habe mit ihr zu tun.

»Ist in Ordnung«, sage ich ruhig und lege eine versöhnliche Miene auf. »Ich komme sofort.«

Kurz darauf ziehe ich mir Kittel, Handschuhe und Mundschutz an und betrete die Transplantationseinheit, kurz TE. Es handelt sich um einen Raum, der den besonderen Bedürfnissen der Patienten, die eine Rückenmarks- oder Stammzelltransplantation erhalten haben, angepasst ist. Er verfügt unter anderem über ein autonomes Belüftungssystem, um die stark immunsupprimierten Patienten so gut es geht vor den Bakterien der

Außenwelt abzuschirmen. Aus diesem Grund können auch die Fenster nicht geöffnet werden und jeder Besucher hat sich an strikte Vorschriften zu halten und muss vor dem Betreten des Zimmers seine Hände desinfizieren sowie Schutzkittel, Handschuhe und Mundschutz anziehen. Jeder Patient darf maximal zwei Angehörige angeben, die ihn besuchen dürfen. Diese dürfen selbstverständlich keine Infektionskrankheiten haben, sie dürfen in der TE weder essen noch trinken, die Toilette nicht benutzen und sollten nur nach Absprache mit dem medizinischen Personal Geschenke mitbringen. Kinder haben grundsätzlich als Besucher keinen Zutritt.

Ich finde Frau Sievert strampelnd auf dem Standfahrrad vor. Als sie meinen anerkennenden Gesichtsausdruck sieht, nickt sie mir triumphierend zu.

»Frau Sievert! Schön, Sie so munter zu sehen! Es geht Ihnen offenbar besser«, sage ich fröhlich. Dass wir beide uns in einem überschwänglichen Moment die Vornamen angeboten haben, war schon bei unserem nächsten Wiedersehen vergessen. Sie will absteigen, doch ich ermuntere sie, weiterzumachen. »Es ist wichtig für Ihre Gesundung, dass Sie sich fit halten.«

Noch vor wenigen Tagen war Frau Sievert kaum imstande, alleine aufzustehen und zur Toilette zu gehen, so schwach war sie. Die Haare ausgefallen, die Haut fahl, der Körper abgemagert, bot sie in den vergangenen zweieinhalb Wochen, seitdem die Konditionierung begonnen hatte, kein gutes Bild, was sich natürlich auch auf das mentale Befinden auswirkte. Ein paar Tage nach der Transplantation schien sie jede Zuversicht verloren zu haben und glaubte an ihren baldigen Tod. Dass es vielleicht ein Fehler gewesen sei, sich auf die Therapie einzulassen, war ein latenter Vorwurf, den ich mir in dieser Zeit oft anhören musste.

»Es wird Ihnen bald besser gehen«, versicherte ich. »Wir befinden uns jetzt in der kritischsten Phase.«

»Wir?«, fragte sie gereizt.

»*Sie* befinden sich jetzt in der kritischsten Phase! Geben Sie sich noch zwei Wochen Zeit, dann wird das Gröbste überstanden sein. Es dauert ganz einfach seine Zeit, bis die Stammzellen angewachsen sind. Also verlieren Sie nicht den Mut, Frau Sievert!«

Danach ging es nur sehr langsam bergauf. Als ich sie vor ein paar Tagen zuletzt sah, wirkte sie noch immer recht lethargisch. Umso mehr erstaunt mich der Anblick, der sich mir nun bietet.

»Da staunen Sie, was!«, erwidert sie mir keck. »Seit zwei Tagen mache ich mein Bett selbst und seit gestern benutze ich dieses Ding, allerdings geht mir nach ein paar Minuten die Puste aus.«

»Das ist ganz normal«, sage ich. »Es ist einfach schön, Sie so aktiv zu sehen. Sie wirken wie ausgetauscht! Ich sehe endlich wieder Lebensmut in Ihren Augen!«

»Ach, Doktor Bode«, sagt Frau Sievert und steigt erschöpft vom Fahrrad, »genauso ist es auch! Stellen Sie sich vor: Vor drei Tagen ruft mich abends mein ältester Sohn, der Stefan, an ...«

»Der Anwalt?«, frage ich.

»Ja, genau. Und stellen Sie sich vor, seine Freundin, die Martina, erwartet ein Kind! Endlich Oma! Ach, ich kann Ihnen gar nicht sagen, wie sehr ich mich darüber gefreut habe, ich musste gleich weinen!«

Und kaum, dass sie es sagt, steigen ihr erneut die Tränen in die Augen. Ich sage ihr, dass das eine ganz wunderbare Nachricht sei und dass ich mich sehr für sie freue.

»Was haben Sie denn?«, fragt Frau Sievert mich verwundert. »Sie wirken so bedrückt heute! Ihr Lächeln sieht ganz traurig aus!«

»Oh, nein, nein, es ist nichts. Bloß ein anstrengender Tag, wenig Schlaf in der Nacht. Und seit dieser schönen Nachricht geht es Ihnen also besser?«

»Ja, genau, so ist es! Ich habe richtig gespürt, wie der Lebenswille zurückgekehrt ist. Die Vorstellung, so ein kleines Würmchen im Arm zu halten – den eigenen Enkel ... das kann ich gar nicht beschreiben. Aber auf einmal hatte ich das Gefühl, dass es mir körperlich auch viel besser ging. Ist wirklich alles in Ordnung bei Ihnen?«

»Alles bestens«, lächle ich. »Da ist die Freude doch sicherlich groß in der ganzen Familie.«

»Ja, doch ...«, sagt Frau Sievert zurückhaltend. »Mein Mann freut sich natürlich auch riesig. Nur mein Jüngster ist ... wie soll ich sagen ... es ist etwas schwer für ihn.«

»Und warum?«

»Er steht ja noch nicht auf eigenen Beinen, wissen Sie. Er ist so talentiert, so sensibel ... Doch ich habe die Angst, dass er an seinen eigenen Erwartungen scheitern könnte. Er hat das Zeug zu einem großen Künstler, aber er will unbedingt der größte von allen sein. Aber bisher hat er noch keinen Erfolg und sein Bruder – ja, der geht eben den konventionellen Weg und nimmt nach und nach eine Etappe, beruflich und familiär. Aber das ist einfach nicht deine Bestimmung, sage ich ihm immer wieder. Riesen mögen langsam gehen, aber dafür reicht ein Schritt aus, um die flinksten Zwerge zu überholen. Das darf aber der Stefan nicht wissen, dass ich ihm so was sage! Jedenfalls, als er gestern mit meinem Mann hier war, da sprachen wir über die schöne Nachricht und dann fing er plötzlich an zu weinen und meinte, er würde unsere Liebe nicht verdienen und dass er wie der verlorene Sohn sei. Das hat mir fast das Herz gebrochen ...«

Frau Sievert hält kurz inne, wischt sich eine Träne weg und als sie meine Verlegenheit entdeckt, sagt sie: »Jetzt habe ich Sie doch glatt mit der netten Psychotherapeutin verwechselt. Als hätten Sie nichts Besseres zu tun, als sich meine Familienproblemchen anzuhören! Vielleicht liegt es daran, dass Sie mich ein wenig an meinen Sohn erinnern, ich weiß selber nicht, warum. Aber Sie haben beide diese traurigen Augen, vielleicht ist es das.«

Ich erkläre ihr, dass sie sich nicht entschuldigen oder rechtfertigen müsse, sondern gerne mit mir über alle Sorgen reden könne. Dann frage ich, warum sie mich denn eigentlich gerufen habe.

»Ach ja, richtig! Es geht um Folgendes: Am Wochenende kommt der Stefan mit der Martina nach Hause, die beiden leben in Kiel, darum sehen wir uns nur so selten. Und ich würde mich doch so freuen, wenn ich meine ganze Familie mal wieder zusammen sehen könnte ...«

»Frau Sievert«, ich schüttle den Kopf, »so leid es mir tut und so gerne ich Ihnen diesen Wunsch erfüllen möchte, aber es geht leider nicht! Wir haben unsere Bestimmungen und die sind da, um Sie zu beschützen. Ihr Körper hat im Moment praktisch kein Immunsystem, das heißt, jede kleine Infektion, jede ansonsten völlig harmlose Erkrankung kann für Sie gerade lebensbedrohlich sein. Wir dürfen da kein Risiko eingehen! In vier oder fünf Wochen, vielleicht sogar früher, wird es Ihnen wahrscheinlich so gut gehen, dass Sie das Krankenhaus verlassen können. Und dann können Sie alle ihre Lieben zu sich nach Hause bestellen. Bis dahin haben leider nur Ihr Mann und Ihr jüngerer Sohn Zutritt. Ich hoffe, dass Sie dafür Verständnis haben!«

»Ja, natürlich«, sagt sie sichtbar traurig und enttäuscht. »Ich hätte mich nur so sehr darüber gefreut, meine Kinder mal wieder gemeinsam zu sehen. Das muss jetzt fast ein Jahr her sein, dass ich sie gemeinsam gesehen habe.«

»Das kann ich verstehen, Frau Sievert, aber bitte verstehen Sie auch mich. Wir können da leider keine Ausnahme machen.«

In dieser Sekunde klopft es an der Tür und eine kleine asiatische Frau tritt mitsamt Putzwagen herein. Als sie mich sieht, bleibt sie überrascht stehen und spricht ein paar Worte, von denen ich kein einziges verstehe.

»Schpättakomm?«

Endlich fällt bei mir der Groschen: »Nein, kommen Sie ruhig rein!«

»Sie ist ganz lieb«, flüstert mir Frau Sievert zu. »Je länger man zuhört, desto mehr versteht man. Hier!« Sie zeigt auf eine etwa drei Zentimeter kleine, grob gefertigte Engelsfigur aus Kupfer, die auf ihrem Nachttisch steht. »Die hat sie mir geschenkt. Keine Sorge, mein Mann hat sie desinfiziert.«

Ich nicke und sie lächelt mich an, als wäre ich derjenige, der aufgeheitert werden müsse. »Es tut mir leid, aber ich hoffe, dass Sie Verständnis haben. In einem Jahr um diese Zeit werden Sie wahrscheinlich gesund und quickfidel zu Hause oder an irgendeinem anderen schönen Ort sein, Ihre Kinder und Ihren Mann bei sich, Ihr Enkelkind auf dem Schoß. Und es werden noch viele glückliche Jahre vor Ihnen liegen, aber dafür müssen wir jetzt vernünftig sein!«

»Sie haben recht«, stimmt sie nach einer Weile zu, während wieder ein paar Tränen über ihre Wangen laufen. »Darauf arbeiten wir hin.«

Dann stehe ich auf und verabschiede mich von Frau Sievert. Als ich mich zur Tür begebe, macht die Putzfrau mir Platz und strahlt mich über beide Ohren an. Mit lauter Stimme, als könne sie mich dadurch besser verstehen, sage ich so deutlich wie möglich: »Bitte keine Sachen mehr ins Zimmer bringen! Verstanden?« Sie sieht mich fragend an. »Nichts mitbringen, keine Geschenke!«

»Aaah!« Durch ein überschwängliches Kopfnicken gibt sie mir zu verstehen, dass sie verstanden hat.

»Und ziehen Sie sich einen Mundschutz über! Mundschutz!«, wiederhole ich, auf meinen eigenen deutend.

»Ja! Ja!«, nickt sie wieder voller Elan und zeigt, dass sie verstanden hat.

10

Ein Tag vor dreizehn Jahren

»Woran denkst du gerade?«

Wir liegen erschöpft auf Majas Bett, sie in meinem Arm. Es ist ein kleines Studentenzimmer, an den Wänden hängen gerahmte Fotos ihrer besten Freundinnen aus Schultagen, ein paar Bücher stehen auf dem Regal, hauptsächlich medizinische Lehrbücher. Eines liegt aufgeschlagen auf dem Schreibtisch. Die kleine Wohnung mit zwei Zimmern und einer Mitbewohnerin, die an diesem Tag glücklicherweise nicht daheim ist, liegt an einem Hinterhof im ersten Stock. Direkt gegenüber der Fenster und höchstens drei Meter von diesen entfernt befindet sich die rückwärtige Wand eines älteren Gebäudes aus roten Backsteinen und Fachwerkbalken, das einem Fair-Trade-Geschäft als Lager dient, welches vorne zur Straße hinausgeht. Es ist ein warmer Tag im Frühling. Das Zwitschern der Vögel draußen klingt noch ganz fremd, so sehr hat man sich während des langen Winters davon entwöhnt. Jetzt gerade aber kann man es nicht hören, denn die nahen Glocken von St. Michael dröhnen durch die geöffneten Fenster herein und schlagen elf Uhr. Die Sonne wirft ihr sattes Licht auf die Wand gegenüber und mir ist, als könne ich die Wärme der Backsteine förmlich spüren.

»An nichts.«

»Klar denkst du was«, sagt Maja. »Ich kenne den Blick genau, wenn du überlegst, also sag.«

»Ich dachte nur ... ach ...«

»Sag schon!«

»Ich dachte nur: Wenn ich jetzt für alle Zeit an dieses Bett gekettet wäre ... und ich wäre dazu verdammt ... auf alle Ewigkeit dieses Bild da vor mir zu sehen ... mit der roten Ziegelwand, auf die die Frühlingssonne scheint ... die Vögel zwitschern und so weiter – weißt du: Ich wäre damit einverstanden. Es wäre okay.«

Die Ernsthaftigkeit, mit der sie sich anschickte, mir zuzuhören, verschwindet aus Majas Gesicht und macht einem Lächeln Platz, als sei sie sich in diesem Augenblick ihres ganzen Glücks bewusst. »Das ist so ein typischer Gedanke von dir«, sagt sie und schmust sich mit geschlossenen Augen enger an meine Brust.

Der Wind tätschelt die Gardine, irgendwo in der Ferne spielen Kinder und im Fensterglas gegenüber spiegelt sich vor dem milchig-blauen Hintergrund des Himmels der Kirchturm, dessen Glocken mittlerweile verklungen sind.

»Lass uns heute irgendwas machen«, sage ich. »Lass uns wegfahren, irgendwohin. Hast du Lust?«

»Wo wollen wir denn hin?«

»Keine Ahnung, irgendwo in die Umgebung. Es gibt viele hübsche Orte. Lass uns diesen Tag genießen, lass uns einen richtig spießigen Ausflug machen! Lernen können wir auch morgen!«

Maja richtet sich etwas auf, strahlt mir ins Gesicht und sagt: »Okay!« Und nach einem langen Kuss: »Aber lass uns erst noch eben frühstücken!«

Ich stehe unten auf dem Hof und blicke hinauf zu ihrem Fenster, ob ich vielleicht einen Blick in das Zimmer erhaschen kann, ein kleiner Ausschnitt der Decke oder des Türrahmens würde mir schon reichen. Doch die Jalousien erfüllen ihren Zweck gut. Ich blicke links um die Ecke und da ist sie, die rote Backsteinwand mit den braunen Fachwerkbalken. Nur irgendeine Mauer. Doch ein paar Sekunden lang hat diese Mauer mir unendlich viel bedeutet – so viel, dass ich bereit war, für den Rest meines Lebens nichts anderes mehr zu sehen. Doch jetzt ist es bloß gewöhnliches mattes Tageslicht, das auf ihr ruht, und kein Frühling liegt mehr in der Luft. Und dort oben wohnt wahrscheinlich irgendeine Studentin, die noch ein Kind war an diesem Tag. Angestrengt versuche ich, mir das Gefühl dieser Sekunden wieder in Erinnerung zu rufen. Es funktioniert nicht. Und ich denke mir: Kann man sich an Gefühle überhaupt erinnern? Oder ist es wie mit einem Duft oder einem bestimmten Geschmack auf der Zunge? Du kannst ihn nur wiedererkennen, doch erinnern kannst du dich nicht. Seltsam, dass es Augenblicke gibt, in denen eine rote Backsteinmauer dir die ganze Welt bedeuten kann.

Ich verlasse den Hof. Mein Weg führt mich weiter, die Kurze-Geismar-Straße hinauf und über den Wall hinüber. Die Altstadt liegt hinter mir, vor mir das brachiale Neue Rathaus, ein Hochhaus aus den Siebzigerjahren im Stil des Brutalismus. Ich lasse es rechterhand liegen und wandere die sanfte Steigung der Geismar Landstraße hinauf, zu meiner Linken taucht eine lange graue Sandsteinmauer auf, dahinter hohe Bäume und die alte Sternwarte, von wo aus schon Gauß in die Ewigkeit des Himmels geblickt hat. Nach einigen Schritten biege ich rechts ab und befinde mich in einer hübschen Wohngegend, wo alte Professorenpaare und junge Akademikerfamilien leben.

Hier irgendwo muss er stehen. Je länger ich vergebens Ausschau halte, desto unruhiger werde ich. Und dann endlich entdecke ich ihn inmitten der Reihe, völlig verdreckt, wie ein kleiner Schmutzfink unter lauter vornehmen Kindern. Dabei ist er schon fast erwachsen: Siebzehn Jahre zählt mein alter Golf mittlerweile. Den größten Teil seines Lebens hat er stehend verbracht, denn in den letzten Jahren habe ich ihn nur zum TÜV und wieder zurück bewegt. Vielleicht, dachte ich mir, werde ich eines Morgens aufwachen und es wird ein Morgen wie jeder andere sein. Ich mache mich fertig, frühstücke, bereite mich auf die Arbeit vor und gehe die Treppe hinunter, bis ich vor der Haustür stehe. Und ich stehe und überlege: Gehe ich jetzt nach links oder gehe ich nach rechts, so wie mein Urgroßvater an einem Morgen vor neunzig Jahren in Perleberg. Hinaus in die weite Welt oder an meinen Arbeitsplatz im Krankenhaus? Und dieses eine Mal entscheide ich mich dafür, in die Welt zu gehen. Ich steige in mein Auto und fahre los – ohne Ziel.

Ich bin mir sehr wohl bewusst, dass das eine kitschige, abgegriffene Vorstellung ist, eine Mischung aus Groschenroman und Wildwestromantik. Und auch wenn ich immer genau wusste, dass ich mich niemals dafür entscheiden würde, den Weg nach links einzuschlagen und vor meinen Pflichten zu fliehen, ist das doch tatsächlich der Grund, warum ich den Wagen im Laufe der Jahre, obwohl ich ihn nicht brauchte und nicht nutzte, angemeldet ließ und alle zwei Jahre zum TÜV und in die Werkstatt fuhr. In ein paar Monaten ist es wieder so weit. Fast zwei Jahre sind also vergangen, seitdem ich ihn hier abgestellt habe, und ich kann nur hoffen, dass er überhaupt anspringt und es bis zur nächsten Tankstelle schafft, denn das Sprichwort »Wer rastet, rostet« besitzt bei Autos eine ganz unmittelbare Wahrheit.

Ich drehe den Schlüssel im Zündschloss um – er stottert kurz, doch ehe mir ernste Zweifel kommen, springt der Motor an. Braver Junge, denke ich mir. Kaum jemand würde glauben, dass dieses siebzehn Jahre alte Fahrzeug erst 52.000 Kilometer hinter sich hat. Der Tank ist noch dreiviertelvoll, kein Lämpchen leuchtet. Ich lege den ersten Gang ein, was wahrhaftige Muskelkraft erfordert, und fahre los. Zuerst scheint es, als wolle er sich nicht von seinem Platz entfernen, der ihm gewiss mittlerweile heimisch geworden ist. Ist die Handbremse auch gelöst? Ja, ist sie. Also noch einmal. Ich gebe Gas, er ruckelt, es stinkt nach Gummi – dann ein lautes, metallisches Krächzen und der Wagen setzt sich in Bewegung. Ich spüre Erleichterung, bis mir nach ein paar Metern auffällt, dass sich das Fahren komisch anfühlt. Es ist der Reifen vorne rechts, anscheinend fahre ich fast auf der Felge. Das alte Problem, denke ich mir, der hat schon früher Luft verloren. Ich muss es nur irgendwie zur nächsten Tankstelle schaffen und ihn aufpumpen, das wird die Felge schon überstehen. Also fahre ich ganz langsam weiter, es sind vielleicht gerade einmal achthundert Meter. An der Ampel versucht der Fahrer im Wagen neben mir durch Gestikulation meinen Blick auf sich zu ziehen. Doch ich starre einfach geradeaus und tue so, als würde ich nichts mitbekommen. Schließlich fühlt der gute Mann sich genötigt, die Hupe zu betätigen. Als ich, scheinbar überrascht, hinübersehe, deutet er mit seinem Zeigefinger und einem ganz besorgten Gesichtsausdruck auf meinen Reifen und ich gebe ihm zu verstehen, dass mir das Problem bereits bekannt ist. So schleppe ich mich, neugierig und zweifellos auch amüsiert beäugt, bis zur Tankstelle, pumpe meinen Reifen auf und überprüfe auch gleich den Luftdruck der anderen.

Wenig später bin ich endlich auf meinem Weg. Die Stadt wird erst immer dörflicher und dann, ganz abrupt, endet sie. Ich fahre die Bundesstraße gen Osten, vorbei an sanften Hügeln, Feldern, Wäldern, rauen Felsen, einer alten Mühle, stillen Dörfchen, aus deren Mitte eine Kirchspitze ragt. Das Eichsfeld ist schön, eine kleine katholische Idylle inmitten säkular-protestantischer Nüchternheit.

Nach einer halben Stunde erreiche ich Duderstadt. Den Wagen parke ich am Rande der Altstadt, unmittelbar hinter dem Wall und in etwa dort, wo ich ihn auch damals abgestellt habe. Dreizehn Jahre ist es her, dass ich zuletzt hier war. Einen Ort nach so langer Zeit wiederzusehen hat doch immer etwas Sonderbares. Man wandelt durch die Straßen, alles ist vertraut und zugleich fremd. Es ist, als schlepptest du einen großen Sack mit Erinnerungen auf dem Rücken hinter dir her. Und an jeder

Ecke hältst du inne und beginnst, den Sack nach einem Bild zu durchkramen, um es mit dem abzugleichen, was du nun vor dir siehst: Hatte dieses Haus damals nicht eine andere Farbe? War dieses Geschäft früher schon hier? Du gehst durch die Gegenwart, doch was du siehst, ist Vergangenheit.

So jedenfalls ergeht es mir in diesem Augenblick. Schon als ich aus dem Auto aussteige und den Teich am Fuße des Walls sehe, vermutlich ein Überrest des alten Verteidigungsgrabens, steigen die Bilder dieses Tages wieder in mir empor und ich sehe uns durch die schattigen Gassen dieser Stadt wandeln, sehe Maja mit ihrem blauen Sommerkleid, der großen Sonnenbrille und dem weißen Hut, den sie sich kurz zuvor gekauft, aber nur ein paarmal getragen hat. Kurz darauf gehen wir durch die Ruine von Burg Hanstein. Dort oben weht ein angenehm milder Wind, der Blick auf das grüne Werratal ist wunderschön. Maja nötigt mich, meinen Kopf und meine Hände in dieses alberne Pranger-Imitat zu stecken und dabei blöde Grimassen zu schneiden. Beim Anblick der Fotos, die sie schießt, kriegt sie sich kaum ein. Ja, sie konnte hin und wieder sehr kindisch sein. So war es auch später am Tag. Wir aßen abends im Kurpark von Bad Sooden-Allendorf in einem kroatischen Restaurant, sie trug meine Jacke, während ich fror. »Zieh dir was Dickeres an«, hatte ich ihr zu Hause geraten, »wenn die Sonne weg ist, wird es bestimmt frisch«, doch sie wollte nicht hören. Als wir in der Dämmerung zum Auto zurückspazierten, kamen wir an diesem Schachfeld auf dem Boden mit den großen Figuren vorbei. Sie wollte unbedingt noch eine Partie mit mir spielen, obwohl ich keinen Hehl daraus machte, dass ich keine Lust darauf hatte und nach Hause wollte. »Na los, sei nicht immer so altklug!«, rief sie mir zu, während sie die Figuren richtig positionierte. Ich hielt das zwar nicht für das adäquate Wort, fügte mich aber schließlich.

Und jetzt denke ich mir: Sie hatte recht. Ich war altklug und sie war kindisch. Doch eigentlich waren wir ja auch noch Kinder: Anfang zwanzig, das Studium eben erst begonnen, zum ersten Mal auf eigenen Beinen und doch ohne jede Verantwortung außer für uns selbst. Es wäre ein Verbrechen an der Natur, unter diesen Umständen nicht kindisch zu sein. Auch Adam und Eva verhielten sich recht unreif, solange sie im Garten Eden waren. Wer selber Kinder hat, muss jedoch von der eigenen Kindheit Abschied nehmen, denn er gehört fortan einer neuen, höheren Stufe an. Maja ist kein Kind mehr, sie ist jetzt eine Mutter und in ein paar Jahrzehnten wird sie eine Großmutter sein. Und bald schon eine Urgroßmutter. Ich aber werde nur noch das kurze Aufflackern einer sentimentalen Jugenderinnerung im Kopf einer alten Dame sein, die manchmal nachts davon träumt, sie wäre wieder jung.

Eine menschenleere Straße mit uralten Fachwerkhäusern zu beiden Seiten, wo allerorts Putz und Farbe abblättern. Durch die nach einigen Metern kreuzende Straße entsteht ein kleiner Platz. Ich überquere ihn und gehe auf das mittelalterliche Stadttor zu, ein schlanker Turm aus hellem Stein mit einem spitzen, verzwirbelten Schieferdach, das fast noch einmal genauso hoch ist wie der Turm selbst. Ich passiere das Tor und nach einigen Metern gelange ich auf die Marktstraße, die an ihren beiden Enden jeweils von einer Kirche – einer protestantischen und einer katholischen – flankiert wird, die sich wie zwei feindliche Krieger im Kampf gegenüberstehen. Dazwischen, genau in der Mitte, wie um die religiösen Streithähne auseinanderzuhalten, das pittoreske Rathaus mit seinen steinernen Arkaden und dem rot leuchtenden Fachwerkaufsatz.

Duderstadt ist eine hübsche, eine typisch deutsche Kleinstadt. Und doch: Wie ich so in die Fenster jener pflegebedürftigen Häuschen blicke, wo hinter grau-weißen Spitzengardinen der Fernseher schimmert und die Sammeltasse neben dem kitschigen Porzellanfigürchen wie eine Kostbarkeit in der Vitrine steht – da kommt mir der Gedanke, dass diese kleinen Provinzstädte wie die Menschen sind, die hier leben: Sie sind alt und es geht ihnen nicht mehr so gut. Sie geben nicht mehr auf sich acht wie früher. Sie haben Flecken auf der Kleidung und es stört sie nicht. Es blättert der Putz, die Dachziegel sind spröde und vermoost, es stört sie nicht. *Es ist kein Ding so schön gemacht, es kommt doch einer, der's veracht. Anno 1596.*

Die Marktstraße zieht sich breit und großzügig wie ein in die Länge gezogener Platz vom einen Ende der überschaubaren Altstadt zum anderen. Hier herrscht endlich auch ein wenig Leben. Ich schlendere einmal hoch und wieder herunter, so wie wir es damals an diesem Tag vor dreizehn Jahren gemacht haben. Und obwohl ich immer allein bin, fühlt es sich diesmal einsam an. Ein paar Geschäfte, ein paar Cafés, ein paar Leute, die unterwegs sind zu dieser warmen Mittagsstunde oder draußen im Schatten sitzen und das Eichsfelder Tageblatt lesen, während sie ihren Kaffee trinken.

»Kathrin, kann ich ne Bretzel haben?«, sagt ein vielleicht zehnjähriger Junge zu seiner Mutter, als sie vor einer Bäckerei stehen. Sie sieht erschöpft, alt, verbraucht aus und kurz überlege ich sogar, ob sie vielleicht die Großmutter sein könnte, aber nein. Sie ist eines dieser alten Mädchen, denke ich mir, die weit jenseits der dreißig ihr erstes und einziges Kind bekommen. Man sieht diese Frauen bei uns häufig und sie sehen fast immer ein Jahrzehnt älter aus, als sie in Wahrheit sind.

»Wir müssen weiter, Finn Luca, komm jetzt!«

Ich folge dem kleinen Wasserlauf, der sich die gesamte Straße entlangzieht und an diesem heißen Julitag nicht mehr als ein Rinnsal ist. Direkt neben der evangelischen Stadtkirche steht das ehemals erste Haus am Platz, ein hoher, prachtvoller, reich verzierter Fachwerkbau. *Die Tanne*, steht noch in altertümlicher Schrift über dem Eingang. Daneben eine opulent umrahmte Plakette: *Hier wohnte Goethe vom 13.–14. Dez. 1777.* Das altehrwürdige Gasthaus zur Tanne, in dem Goethe nächtigte, existiert jedoch nicht mehr. Stattdessen teilen sich das Restaurant Akropolis und das Eiscafé Il Pino nun die Räumlichkeiten. Während ich auf der Straße vor dem Haus stehe, überlege ich, ob es bei meinem letzten Besuch Die Tanne noch gab, doch ich erinnere mich nicht. Alles, was ich weiß, ist, dass es Majas Wunsch war, hier einzukehren. Eigentlich wollte ich lieber weiter, denn ich hatte uns ja ein straffes Tagesprogramm erstellt, doch sie sagte: »Na komm! Wir wollen doch den Tag genießen und nicht durch die Gegend hetzen. Lass uns für ein halbes Stündchen hierbleiben!« Also setzten wir uns draußen an einen der Tische, tranken Cappuccino, beobachteten das Treiben auf der Straße. Es war ein himmlischer Frühlingstag, einer von jenen, an denen du deinen Körper nicht spürst und dir das Leben wie ein ewiger Mai vorkommt.

Nach einer halben Stunde standen wir auf und gingen. Doch die Erinnerungen blieben an diesem Ort all die Jahre, als würden unsere beiden Geister noch immer in ihren Stühlen sitzen und mir in diesem Augenblick aus der Ferne zuwinken, ehe sie sich wieder in ihr Zwiegespräch vertiefen. Und ich denke mir: Kein Geschäft, kein Lokal mag mehr dasselbe wie vor dreizehn Jahren sein, auch die Menschen haben sich verändert. Doch ich erkenne diese Häuser, diesen Brunnen, diesen Platz wieder, ich erkenne den Ort, an dem ich vor langer Zeit eine halbe Stunde lang sehr glücklich war. Und du, Maja, bist der einzige Mensch auf der Welt, der diesen Ort so sehen kann wie ich ihn sehe. Stell dir vor: Ich bin zurückgekehrt! Es war wieder dieser Tag vor dreizehn Jahren und ich ging mit dir durch die schiefen Gassen und saß mit dir im Café in Duderstadt, lächelte dich an und beobachtete den behäbigen Rhythmus der Kleinstadt. Was ist nur geschehen? Ich werde niemals begreifen, was Vergangenheit ist.

11

Die Einsamkeit ist wie ein Regen

Was ist das? Poch – poch – poch – poch. Es klingt wie das Ticken eines Sekundenzeigers und für einen Augenblick bin ich sogar tatsächlich geneigt, das zu glauben. Aber natürlich weiß ich genau, was das ist. Ich liege auf dem Sofa und drücke das Kissen fest gegen meine Ohren, als müsste ich nur jedes Geräusch der Außenwelt aussperren und der Schmerz würde vergehen. Doch er bleibt und die Folge ist, dass ich ihn so nicht nur spüren, sondern auch hören kann. Mit jedem Pulsschlag, den ich an meiner Schläfe vernehme, ist es, als ziehe sich mein gesamter Kopf zusammen und dehne sich unmittelbar darauf bis zum Rande des Berstens wieder aus. In kurzen, regelmäßigen Abständen auftretende Hustenanfälle intensivieren und beschleunigen diesen Vorgang. So geht es mir seit zwei Tagen. Die erhöhte Temperatur ist mittlerweile wieder gesunken, Glieder und Gelenke fühlen sich nicht mehr ganz so empfindlich an. Trotzdem bleibe ich heute noch zu Hause, denn es ist eine lebensgefährliche Dummheit vieler Menschen, dass sie sich trotz Fiebers zur Arbeit schleppen. Vor zwei Jahren brach genau aus diesem Grund eine Schwester bei uns mit akuter Myokarditis mitten auf dem Flur zusammen. Sie hatte großes Glück, denn das Krankenhaus ist zweifellos der beste Ort, wenn man gerade lebenserhaltender Maßnahmen bedarf.

Die Luft in der Wohnung ist stickig, alles ist verstaubt, ich habe das Gefühl, kaum Luft zu bekommen. Den ganzen Tag könnte ich nur schlafen, jede Bewegung erfordert schier unmenschliche Willenskraft. Im Fernsehen läuft gerade eine Dokumentation über das alte Ägypten, doch ich höre bestenfalls mit einem halben Ohr hin. Der Versuch, ein wenig im *Stunden-Buch* zu lesen, ist ebenfalls kläglich gescheitert, denn meine Augen schmerzten, mein Kopf fühlte sich an, als sei er in einem Schraubstock festgeklemmt, und überhaupt drangen die Worte nicht in mein vernebeltes Bewusstsein ein. Beim Aufschlagen des Buches war mir ein getrocknetes Steineichenblatt in den Schoß gefallen. Da erinnerte ich mich daran, dass ich diesen Gedichtband bei einem Sommerurlaub mit meinen Eltern in Andalusien, als ich vielleicht dreizehn oder vierzehn war, dabeihatte. Es waren die ersten Gedichte, die ich freiwillig las. Und ich schließe meine Augen und sehe den duftenden Pinienwald vor mir, den Strand, die weißen Häuser, die Brücke von Ronda. Da macht sich für einen Moment ein seliges Lächeln in meinem Gesicht breit.

Es ist ein beruhigendes Gefühl, sich einfach mal für einige Zeit aus der Gesellschaft zurückziehen zu können und doch zu wissen, dass alles da draußen weiterhin seinen gewohnten Gang geht. Den meisten Menschen geht es zum Glück gut, die Bäcker backen, die Fahrer fahren und die Verkäufer verkaufen. Alles ist so eingerichtet, dass es auch funktioniert, wenn hier und da jemand ausfällt. Die Welt kann also für eine Weile auf mich verzichten. Sie könnte es gewiss auch dauerhaft. Mühsam richte ich mich auf, doch egal, wie zaghaft ich mich bewege – sofort schießt wieder dieser stechende, pulsierende Schmerz in meinen Kopf. Ich gehe behutsam wie ein Blinder in die Küche und an meine Medikamentenschublade, wo ich mein Diebesgut aus dem Krankenhaus aufbewahre. Ibuprofen 600? Nehmen wir doch gleich zwei davon! Dann wird es mir besser gehen.

Ich wanke zum rechten Schlafzimmerfenster und kippe es, damit ein wenig frische Luft hereinkommt und möglichst viel des infektiösen Dunstes, der mich umgibt, abzieht. Die frische Brise auf den Wangen zu spüren, fühlt sich angenehm an und auch am Murmeln der Menschen da unten erfreue ich mich. Es sind nicht viele unterwegs heute, ich kann hören, wie die dicken Regentropfen auf ihren Schirmen abprallen.

Wenn man krank zu Hause im Bett liegt, gibt es wohl kein schöneres Wetter. Noch vor ein paar Tagen war es so brütend heiß gewesen, dass Doktor Thamer gescherzt hatte, wir müssten wohl bald die Kühlzellen in der Pathologie kälter stellen, damit es nicht zu einer Geruchsbelästigung im Krankenhaus käme. Da war ich der Einzige, der diesmal nicht darüber lachen konnte. Vor drei Tagen kam dann der große Wetterumschwung, die Temperaturen sanken über Nacht um siebzehn Grad, der Himmel ergraute und scheint darüber so traurig zu sein, dass es seitdem unaufhörlich plätschert. Und ich, ich stehe am Fenster und blicke hinunter auf die vielen schwarzen Schirme und die Menschen, die unter den Marquisen der Geschäfte Schutz vor dem Regen suchen. Wenn du hier oben stehst und alles im Blick hast, während die Menschen unten achtlos vorübergehen und nicht einmal ahnen, dass jemand sie beobachtet – da muss es dir bald so vorkommen, als seiest du unsichtbar. Als könnten sie dich gar nicht sehen. Schon seltsam, wie wenige Menschen sich jemals die Mühe machen, den Kopf zu heben und nach oben zu blicken. Ich glaube sogar, dass viele nicht einmal wissen, dass in diesen Häusern überhaupt Menschen leben. Die Altstadt ist für sie ein großes Potemkinsches Dorf, eine hübsche historische Kulisse, die das Shopping angenehmer macht und hinter der sich jenseits der Verkaufsflächen höchstens Lager- und Büroräume befinden. Dass hier in der Haupteinkaufsmeile nicht alles ausschließlich ihren Konsumbedürfnissen dient, ist für die meisten Leute ebenso abwegig wie für einen Las-Vegas-Besucher die Vorstellung, dass im Venetian oder Caesar's Palace hinter irgendeinem vermeintlichen Palazzofenster tatsächlich ein italienischer Aristokrat lebt.

Niemand also schaut jemals zu mir hoch. Dafür schaue ich umso häufiger hinunter. Ein hilfloser kleiner Mann mit brauner Haut, kurzen schwarzen Haaren, dicker roter Daunenjacke und einem prall gefüllten Rucksack steht mitten auf der Straße und versucht, sich anhand seines durchnässten Stadtplans zu orientieren. Unter seiner Jacke, deren Reißverschluss nur zu Dreivierteln geschlossen ist, trägt er ein weiß-hellblau kariertes Hemd, an dem links auf Brusthöhe ein Namensschild fixiert ist. Bestimmt ein Kongressteilnehmer, ist mein erster Gedanke, davon sieht man hier viele. Und jetzt erinnere ich mich auch: Letzte Woche hatte mir mein Patient Herr Hogrefe, der Privatdozent für Neuere Deutsche Literatur an der Uni ist, von einem großen Germanistenkongress in Göttingen erzählt, nachdem ich ihn auf seine Thomas-Mann-Lektüre angesprochen und kurz darauf mein Faible für Lyrik offenbart hatte.

»Ja, ja, das wird ganz groß, sach ich Ihnen, könnse auch kommen, wennse wolln. Mal reinschnuppern. Hat unser Dingerling ganz wunderbar organisiert. Ach, den kennse nich? Den Steve Jobs der Germanistik? Wissense, das ist einer von denen, die immer nur so ne Fingerspitze hinter ihrer Zeit zurückliegen. Setzense sich mal in ne Vorlesung von dem, isn Erlebnis, besser als Cabaret! Was der sich gefreut hat, als der Bob Dylan den Nobelpreis bekommen hat! Und als der Obama wiedergewählt wurde«, er begann zu lachen, »da lief der den ganzen Tach mit so ner amerikanischen Kokarde am Revers rum und sachte andauernd: ›Wir haben gewonnen!‹«

Da steht nun also dieser Mann auf der Straße im Regen, blickt nach links, blickt nach rechts und entschließt sich endlich, eine Gruppe von drei Studenten, die ihm entgegenkommen, anzuhalten.

»Entschuldige Sie vielmals!«, spricht er mit überraschend tiefer Stimme, jedes Wort langsam und deutlich aussprechend, in einem mir unbekannten Akzent. »Ick suche den Weg zu dem Bahnhof. Wo geht es hin? Könne Sie mir sagen?«

»Oh, yes, yes, yes«, antwortet einer der Studenten beherzt. »You just have to go around the corner here and then always straight down the street, it's very easy.«

»Die Straßen hier gerade ...«

»Just this street down and over the crossroad, then you can already see the train station.«

»Ah! Vielen Dank! Thank you!«

»You're welcome!«

Der Regen wird stärker, immer mehr Menschen scharen sich vor den geschützten Eingängen der Geschäfte. Ein paar Jugendliche, die keinen Regenschirm haben und nicht warten wollen, rennen die Straße hoch und stoßen dabei laute Schreie von sich, als täten sie etwas ungemein Waghalsiges. Mein Blick fällt auf einen Mann, der schräg gegenüber unter der Marquise der Metzgerei steht. Er ist nicht sehr groß, vielleicht Mitte vierzig, ein wenig füllig, und hat nur noch wenige kurze Haare auf dem Kopf. Sein Modestil ist anständig: Er trägt helle, saubere Lederschuhe, eine Jeans mit dunklem Ledergürtel, eine bis oben hin geschlossene Windjacke und auf der Nase eine dezente Brille ohne Gestell. Alles an ihm wirkt normal, gewöhnlich im besten Sinne. Er könnte Max Mustermann heißen. Ja, er könnte der Vater jedes braven Jungen und der Gemahl jeder treuen Ehefrau sein. Ich sehe ihn förmlich sonntagnachmittags am Rand des Fußballfelds seinen Sohn mit Inbrunst anfeuern. Kurz darauf steht er daheim im kleinen Garten seines Fertighauses am Grill, es gibt Nackensteak, das mag er am liebsten. Seine Frau, weil sie nun einmal gesundheitsbewusster ist und ihn darum auch um fünf Jahre überleben wird, steht in der Küche und macht noch einen Salat, während sie sich mit einer Freundin, die ihr dabei hilft, über diese wunderbare romantische Komödie unterhält, die sie neulich gesehen hat. Und dabei sagt sie andauernd mit einem gewissen Stolz, als sei es eine

Auszeichnung ihres guten Charakters, Sätze wie »Oh, ich habe Rotz und Wasser bei diesem Film geheult!«.

Doch heute ist nicht Sonntag und es ist auch kein Grillwetter. Darum hat sich der Mann beim Fleischer für zwei Euro fünfzig eine Bratwurst im Brötchen auf die Hand geholt. Die vertilgt er nun während seiner Mittagspause an einem der zwei Stehtische. Mit beiden Händen hält er das Brötchen und blickt dabei etwas nachdenklich, aber nicht unzufrieden mit treuherzigen Augen vor sich hin, während er kaut. Ich weiß nicht, warum, doch: Mich rührt dieses Bild irgendwie, es ist wie eine menschliche Urszene. Ich mag Menschen, die eine gewisse Genügsamkeit, Bescheidenheit, ein Sich-Abfinden mit der Unvollkommenheit des Menschseins ausstrahlen. Die Jacken nicht aus modischen, ästhetischen Gründen tragen, sondern weil sie sonst frieren würden. Die essen, weil der Mensch nun einmal essen muss. Die allein sind und nicht klagen. Die zeigen, dass wir alle allein sind – im tiefsten Grunde.

Vor wenigen Tagen erst hatte ich ein ähnliches Erlebnis. Ich ging an so einem kleinen Restaurant und Café vorbei, das auf vegetarische Speisen spezialisiert ist und in dem man sich, wie in einer Kantine, alles selber an den Tisch bringt. Direkt am Fenster saß eine etwas ältere Frau, vielleicht war sie Mitte sechzig. Sie saß dort ganz alleine, vor sich ein Plastiktablett mit einem Teller Suppe, die sie langsam löffelte, und einem Glas Wasser. Wie würdevoll und elegant sie war. Ich stellte mir vor, dass ihr Ehemann, sofern sie jemals einen hatte, verstorben war, ihre Kinder wohnten weit weg und besuchten sie fast nie. Vielleicht hatte sie auch gar keine Kinder, jedenfalls war sie ganz allein. Und dennoch legte sie größten Wert auf eine gepflegte Erscheinung, trug schicke Klamotten, lackierte sich die Fingernägel, schminkte sich, ging zweimal in der Woche dort essen, hielt zu Hause alles ordentlich. Und das alles – so stelle ich es mir vor – tat sie nur für sich allein und für niemanden sonst.

Wenige Meter links vom Metzger befindet sich die Konditorei Cron & Lanz mitsamt Café. Kinderstimmen erhellen auf einmal den dunklen Tag. Aus der Theaterstraße biegt ein kleiner, lautstarker Lindwurm von etwa zwanzig in farbenfrohen Kapuzen verhüllten Kindergarten- oder Grundschulkindern links auf die Weender Straße ein und nimmt, unter der wachsamen Obhut zweier Erzieherinnen, sich in Zweierreihen an den Händen haltend Kurs auf die verführerischen Auslagen der Konditorei. Mein Freund, der sein Mahl bereits beendet hat, steht noch immer an seinem Stehtisch im Trockenen und sieht dem Spektakel mit sichtlichem Wohlwollen zu. Die penibel eingehaltene Ordnung bricht nun wenige Meter vor der Konditorei jäh zusammen. Manche Kinder stürmen zu den mit allerlei Leckereien ausgelegten Schaufenstern und drücken ihre Nasen daran, andere können es nicht abwarten und rennen sogleich in das Café hinein, wobei sie ein altes Pärchen, das soeben vor die Tür tritt, in arge Bedrängnis bringen. Ein kleines Mädchen steht etwas abseits im Regen. Während die anderen losliefen, ist sie stehengeblieben und beobachtete zunächst ihre Altersgenossen aufmerksam, als sei sie noch unschlüssig, ob sie sich auch zuerst an den Torten, Pralinen und Baumkuchen hinter dem Glas ergötzen oder lieber gleich nach drinnen ins Warme rennen sollte. Anscheinend sagt ihr die zweite Option mehr zu, denn sie macht plötzlich drei eilige Schritte auf den Eingang zu, ehe sie abrupt stehenbleibt und unsicher nach der kleinen Geldbörse greift, die an einem Band um ihren Hals hängt, als wüsste sie zwar, dass diese irgendwie notwendig sei, um an die Süßigkeiten zu gelangen, aber nicht, wie der Vorgang genau funktioniere. Da kommt ihr eine der beiden Erzieherinnen, sie mag erst Mitte zwanzig sein, zu Hilfe. Sie geht vor dem Mädchen in die Hocke, öffnet den Reißverschluss des Portemonnaies und zieht einen Fünfeuroschein daraus hervor, den die Eltern der Kleinen vermutlich mitgegeben haben, damit sie sich bei diesem Ausflug etwas kaufen kann – offenbar kennen sie die Preise von Cron & Lanz nicht.

Während die junge Frau dem aufmerksam lauschenden Mädchen, noch immer auf Augenhöhe, erklärt, was es mit dem Geld anfangen könne, stehe ich oben am Fenster, beobachte diese Szene und – warum auch immer: Ich muss lachen. Ich blicke hinunter und muss lachen. Und dieses Lachen wird immer greller, immer stärker, und ganz unmerklich, sodass es mir fast selber entgeht, verwandelt sich das Lachen in ein Weinen und das Weinen geht über in ein geradezu kindliches Schluchzen. Ich stehe also am Fenster, beobachte die Kinder unten auf der Straße und muss bitterlich weinen und weiß nicht, warum. Vielleicht ist die Schwermut wie ein Virus, das dich umso leichter befällt, wenn dein Körper bereits geschwächt ist. Und manchmal ist sie vielleicht selber die Schwäche. Ein Gramm Erde enthält etwa eine Milliarde Zellen und tausende unterschiedliche Bakterienarten. Auf einer gewöhnlichen Zimmerpflanze finden sich unzählige Schimmelsporen und Bakterien, die für eine immunsupprimierte Person ein erhebliches Infektionsrisiko darstellen, weshalb das Mitbringen von Blumen in den Transplantationseinheiten strikt untersagt ist. Eine Reinigungskraft, die von dieser Regel nichts weiß oder sich darüber hinwegsetzt, könnte einer Patientin, die kurz vor ihrer Entlassung steht, eine Topfpflanze als gutgemeinte Geste schenken. Die Pilzsporen auf dieser Pflanze könnten so in die Atemwege der stark immunsupprimierten Patientin gelangen und eine Lungenentzündung verursachen, an der die Patientin schließlich mit großer Wahrscheinlichkeit versterben würde.

Marianne Sievert starb vor fünf Tagen, am frühen Abend des 9. August, im Beisein ihres Ehemannes. Zwei Tage später verfinsterte sich der Himmel und es zog von Nordwesten ein Gewitter über die Stadt und brachte Regen und Hagelschauer mit sich. Von da an war es kalt.

Das Kinderlachen auf der Straße ist verklungen und in meinem Rilke-Band rascheln noch die Sandkörner des Strandes, an dem ich ihn las. Ich stehe am Fenster und lausche dem Klang der himmlischen Bäche. Die Einsamkeit ist wie ein Regen.

12
Auf dem Friedhof

Eine breite Allee mit mächtigen Platanen, zwei Wege – links und rechts –, dazwischen ein Grünstreifen. Ich stocke kurz und nehme den linken, der etwas näher an der Stelle ist, wo ich durch das gusseiserne Tor getreten bin. Die Allee führt geradewegs auf die neoromanische Grabkapelle zu. Hinter mir rauscht die mehrspurige Ausfahrtsstraße vorbei. Von der Tankstelle direkt auf der anderen Seite dröhnt das Geräusch eines Staubsaugers herüber und verschwindet nur langsam und widerwillig hinter der gelben Friedhofsmauer, je weiter ich voranschreite. Irgendwo aus der Ferne ertönt laute Schlagermusik an diesem trüben Morgen. Und ich gehe weiter auf die Kapelle zu, in der Hand eine weiße Stielrose, die ich beim Blumenladen nebenan gekauft habe. Betrachtet man diesen Ort als eine Stadt, eine Stadt der Toten, dann sind dies die Champs-Élysées oder Unter den Linden und die Kapelle in der Mitte der Achse ist der Arc de Triomphe oder das Brandenburger Tor. Und was ist ein Friedhof denn anderes? Tausende Menschen bevölkern diesen Flecken Erde, der fast so groß wie die gesamte Altstadt ist. Er besitzt Prachtstraßen und schmale Gassen, belebte Orte und stille Winkel, vornehme und arme Gegenden. Von der Luxusvilla bis zur Mietskaserne findet sich für jedes Domizil der Lebenden hier ein Äquivalent für die Toten. Und ich denke mir: Wir sind selbst im Tod nicht gleich – nur dass es uns nicht mehr stört. Biegt man bei der Kapelle rechts ab, kommt man in eine dieser »schicken« Gegenden mit prächtigen Grabdenkmälern, Engelsstatuen aus Marmor und dergleichen. Ich aber gehe links an der Kapelle vorbei, wo zwei alte Männer auf einer Bank in ihr Gespräch vertieft sind. Der eine hat sein Fahrrad angelehnt und sagt: »Ja, ja, aber ist schon besser so, isses. Weißt du, jetzt hat sie rund um die Uhr Betreuung, hat se, falls was ist.« Der andere nickt, doch so, als wäre er nicht ganz überzeugt.

Ich gehe weiter geradeaus und blicke noch einmal auf meinen Zettel, den ich die ganze Zeit in der Hand halte: *Gerade durch bis zum Rondell, links am Teich entlang, erste rechts rein, viertes Grab links.* Dieser Ort, so scheint es mir, verändert mit jedem Meter sein Gesicht. Eben noch hell und weitläufig und ein paar Sekunden später düster und geheimnisvoll. Da geht ein sauberer, akkurat gepflasterter Weg links hinein, die Rasenflächen zu beiden Seiten wohlgepflegt, Bäume und Sträucher sind gestutzt und hinter ihnen verbergen sich, ein wenig verstohlen, die Grabsteine, als sei es ihnen peinlich, dass an ihrer statt keine hübschen Einfamilienhäuser diese Straße zieren. Ein paar Meter weiter ein ganz anderes Bild: dichte, dunkle Nadelhölzer, dazwischen ein matschiger Trampelpfad, der in einen tiefen Wald zu führen scheint, flankiert von grauen, gleichmütigen Steinen. Mal offenes Feld mit kleinen, verwitterten Menhiren, mal großzügiger Park mit Rhododendron und Lärchen. Dann wieder düsteres Dickicht und Vorstadtsiedlung.

Als ich mich dem Nobel-Rondell und dem Teich nähere, bemerke ich ein vielleicht sechzehn oder siebzehn Jahre altes Mädchen, das allein auf einer Bank am Wegesrand sitzt. Aus der Nähe sind Stimmen von Jugendlichen zu vernehmen. Ich folge ihnen mit meinem Blick und entdecke unten am Teich, halb verdeckt hinter einem Strauch auf einer Bank sitzend, ein etwa gleichaltriges blondes Mädchen und einen älteren vorderasiatisch aussehenden Jungen. Was sie dort tun, kann ich nicht erkennen, doch erst jetzt begreife ich, dass die junge Frau oben offensichtlich Schmiere steht, denn als sie mich sieht, scheint sie eine innere Unruhe zu erfassen. Sie wartet noch ein paar Sekunden, dann steht sie demonstrativ langsam auf, als habe sie das ohnehin vorgehabt, und geht zum Teich, wo sie den anderen etwas zukichert. Daraufhin dreht sich der Junge zu mir um, sieht mich kurz an und beginnt, laut zu lachen. Was interessieren diese dummen, pubertierenden Schulschwänzer mich, schießt es mir trotzig durch den Kopf. Und doch gehe ich, um mich ihren Blicken zu entziehen, ein wenig vom Weg ab und auf einen Grabstein zu, der mich anlockt, weil er eine Besonderheit aufweist.

Im Süden ist es üblich, den Toten nicht nur einen Namen, sondern auch ein Gesicht zuzugestehen. Ich stehe vor dem vom Moos grün gewordenen, schlichten Stein und blicke auf das kleine Schwarzweißfoto, das einen feinen jungen Herrn mit lichtem Haar, vollem Bart und scharfsinnig-melancholischen Augen zeigt, der auf einem Stuhl sitzt. Neben ihm, sodass sie größer als er wirkt, steht eine hübsche junge Frau, die aber bereits mit dem ganzen Ernst des Lebens in die Kamera schaut. Vermutlich war sie wirklich größer, was durch diese Darstellungsweise kaschiert werden sollte, denke ich mir. Die Aufnahme wird so um 1910 entstanden sein, mutmaße ich, jedenfalls gewiss vor dem Ersten Weltkrieg.

UNIV. PROF. DR.
KARL FEIST
1876–1952

DOROTHEA FEIST
GEB. SCHMALZ
1890–1962

Erst jetzt, da ich noch einen dritten Namen auf dem Stein entdecke, fällt mir auch das zweite Foto ins Auge, das nur knapp über dem mit Efeu bedeckten Boden befestigt ist. Ein junger Mann in Militäruniform mit der für die Zeit so typischen Frisur (geschorene Seiten und längeres Oberhaar) blickt den Betrachter freundlich von der Seite an, in der Gewissheit, dass das Schicksal ihm entweder ein langes, glückliches oder kurzes, aber ruhmvolles Leben vorherbestimmt hat.

FAHNENJUNKER
KARL FEIST
1912–1937

Welcher sinnlose Tod bei irgendeinem Truppenmanöver mag ihn wohl dahingerafft haben, den Fahnenjunker Karl Feist? Ob es seiner Mutter ein Trost war, dass der Krieg ihm erspart blieb, dass er nicht in kalter russischer Erde lag, nicht als gebrochener Mensch aus der Gefangenschaft zurückkehrte? Vielleicht hat sie so gedacht in manchen Sirenennächten, im Angesicht einer in Scherben zersprungenen Welt. Das weiß niemand mehr. Ich blicke noch einmal das Foto der Eltern an und bin mir sicher, dass es vor 1912 entstanden sein muss, da Karl Feist Junior sonst zweifellos mit abgebildet wäre in den Armen seiner Mutter, die mit ihren vielleicht zwanzig Jahren so voll Traurigkeit blickt, als kenne sie bereits das Schicksal ihres Sohnes, das Schicksal ihrer Welt.

Ein Zug rauscht vorbei, die Gleise müssen unmittelbar hinter dem Friedhof verlaufen, die Mädchen und der Junge sitzen noch immer am Teich und albern lautstark herum. Ich lasse Familie Feist in Frieden ruhen, setze meinen Weg fort und nähere mich dem Nobel-Rondell, das den Endpunkt der großen Achse bildet, die am Eingangstor beginnt. Acht Nobelpreisträger wurden auf dem Göttinger Stadtfriedhof begraben. Ihnen zu Ehren wurde dieses bescheidene Denkmal errichtet, das in der Mitte ein etwa drei Meter hohes, obeliskähnliches Gebilde mit dem Bildnis Alfred Nobels aufweist. Dieses ist kreisförmig von flachen Betonstelen umgeben, auf denen sich Tafeln mit den Namen der Wissenschaftler und Informationen zu ihnen befinden – befinden sollten! Denn statt der Tafeln sehe ich nur den nackten grauen Beton. Da erinnere ich mich, erst vor Kurzem in der Zeitung gelesen zu haben, dass das Denkmal erneut Opfer von Vandalismus geworden sei. Unbekannte sollen nachts sämtliche Tafeln abgerissen und zerstört haben, wodurch ein Schaden von mehreren tausend Euro entstanden sei. Dies sei umso ärgerlicher, wurde irgendjemand in dem Artikel zitiert, da die Tafeln gerade einmal vier Monate zuvor Ziel derselben blinden Zerstörungswut geworden seien und sich erst seit wenigen Wochen wieder an ihrem Platz befunden hätten.

Im Teich blühen die Seerosen, eine Fontäne schießt Wasser in die Luft. Wie in einer Galerie ausgestellt, liegen die Nobelpreisträger dicht nebeneinander am Zaun, dahinter fahren die Züge. Und wie in einer Galerie oder einem Museum gehe ich bedächtig von einem zum nächsten und lese die großen Namen, die dort stehen: Otto Hahn, Max Planck, Walther Nernst, Adolf Windaus ... Auch an Werner Heisenberg, der jahrelang in Göttingen lebte und forschte, dummerweise dann aber in München starb und beigesetzt wurde, erinnert eine kleine Gedenktafel, so wie in manchen deutschen Museen ein leerer Rahmen hängt mit der Notiz *Kriegsbedingt verlagertes Kulturgut.* Zweifellos würden Heisenbergs Knochen diese exquisite Sammlung hervorragend ergänzen, denke ich mir.

Der Weg führt auf die andere Seite des Teichs, vorbei an einem kleinen Rundtempel mit der steinernen Figur einer Frau im Inneren, die mit einem Bein auf dem Boden kniet und dabei einen Strauß Rosen im linken Arm und eine einzelne Rosenblüte in der rechten Hand hält. Aus der Inschrift auf dem Sockel geht hervor, dass der »Privatmann« Bruno Blaschy (gestorben 1944) dieses Monument seiner siebzehn Jahre zuvor verschiedenen Gattin Helene gewidmet hat. Wie ich so über den Weiher blicke, fällt mir auf, dass ich nun genau gegenüber von den Schulschwänzern bin, die noch immer alle drei auf der Bank am Wasser sitzen, den Friedhof mit lautem Deutsch-Rap aus einer kleinen Box beschallen und ansonsten an ihren Smartphones hängen und sich vermutlich irgendwelche lustigen Videos ansehen, da die Mädchen sich alle paar Sekunden gegenseitig anstoßen, der anderen das Handy vor die Nase halten und dann laut aufschreien und auflachen.

Kurz bevor ich rechts querfeldein abbiege und mich vom Teich entferne, fällt mir ein imposanter rechteckiger Block aus hellem Stein auf, der wie eine antike Stele aus dem Efeu herausragt, als habe ein Kaiser ihn dort aufstellen lassen, um von seinem Sieg über ein mächtiges Reich zu künden. *WIR SIND HIER NICHT ZU HAUSE, WO GEHEN WIR HIN – IMMER NACH HAUSE*, steht in großen, klaren, erhabenen Lettern darauf. Und darunter mit etwas Abstand, als sei es fast schon nebensächlich:

GERHARD DAUELSBERG
UTE MARIE

Wie ich über das feuchte Gras schreite, entdecke ich endlich in der Ferne mein Ziel und ein kurzer Schreck, ich weiß nicht, warum, durchfährt meinen Körper. Die Erde ist schwarz und klumpig, wie ein frisch gepflügtes Feld. Ein schlichtes Interimskreuz aus Holz, ein paar Rosen und ein Trauerkranz: *In ewiger Liebe verbunden*, dazu die Namen der beiden Söhne, der Schwiegertochter und des Ehemannes – das ist alles.

Ich lege meine weiße Rose dazu, halte kurz inne und versuche, mich an Frau Sievert zu erinnern. Doch da sind keine wirklich schönen Erinnerungen, sondern nur Bilder einer kranken Frau, der ich Hilfe versprach, aber nicht helfen konnte. Wen wundert es, dass die Söhne darauf bestanden, mich nicht bei der Beerdigung anzutreffen? Denn in ihren Augen, so erzählte es mir Herr Sievert, während er um Verständnis bat, habe ich ihrer Mutter diese Therapie aufgeschwatzt. War es so? Ich erinnere mich nicht mehr. Und selbst, wenn: Sie starb nicht an der Therapie. Der Familie allerdings wurde genau das erzählt: Frau Sieverts Tod sei die Folge einer akuten Pneumonie gewesen, die bei so stark immungeschwächten Menschen quasi wie aus dem Nichts entstehen könne. Das sei bedauerlich, doch sie habe das Risiko ja gekannt (was uns auch schriftlich vorliegt). Die Putzfrau wurde unterdessen klammheimlich entlassen und das Krankenhaus-Management kann zuversichtlich sein, dass kein juristischer Ärger durch diesen Fall verursacht wird.

All das Schöne aber, das mir bei Frau Sievert in den Sinn kommt, verwandelt sich jetzt, da ich darüber nachdenke – eben weil es so schön war –, in etwas Schreckliches. Ich empfand so große Freude für sie, als sie mir von ihrem Glück erzählte, bald Großmutter zu sein. Jetzt ist da nichts als Schmerz. Ich will versuchen, nie wieder an sie zu denken. Für mich ist sie geheilt entlassen worden und lebt glücklich mit ihrem Mann weiter, ohne Krankheit, ohne Sorgen, in Vorfreude auf ihr Enkelkind. Doch wie die Minuten langsam dahinkriechen, während ich am Grab stehe und auf das Holzkreuz und die morastige Erde starre, überlege ich mir: Diesen einen Menschen hast du gekannt, hast ihn lachen und weinen, hoffen und bangen sehen. Die anderen kanntest du nicht. Du gehst achtlos an ihnen vorbei, wie du achtlos an den meisten Lebenden vorbeigehst. Die einen sind bloß Namen ohne Gesichter, die anderen Gesichter ohne Namen. Familie Feist aber besitzt beides und Marianne Sievert hat sogar eine Stimme, die unauslöschlich in meinem Gedächtnis ist, sie hat eine eigene Art, zu reden, und eine eigene Art, dich anzusehen. Sie hat eine Geschichte, es ist die Geschichte einer ganzen Welt, von der Schöpfung bis zur Apokalypse. Wie kann ich so tun, als ob der Untergang dieser Welt mich nicht berührt?

Als ich gehe, spüre ich eine dumpfe, drückende Schwermut, die mich wie schwüle, abgestandene Luft umgibt. Ich finde mich auf einem Schotterweg wieder, der zu beiden Seiten mit flachen, stilisierten Steinkreuzen eingefasst ist, die in zwei Reihen und in regelmäßiger Anordnung hintereinanderstehen und jeweils durch ein grünes Blumenband miteinander verbunden sind. Auf jedem der grob bearbeiteten Klötze finden sich eine Gravur in der Form eines Eisernen Kreuzes und darunter der Name und die Lebensdaten. Otto Gregor wurde am 3.1.1898 geboren und starb am 6.4.1945, einen Monat vor Kriegsende. Direkt dahinter erinnert ein Stein an Erich Weissbrod. Offenbar weiß niemand, wann er auf die Welt kam, doch er starb am 24.3.1945. Ich muss an meinen Urgroßvater denken, den aus Perleberg. Er war sein Leben lang ein überzeugter Kommunist und Pazifist gewesen, doch als der Krieg ausbrach, wurde er eingezogen und nach Russland geschickt, wo ein Granatsplitter bei Leningrad sein halbes Bein zerfetzte. Mein Uropa erzählte mir, als ich ein kleines Kind war, dass er während des eisigen Winters wochenlang in einem prächtigen Zarenpalast in Ropscha (warum auch immer mir dieser Name noch im Gedächtnis ist) gelegen habe, den die Deutschen zum Lazarett umfunktioniert hatten. Im Delirium, irgendwo zwischen Leben und Tod, habe er beobachtet, wie sich die römischen Götter im Deckengemälde darüber berieten, ob er leben oder sterben solle. Alle waren gegen ihn, doch »der mit dem geflügelten Helm« sagte: »Lassen wir ihn leben! Wir brauchen mehr Genossen wie den Johann Bode und weniger wie den Hans Heinrich Müller für den Aufbau des Sozialismus!« Der politischen Überzeugungskraft dieses Arguments konnten sich die anderen Götter offenbar nicht entziehen, denn kurz darauf verstarb der Großbauernspross, während mein Uropa genas.

Wie eine Geschichte zu bewerten ist, entscheidet erst ihr Ende. Vielleicht war Otto Gregor zu alt oder wurde ausgemustert und blieb während des gesamten Krieges daheim im beschaulichen Göttingen bei seiner Familie, während mein Urgroßvater in Russland, tausende Kilometer von seinen Lieben entfernt, Todesangst und abscheuliche Schmerzen erlitt. Alles schien glimpflich für Otto Gregor zu verlaufen, doch als er nicht zum Krieg kam, kam der Krieg zu ihm in die Heimat und verschlang ihn dort. Mein Uropa aber überlebte, gründete eine Familie und konnte als alter Mann seinem Urenkel spannende Geschichten aus dem Krieg erzählen und ihm seine Narben zeigen. Otto Gregor, Erich Weissbrod und Hans Heinrich Müller vermoderten da schon ein halbes Jahrhundert lang unter der Erde.

Ein schriller Mädchenschrei lässt mich aus meinen Gedanken aufschrecken. Ich drehe mich um und sehe hinten auf der Hauptachse die drei Schulschwänzer, die Richtung Haupteingang rennen, die Mädchen voran, hinter ihnen der bärtige Junge, als spielten sie Fangen. Kurz darauf sind sie hinter den Bäumen verschwunden.

Da dringt plötzlich ein merkwürdiges Gekicher an mein Ohr, das ganz aus der Nähe zu kommen scheint. Ich blicke den Kriegsgräberweg hinunter und werde erst jetzt einer Frau gewahr, die ein paar Meter entfernt auf einer Bank am Wegesrand sitzt. Sie grinst mich an und winkt mir euphorisch zu, dabei undefinierbare Freudenlaute von sich gebend. Ich habe diese Frau schon oft an unterschiedlichen Orten in der Stadt gesehen. Sie ist klein, dicklich, vielleicht Mitte bis Ende vierzig, trägt altmodische, meistens viel zu enge Klamotten, hat immer rote Pausbacken, riesengroße gelbe Zähne, eine Brille und kurze rötliche Haare. Wenn man sie sieht, wirkt sie immer sehr glücklich, strahlt bis über beide Ohren und scheut nicht davor zurück, das Wort an jeden Vorbeigehenden zu richten. Doch ein echtes Wort bringt sie niemals hervor. Stattdessen formt sie mit Lippen, Zunge und Zähnen einen lautmalerischen Singsang, der zwar entfernt an eine fernöstliche Sprache erinnern mag, aber in Wahrheit nur sinn- und zusammenhangsloser Grammelot ist.

Als ich mich ihr nähere, prostet sie mir mit ihrer Wodkaflasche zu und wirkt ganz entzückt und aufgeregt, als ich nicht vorübergehe, sondern mich neben sie setze.

»Kein schlechter Ort«, sage ich, ohne sie dabei anzusehen. »Hier ist es schön ruhig und grün, nicht wahr? Da kann man über alles nachdenken. Oder eben auch nicht. Vielleicht ist es manchmal gut, nicht zu viel nachzudenken.«

Sie beginnt wieder zu kichern und strahlt mich an.

»Du hast völlig recht. Es ist ein lächerliches Klischee, sich tiefgründige Gedanken über Leben und Tod zu machen, bloß weil man über einen Friedhof geht und der Tag trüb ist. Hast du *Tonio Kröger* gelesen? Ich schon, ein Patient hat es mir neulich empfohlen. Erinnerst du dich an die Stelle auf dem Schiff, wo der Hamburger Kaufmann über die Sterne schwärmt und sich deswegen für eine zarte Künstlerseele hält? Genau so bin ich.«

Sie hält mir ihre Wodkaflasche vor die Nase und ich lehne dankend ab.

»Ich habe hier eine Freundin besucht«, fahre ich fort. »Weißt du, ich bin sehr traurig, dass sie nun hier ist. Ich habe so viele Menschen sterben sehen und es hat mich kaum getroffen. Ich habe mir dann einfach immer vorgestellt, dass sie noch leben irgendwo, glücklich und gesund. Dass alles letztendlich gut ist. Aber irgendwas ist diesmal anders. Ich weiß nicht, warum. Ich kann einfach … nicht …«

Ich schüttle langsam den Kopf, presse meine Lippen aufeinander und versuche, mich zusammenzureißen. Dennoch spüre ich, wie mir Tränen in die Augen schießen. Meine Banknachbarin blickt mich verunsichert an und fast will es mir scheinen, als könne ich in ihren Augen so etwas wie Verständnis und Mitgefühl erkennen. Doch kaum, dass ich mir die Tränen aus den Augen gewischt habe und mein Gesicht sich lächelnd aufhellt, beginnt sie, aus dem Nichts hysterisch zu lachen, dass all die großen gelben Zähne in ihrem Mund bis zum hintersten sichtbar werden. Einen Augenblick lang sehe ich sie entgeistert an, als hätte ich tatsächlich geglaubt, einen gesunden Menschen vor mir zu haben.

»Du lachst«, sage ich, als sie sich wieder beruhigt hat, »andauernd lachst du, aber eigentlich solltest du weinen. Die Wahrheit ist doch, es ist unglaublich traurig, dass du dir dein Gehirn kaputtgesoffen hast. Du hast doch mal ein Leben vor dir gehabt, eine Zukunft, Sehnsucht, Hoffnung! Kämst du nur für einen kurzen Moment zu Verstand, könntest du nur eine Sekunde lang diese Tragik erkennen – du könntest es nicht ertragen.«

Sie sieht mich mit leuchtenden Augen an, nimmt einen großzügigen Schluck aus ihrer Flasche und antwortet mir mit einem nicht enden wollenden Schwall von Nonsens.

Es ist Zeit, zu gehen. Eine kleine Weile höre ich ihr Geschnatter noch in meinem Rücken, ehe es vom Rauschen eines vorbeifahrenden Schnellzuges erstickt wird. Wenig später bin ich wieder auf der Achse, die zur Kapelle und zum Haupttor führt. Ein feiner Nieselregen hat eingesetzt und ein strenger, kühler Wind bläst kräftig die Allee herauf. Es ist ein Herbsttag mitten im Sommer. Ein kleines rotes Eichhörnchen läuft über das Gras an einem Grabstein vorbei. Ich lese die Inschrift und muss schmunzeln:

FERDINAND ERDMANN
BANKDIREKTOR A. D.

Ja, denke ich mir, eines Tages sind wir alle a. D.

Draußen vor dem Tor hat mich die Welt der Lebenden zurück. Die Schlagermusik ist verklungen und auch bei der Tankstelle gegenüber ist nur wenig los. Ich blicke nach links die Straße hinunter, wo unsichtbar in der Ferne die Autobahn fließt. Und ich blicke nach rechts, wo hinter einer Biegung die Altstadt liegt. Beim Dönerbistro Efendi an der Ecke hat sich eine große Gruppe von Männern versammelt. Gleich wird nebenan in der Moschee das Freitagsgebet beginnen. Ich blicke nach links, ich blicke nach rechts. Und ich denke mir: Immer nach Hause! Immer nach Hause.

13
Morbus Gottingensis

In einem gotischen Gewölbesaal, der mich stark an Doktor Fausts Studierzimmer erinnert, sitze ich auf einem ebenso rustikalen wie unbequemen Holzstuhl, vor mir auf dem Tisch ein großes Glas mit schwarzem Rauchbier, und esse knusprige Schweineschulter, die man hier »Schäuferla« nennt, mit Bratenjus, Sauerkraut und Klößen. Wahrscheinlich stimmt es, dass wir alle eines Tages wie unsere Eltern werden, ob wir nun wollen oder nicht. Meine jedenfalls würden sich an diesem Ort, wie mein Vater zu sagen pflegte, wie Heine in Paris fühlen und auch ich fühle mich hier im Augenblick ungemein wohl. Hier – das ist das Gasthaus Schlenkerla in der Altstadt von Bamberg.

Wie bin ich hergekommen? Es war ungefähr vor einer Woche, wenige Tage nach meinem Besuch auf dem Friedhof, da ging ich zu Dr. Thamer und sagte: »Ich werde am Montag nicht zur Arbeit kommen.«

Er betrachtete mich verdutzt: »Wie?«

»Ich brauche eine Pause, nicht in ein paar Wochen, nicht übernächsten Monat – jetzt!«

»Ja, meine Güte«, antwortete er nach kurzem Zögern, »dann tauschen Sie Montag eben Ihren Dienst mit jemandem, ist doch halb so wild.«

»Nein, nein! Ich werde mindestens eine Woche weg sein, eher länger.«

Als er begriff, was ich ihm da mitteilte, wurde er ungehalten. Ob ich nicht wisse, dass es einen Dienstplan gebe, der Wochen im Voraus feststehe? Ob ich der Meinung sei, dass ich mir Urlaub einfach spontan nehmen könne und ihn nicht wie die anderen Kollegen beantragen müsse? Ob ich dieses Verhalten gegenüber den Kollegen, die es auszubaden hätten, für fair halte?

»Wenn Sie wollen, entlassen Sie mich, oder falls es unbürokratischer ist, kündige ich auch selbst«, antwortete ich ungerührt. »Ich kann diese Stelle aufgeben und innerhalb von drei Tagen eine neue finden. So oder so: Ich werde mir eine Auszeit nehmen.«

Thamer verstand nun, dass ich von meinem Entschluss weder mit Drohungen noch mit Appellen an meine Moral oder meinen Gemeinschaftssinn abzubringen war, also gab er schließlich nach und ließ mich ziehen, wobei er mich bewusst über meine Zukunft im Neu-Jerusalem im Ungewissen hielt. Freilich wusste ich genau, wie dünn die medizinische Personaldecke im Krankenhaus dank des Sparkurses ist und dass sie es sich eigentlich trotz meines impertinenten Verhaltens nicht leisten konnten, mich zu verlieren. Doch es war mir in diesem Augenblick auch gleichgültig.

Als ich schon halb zur Tür raus war, sagte er: »Was ist denn nur mit Ihnen los, haben Sie Burnout? Sie waren doch immer so zuverlässig! Was haben Sie eigentlich vor?«

Ich drehte mich um und antwortete: »Ich werde am Morgen aufstehen, als ob ich zur Arbeit gehe. Und dann steige ich in mein Auto und werde in Göttingen auf die Autobahn fahren und in Messina wieder runter.«

»Wie soll das gehen? Messina liegt auf Sizilien.«

»Wirklich?« Ich sah ihn ungläubig an. »Ich dachte, Messina wäre die letzte Stadt auf dem Festland!«

»Nein, das ist Reggio Calabria. Ich bin da vor Jahren mit dem Motorrad runtergefahren, glauben Sie mir.«

»Na ja, wie auch immer. Ich denke, es ist klar, was ich meine …«

Steffi und Tino waren erwartungsgemäß alles andere als begeistert, als ich sie über meine Pläne in Kenntnis setzte. Während Tino bloß sein unheimliches Lächeln aufsetzte, hinter dem er vermutlich die heimtückischsten Gedanken versteckt, und seine Blinzelfrequenz leicht erhöhte, konnte Steffi ihren

Unmut nicht verbergen und nannte mein Verhalten »ziemlich asozial«.

»Ja oder etwa nicht?«, versuchte sie sich bei Tino zu vergewissern. Daraufhin platzte mir der Kragen.

»Wie oft«, hob ich meine Stimme, »habe ich gearbeitet – an Weihnachten, an Ostern, an allen möglichen Feiertagen, nur damit ihr zu Hause bei eurer Familie sein konntet? Wie oft bin ich spontan eingesprungen, wenn ihr nicht arbeiten konntet? Und niemals habe ich auch nur ein verschissenes ›Danke‹ gehört, das war immer alles selbstverständlich für euch. Wegen jedem Fliegenschiss lässt du dich krankschreiben, Steffi, und meistens bin ich derjenige, der deine Arbeit dann übernimmt. Und jetzt bin *ich* krank, ja, ich bin krank und brauche ein oder zwei Wochen zur Heilung, und alles, was ich will, ist, dass ihr mich dafür nicht verurteilt!«

Das waren drastische Worte, doch ich meinte es ernst. Göttingen war für mich inzwischen zu einer Krankheit geworden, zu einer Metapher für Trägheit und Stillstand, zu einer Flechte, die sich kaum merklich über deine Träume, Hoffnungen und Lebensziele ausbreitet und sie mit einer juckenden Kruste zögerlicher Spießervernunft überzieht. Was auch immer den Ausschlag gegeben haben mochte, doch irgendetwas in mir war erwacht und strebte nach Heilung. Ich spürte die Sehnsucht des Schauspielers, von der Loge auf die Bühne, vom Kinositz auf die Leinwand zu wechseln. Das war eine geradezu kindische Vorfreude, ein Gefühl der Offenheit und Freiheit, als gelte es, die ganze Welt zu entdecken. Mein Heil, das wusste ich, lag in der Ferne. Wohin sollte die Reise also gehen? Nach Lissabon? Nach Sizilien? Nach Athen? Ich betrog mich selbst, denn die Antwort stand von Anfang an fest. Kein Land erscheint in meiner Fantasie und Erinnerung verheißungsvoller als Italien, dieser mit allen irdischen Kostbarkeiten und Schönheiten gefüllte Stiefel.

Am Sonntagabend war mein Koffer gepackt und ich lag zeitig im Bett, konnte jedoch vor lauter Glück und Aufregung lange nicht einschlafen. Am nächsten Morgen dann trat ich vor die Tür, zu jener Uhrzeit, als ich eigentlich nach rechts zur Arbeit hätte gehen müssen. Dieses Mal bog ich die Weender Straße nach links gen Süden ab. Und wenige Minuten später saß ich im Auto und fuhr los – mit leichtem Gepäck und ohne konkretes Ziel, ohne irgendeinen Stadtnamen, den ich in mein Navi hätte eingeben können, ohne eine Vorstellung, wo ich am Ende des Tages halten würde.

Nach gut drei Stunden war meine Grand Tour bereits vorläufig vorbei. Kaum, dass ich bei Würzburg auf die A3 gewechselt war (denn ich wollte für meine Alpenüberquerung den Brenner nehmen), bemerkte ich ein beunruhigendes Stottern und Ruckeln am Wagen, das bald so laut und heftig wurde, dass ich keinen Meter mehr als notwendig damit fahren wollte und ungemein erleichtert war, als endlich ein Rasthof kam. Dort, etwa fünfzig Kilometer nördlich von Nürnberg, wartete ich zwei Stunden, bis endlich ein Abschleppwagen auftauchte, der mich, nachdem ich dem Fahrer das Problem geschildert hatte, zu einer Werkstatt in einem kleinen Städtchen in der Nähe fuhr. Nach weiteren Stunden des Wartens dort kam ein Mechatroniker auf mich zu und sprach von einer defekten Zündspule, Zylindern, die ausgetauscht werden müssten, und anderen Dingen, von denen ich keine Ahnung habe. Was ich hingegen genau verstand: Am heutigen Nachmittag würde nichts mehr geschehen. Es müssten erst ein paar Teile besorgt werden und zudem seien andere Autos vorher an der Reihe. Ich sollte also mit einigen Tagen Wartezeit rechnen.

Das machte mich wütend. Ich schob ihm einen Fünfziger zu und sagte gereizt: »Sorgen Sie einfach dafür, dass der Wagen in zwei Tagen wieder fährt.«

Man bot mir an, mich nach Bamberg zu bringen. Dort könne ich mir ein Hotel suchen und einen Mietwagen nehmen, falls ich das wolle. Was blieb mir anderes übrig? Ich nahm das Angebot an und der Meister beauftragte umgehend seinen Lehrling damit, mich in die Stadt zu chauffieren. So kam es also, dass ich frustriert in Bamberg strandete. Ich ließ mich gleich zu einem Hotel fahren, das etwas außerhalb der Altstadt lag, aß dort zu Abend und verbrachte die letzten Stunden des Tages lesend auf meinem Zimmer, während der Regen gegen die Fensterscheibe prasselte und der Fernseher stumm im Hintergrund lief.

Als ich am heutigen Morgen erwachte, war die Welt eine ganz andere. Die Sonne schien durch mein Fenster und ich blickte auf die Dächer und Türme der alten Stadt, die am Abend zuvor vom Dunst verschluckt worden waren. Dieser Ort, sagte ich mir, ist eine Station auf deinem Weg. Und du hast kein anderes Ziel als diesen Weg. Also hadere nicht, sondern nimm an, was auf dich zukommt. Ich frühstückte und verließ das Hotel gegen elf Uhr in Richtung Altstadt. Etwa eine Stunde später hatte ich das alte Rathaus, das malerisch auf einer Insel in der Regnitz liegt, hinter mir gelassen, einen Blick auf Klein-Venedig geworfen, wie man jene beschauliche Ansammlung von alten Fischerhäuschen direkt am Flussufer nennt, hatte mich im Gewirr der schmalen Gassen verloren und fand mich nun auf dem eindrucksvollen Domplatz wieder, rechterhand die monumentale Bischofsresidenz im fidelsten Barock, links der grimmige mittelalterliche Dom mit seinen vier in den Himmel ragenden Türmen. Vor dem Seitenportal, das als Eingang fungiert, blieb ich stehen und recherchierte zunächst, was es in der Basilika zu sehen gab. Vom Bamberger Reiter hatte ich natürlich schon gehört. Dass sie auch die Grabmale eines Papstes und eines heiligen Kaiserpaares beherbergte, überraschte mich hingegen. Neben dem Eingang, fiel mir auf, waren auf einem schmalen Plateau über dem abfallenden Platz einige mit weißen Decken bespannte und mit Blumen geschmückte runde Tische wie für einen Sektempfang platziert. Wenige Meter entfernt stand an der Mauer ein Tisch mit unzähligen Sektgläsern, die nach und nach von einem Mann und einer Frau, beide feierlich gekleidet, beflissen gefüllt wurden. Als ich die Kirche kurz darauf betrat, bestätigte sich mein Verdacht. Vorne am Altar war wohl gerade die Ehe geschlossen worden, denn der Pfarrer war dezent einen Schritt in den Hintergrund getreten und das Brautpaar, ich schätzte sie auf Mitte oder Ende zwanzig, stand sich Hände haltend gegenüber und gelobte sich soeben ewige Liebe.

»Markus, als ich dich damals zuerst gesehen habe, wusst ich: der oder keiner«, sprach die sichtbar nervöse Braut in fränkischer Mundart. »Wir hatten in den letzten vier Jahren nicht nur gute Zeiten, das weißt du, doch das hat uns nur stärker zusammengeschweißt.«

Unauffällig näherte ich mich währenddessen vom linken Seitenschiff aus dem Chor, verbarg mich halb hinter einem der wuchtigen Pfeiler und ließ meinen Blick über die Gäste schweifen, welche die ersten sechs oder sieben Reihen der Bänke einnahmen.

»Ich genieße es, wenn du mal eine Stunde weg bist und ich meine Ruhe habe.« Wohlwollendes Gelächter unter den Gästen, auch unter den zu Tränen gerührten Frauen. »Aber schon nach zwei Stunden fange ich an, dich zu vermissen. Ich spüre, dass ich nicht mehr komplett bin, dass etwas Unersetzbares in meinem Leben fehlt. Es ist wie ein Phantomschmerz.«

Ein Baby begann, laut zu weinen. Die Mutter, eine junge, hübsche Frau in einem dezent-eleganten Abendkleid, zartes Blau, stand auf, nahm ihr Kind aus dem Kinderwagen und wog es sanft in ihren Armen, während sie im gegenüberliegenden Seitenschiff langsam auf und ab ging, Besänftigungsformeln vor sich hin flüsternd: »Schhhh ... ist ja gut. Alles ist gut. Mami ist bei dir, mein Schatz ...«

Ich lächelte, während ich diese liebevolle Szene beobachtete, und dachte mir gleichzeitig: Solange du lebst, wirst du keine ruhige Minute mehr haben. Wenn er in ein paar Jahren mit anderen Kindern in der Nachbarschaft spielt, wirst du dich fragen, ob ihn ein unheilvoller Fremder gerade beobachtet. Und später wirst du am Wochenende nachts im Bett liegen und keinen Schlaf finden, weil er noch immer nicht daheim ist. Und du wirst dir angstvoll ausmalen, was alles passiert sein kann. Und dann wird er in einer fremden Stadt leben und immer seltener zu Hause anrufen. Du wirst akzeptieren, dass du nicht mehr über ihn wachen kannst, dass er auf sich selber aufpassen muss. Doch das wird dir das Gefühl der Angst nicht nehmen können, das dich durchfährt, sobald eine fremde Nummer auf dem Display erscheint.

Vielleicht war es die andächtige Atmosphäre im Dom oder der traurige Blick von Dorothea Feist, der plötzlich vor meinem geistigen Auge aufblitzte – doch auf einmal kam mir ein uralter Vers aus dem Lateinunterricht wieder in den Sinn, den ich schon lange vergessen zu haben glaubte: *Stabat mater dolorosa / Iuxta crucem lacrimosa, / dum pendebat filius. Schaut die Mutter voller Schmerzen, / wie sie mit zerriss'nem Herzen / unterm Kreuz des Sohnes steht.* Liebe ist ein Gefängnis, ein Käfig aus Angst und Sorge. Nie wieder wirst du frei sein.

»Nur mit dir fühle ich mich komplett«, fuhr die Braut fort. »Und nur ohne dich spüre ich diese schmerzhafte Einsamkeit, die ich nie wieder länger als ein paar Stunden ertragen will. Mit dir mein Leben verbringen zu dürfen, ist meine ganze Vorstellung von Glück. Denn ich werde dich bis ans Ende meines Lebens lieben!«

Ich verließ die Kirche etwas schwermütig, ohne all die Sehenswürdigkeiten genauer betrachtet zu haben. Doch steinerne Reiter, Sarkophage und Kreuzrippengewölbe waren nicht das, wonach meiner Seele jetzt zumute war, barocke Prunkräume ebenso wenig. So schritt ich über den Platz hinüber zur Neuen Residenz, kaufte jedoch keine Eintrittskarte, sondern ging durch die Toreinfahrt, bis ich in den Innenhof gelangte, wo sich, wie ich zuvor bereits gelesen hatte, der Rosengarten befindet. Von dort hat man einen wunderbaren Blick über die roten Dächer der Stadt. Zwar waren die meisten Rosen schon verblüht, doch hier und da sah man noch ein paar Farbtupfer aus dem Grün der in vollkommener barocker Geometrie angelegten Beete und Stauden hervorstechen.

Nachdem ich mich an der Stadt und dem gegenüber auf einem Hügel gelegenen Kloster Michelsberg sattgesehen hatte, flanierte ich den Kiesweg entlang und wurde schnell auf einen Gesang aufmerksam, der aus der Mitte des Gartens zu kommen schien. Dort befand sich eine Art Hain, ein Kreis aus gut gestutzten alten Bäumen, die einen runden Brunnen umgaben. Ich folgte der Stimme bis zu dieser Stelle und fand neben dem Brunnen einen schlanken Mann mit schmalem Gesicht, wuscheligen, lockigen Haaren und scheuen Augen, etwa in meinem Alter, vielleicht etwas älter. Er trug ein weites Hemd, das er artig in die Hose gesteckt hatte, dazu braune Sandalen. Vor ihm auf dem Boden stand ein kleines geflochtenes Körbchen, in dem ein paar Ein- und Zwei-Euro-Münzen lagen, vor allem aber viele Zwanzig-Cent-Stücke und noch Geringeres.

Sein schüchterner Blick traf mich nur kurz, bevor er wieder konzentriert neben mich in die Leere sah, als sei dort ein großes imaginäres Publikum. Er sang offenbar irgendein altes Volkslied, das ich nicht kannte, und war bei der letzten Strophe angelangt:

»Drum tauscht' ich – füüür – das – schöönste – Schloss,
wär's – feel – senfest – und – riie – sengroß,
das – aalte – Baa – uernhaaus – nicht aus,
deenn – 's giibt – ja nur – ein El – ternhaus.
Dahin, dahin – verlangt mein – Seeh – nen.
Ich denke – deein – gar oft mit – Träää – nen,
mein Elternhaaa – us, so lieb und traut,
das ich so – laang – nicht mehr ge – schaaut.«

Ich klatschte, nachdem er geendigt hatte, und da ich mich als einziger unmittelbarer Zuhörer verpflichtet fühlte, es dabei nicht zu belassen, sagte ich auch etwas wie »Sehr schön!« oder »Wunderschön!«, doch ich meinte es ernst. Mich rührte dieser Mann, der ganz offensichtlich eine gesicherte Existenz hatte, aber dennoch hier in diesem Garten stand und alte Volksweisen sang – wahrscheinlich einfach aus Vergnügen oder aus Liebe zu diesen Liedern oder weil sein Therapeut ihm dazu geraten hatte, um seine Schüchternheit zu überwinden.

Jedenfalls erkannte ich in seinem verschmitzten Lächeln, dass mein Lob ihm unangenehm war, und so sah er seitlich auf den Boden und sagte: »Ja, na ja, ich muss ja noch viel üben.«

»Das klang aber schon sehr gut«, antwortete ich. Und während ich einen Fünf-Euro-Schein aus dem Portemonnaie zog und in seinen Korb legte: »Darf man sich denn auch etwas wünschen?«

Er nickte unsicher und ich nannte ihm meinen Wunsch, woraufhin sich eine unverkennbare Erleichterung auf seiner Miene kundtat. Schnell hatte er sich wieder gefasst, räusperte sich, wirkte jetzt hochkonzentriert und begann:

»Ich weiß nicht, was – soll – es – be – deuu – ten,
dass iich – so tra – u – rig – biin.
Ein Märchen aus ur – al – ten Zeii – ten,
das koommt mir – nicht – aus – dem – Siinn …«

Ich verließ meinen Sänger, nachdem sein Lied verklungen war und ich ihm alles Gute gewünscht hatte, und ging auf dem Kiesweg zwischen den Rosenrabatten weiter auf einen Pavillon zu, der im selben Stil und aus dem gleichen Gestein wie der Bischofspalast gebaut war. Dort standen Stühle, Tische und Sonnenschirme, unter denen vornehmlich ältere Herrschaften Platz genommen hatten, Kuchen aßen und Kaffee tranken. Plötzlich sah ich von links etwas Weißes im Augenwinkel. Es war die frisch vermählte Braut an der Seite ihres Mannes, die gemeinsam mit einem Fotografen soeben den Rosengarten betraten.

»So, ihr Lieben«, näselte der Fotograf, als sie beim Café angelangt waren, »als Erstes machen wir da vorne bei der Statue ein paar superschöne Fotos von euch, dann schlage ich vor, da drüben auf dem Weg und zum Schluss an der Mauer mit der Stadt im Background, vertraut mir, das wird super nice werden.«

Sie schritten an mir vorbei zu der besagten Statue und begannen mit dem Shooting. »Und jetzt happy schauen!« Klick, klick, klick, klick. »Und jetzt schauen wir mal so richtig, richtig happy!« Klick, klick, klick, klick.

Ich ging zurück durch die Toreinfahrt und betrat erneut den Domplatz. Auf der gegenüberliegenden Seite hatte sich die gesamte Hochzeitsgesellschaft, mit Ausnahme des Brautpaares, neben dem Kirchenportal zum Sektempfang versammelt. Irgendetwas zog mich an. Vielleicht war es bloß das Bedürfnis, die Nähe von Menschen zu spüren, Menschen, die ich schon einmal gesehen hatte, die mir nicht mehr so gänzlich fremd waren wie alle anderen um mich herum. Ich näherte mich langsam wie ein Tourist, der sich unschlüssig ist, welche Richtung er nun einschlagen soll. In etwa zehn Metern Entfernung blieb ich stehen und holte mein Handy heraus, als suchte ich nach dem richtigen Weg oder recherchierte etwas. Natürlich kümmerte es in Wahrheit niemanden, was ich tat, mit oder ohne Handy, sie beachteten mich nicht. Doch ich stand da und spähte heimlich über das Display und suchte – wen suchte ich? Ich suchte sie! Und ich fand sie. Sie stand auf dem Pflaster des Platzes, unterhalb der Terrasse, auf der sich die Tische befanden, neben sich den offenen Kinderwagen, den sie sanft mit einer Hand auf und ab wog, in der anderen Hand ein Sektglas. An ihrer Seite stand ihr Freund oder Ehemann oder Verlobter und hatte eifersüchtig seinen Arm um ihre Taille gelegt, während sie sich angeregt mit einem anderen Mann im dunkelblauen Anzug unterhielt. Ich wagte mich ein paar Schritte näher heran. Wie schön sie doch war! Die Nase etwas zu spitz, die Augen etwas zu klein: In einem Hochglanzmagazin findet man solche Unvollkommenheiten nicht. Das eben machte sie so schön. Sie war menschlich.

Während die junge Mutter dort stand und sich unterhielt, bemerkte ich eine andere Frau in einem grünen Kleid, kaum älter, die über ihr auf der Terrasse an der flachen steinernen Brüstung stand und wie gebannt voller Sehnsucht und Traurigkeit in den Kinderwagen starrte. Erneut kam ich, meine

Tarnung vollends aufgebend, ein paar Schritte näher und konnte nun ebenfalls in den Wagen blicken. Da sah ich die Ursache für den Herzschmerz der jungen Frau: Friedlich und weich gebettet lag das Baby in einem Strampelanzug, den Kopf zur Seite geneigt, den Mund leicht geöffnet, die Gesichtszüge völlig entspannt, und schlief tief und fest. Es war ein warmer Tag und so war das Kleine nicht zugedeckt. Seine schmale Brust hob und senkte sich in einem regelmäßigen Rhythmus, es atmete tief ein und aus, ein und aus, als erhole es sich von einer großen Anstrengung.

Da standen wir also: Die Frau an der Brüstung, inmitten der fröhlichen Hochzeitsgesellschaft, und in einigen Metern Abstand ich, der Fremde – und starrten in den Kinderwagen. Niemand schien uns wahrzunehmen. Alles, worauf wir achteten, war das schwere Heben und Senken der kleinen Babybrust.

14

Auf nach Süden!

Liebe Maja,

du wirst dich zweifellos wundern, dass ich dir nach all den Jahren jetzt plötzlich schreibe. Ich kann es mir richtig vorstellen, wie du auf dein Handy blickst, meinen Namen liest und dir denkst: Was will dieses Gespenst aus der Vergangenheit von mir? Vier Jahre mögen eine lange Zeit sein, wenn man fünfundzwanzig ist. Gemessen an einem Leben, das weiße Haare, Tattrigkeit und die eigenen Urenkel kennenlernen wird, ist es nicht mehr als ein langer Tag. Und es heißt doch, dass man den vergisst, der nur einen Tag lang zu Gast war. Genau davor habe ich Angst. Irgendwann wirst du zurückblicken und dein bereits vergangenes Leben gegen das Licht halten, doch meine verblichene Silhouette wird darauf nicht mehr zu erkennen sein. Ich aber werde diesen Tag mit dir niemals vergessen, auch wenn die Erinnerung an ein entschwundenes Glück schmerzhaft ist.

Warum schreibe ich dir? Du bist verlobt und erwartest ein Kind, zu beidem gratuliere ich dir herzlich. Auf den Fotos, die ich gesehen habe, siehst du sehr glücklich aus. Doch ich weiß, dass du fast alles, von einer leichten Verstimmung bis zu stechender Traurigkeit, hinter einem strahlenden Lachen verbergen kannst, sobald eine Kamera auf dich gerichtet ist. Mein Anlass für diese Nachricht ist simpel: Ich habe heute Nacht von dir geträumt. In meinem Traum fuhr ich auf der Autobahn und sah dich am Straßenrand neben deinem Wagen stehen. Ich fuhr weiter. Doch als ich erwachte, packte mich das schlechte Gewissen, denn ich dachte mir, dass du jetzt vielleicht jemanden brauchst, der anhält, die Motorhaube öffnet und einmal nachsieht, wo das Problem liegt. Darum entschloss ich mich, dir zu schreiben.

Bestimmt lachst du dich jetzt schlapp und es ist ja auch lächerlich. Viel wahrscheinlicher ist, dass dieser Traum eine Spiegelung ganz konkreter Ereignisse ist, die mir selber in letzter Zeit geschehen sind. Erinnerst du dich noch an meinen Wagen? Es ist tatsächlich immer noch derselbe wie früher. »Wer ein Auto hat, besitzt immer ein Stück Heimat, wo er auch ist«, meinte meine Mutter. Darum nahm sie meinem Vater das Versprechen ab, dass ich zu meinem achtzehnten Geburtstag einen eigenen Wagen bekommen sollte. Mein Stück Heimat hat mich vor vier Tagen heimatlos gemacht. Ich wollte in die Ferne nach Italien, ich wollte wieder nach Rom. Eigentlich hatte ich gar kein konkretes Ziel. Doch ich landete in Bamberg, das man auch »das fränkische Rom« nennt, nicht nur, weil es wie jenes auf sieben Hügeln errichtet wurde, sondern auch, weil es mit einem Papst, einem Kaiser und Heiligen aufwarten kann. Ich war so verärgert, hier gestrandet zu sein, dass ich den Mechaniker sogar bestach, damit mein Auto so früh wie möglich wieder startklar wäre. Als ich den Golf dann vorgestern abholte, sagte er mir, dass das Dringlichste zwar behoben sei, riet mir aber davon ab, den Wagen in diesem Zustand zu benutzen. Ich dankte ihm für seinen fachmännischen Rat, stieg ein und startete den Motor.

Wie ich vom Hof fuhr, um mich auf den Weg nach Italien zu machen, hatte ich jedoch plötzlich das Gefühl, hier noch nicht fertig zu sein. Da war noch so viel Schönes, das ich nicht kannte, ja vorher nicht einmal vermutet hätte. In einem anderen Land würde ich mir diese pittoreske Gegend genau ansehen. Warum sollte ich sie jetzt links liegen lassen? Ich entschied mich also, noch etwas zu bleiben. Vermutlich wäre es klug gewesen, umzudrehen und das Auto wieder in die Werkstatt zu bringen, doch diese Blöße wollte ich mir nicht geben.

Seit zwei Tagen fahre ich durch dieses unbekannte Land von einem Ort zum nächsten und bin stets aufs Neue überrascht, welche Schönheiten sich in der Provinz verbergen. Die ganze Gegend wirkt, als sei sie den Illustrationen eines Märchenbuchs aus dem neunzehnten Jahrhundert entsprungen – mit deinem urbanen Gemüt würdest du es hier zweifellos furchtbar finden. Schon Göttingen war dir ja viel zu klein und eng und provinziell, darum hast du es auch nicht lange dort ausgehalten. Franken eignet sich hervorragend als Strafkolonie für kosmopolitische Großstädter, die das Wort »Fachwerkidylle« nicht ohne Ironie aussprechen können. Doch ich bin in meinem Herzen ein Mensch der kleinen Stadt, nicht, weil ich das Überschaubare liebe, sondern das Intakte, Unzerbrochene. Jetzt gerade, während ich dir schreibe, sitze ich auf dem Marktplatz irgendeines kleinen Ortes, an dessen Namen ich mich nicht erinnern kann, habe vor mir auf dem Tisch mein drittes Glas Riesling stehen und beobachte aus der Ferne, wie die Mädchen des Ortes vor dem Rathaus um die Krone der Weinkönigin buhlen. Ich bin angeschwipst und sehe dem fröhlichen Treiben zu, doch da ist eine große Einsamkeit in mir. Am Nachbartisch sitzt ein älteres Paar. Kennst du das, wenn man einen fremden Menschen sieht und in ihm einen anderen erkennt? Ich habe sofort dich in der Frau erkannt, dich mit fünfundsechzig Jahren. Denn ich kann dir schwören, dass du in drei Jahrzehnten genau so aussehen wirst! Da durchfuhr mich ein riesiger Schreck, denn es war mir plötzlich, als sei ich selber innerhalb einer Sekunde so gealtert.

Was mache ich nur? Ich blicke zurück auf ein halb verpfuschtes Leben und meine große Sorge ist, dass es in dreißig oder vierzig Jahren, sollte ich überhaupt so alt werden, komplett sein wird. Vielleicht soll es ja so sein. Ein paar Tische von mir entfernt sitzt eine junge Frau, blond, schmal, sehr bleich, ungeschminkt, mit Schatten unter den Augen, aber keineswegs hässlich. Sie hat lackierte Fingernägel, trägt schicke Klamotten, als sei sie direkt nach Feierabend aus dem Büro hierhergekommen. Ihr Blick ist die meiste Zeit gesenkt und sehr traurig. Sie sitzt ganz allein und isst ausgesprochen langsam ihren Salat, wie jemand, der nicht erwartet wird. Aber dann plötzlich geschieht vorne etwas, es wird Musik gespielt, ein Lachen geht durch das Publikum oder Ähnliches. Dann schaut sie auf und auf ihrem Gesicht ist dieses schüchterne Lächeln, während die Augen traurig bleiben. Es ist ein Lächeln, das ein wenig gequält wirkt, aber nicht falsch, im Gegenteil, kein einnehmendes, strahlendes Lächeln, sondern das eines tagtäglich verkannten Menschen. Ich stelle mir vor, dass sie jemand ist, der gerne lacht und Gesellschaft hat, aber zu unsicher und schüchtern ist. Die meisten Männer werden sie nicht beachten, denn sie lieben die schrillen, oberflächlichen Frauen, die laut auflachen und mit ihren Reizen kokettieren. Die sich ihrer Schönheit und Wirkung auf die Männer bewusst sind. Auch sie ist schön, doch sie weiß es nicht. Wie wäre es also, wenn ich zu ihr ginge und in ihr verdutztes Gesicht blickte und sagte: »Ich bin unglücklich und du bist unglücklich. Vielleicht waren all die Versprechungen leer, vielleicht gibt es für uns da draußen nicht das große Glück. Vielleicht ist unser Schicksal ein wehmütiges Bedauern darüber, was wir hätten sein und haben können. Aber lass uns nicht daran glauben.«

Maja, wenn ich dir nun sage, dass ich mich damals in dich verliebte, weil du deine beste Freundin Katharina (hast du noch Kontakt zu ihr?) nicht Kathi, sondern Käthe nanntest, weil du statt »flirten« »schäkern« sagtest – würdest du es verstehen? Ich verstehe es ja selber nicht. Ich habe schon viel zu viel geschrieben und da ich merke, dass mein Koautor, der Alkohol, diesen Text immer mehr an sich reißt, ist es Zeit für mich, zum Ende zu kommen.

Eine Sache noch: Als ich vorgestern meinen Wagen aus der Werkstatt abholte und losfuhr, schaltete ich das Radio durch. Ich war in einer Stimmung, dass mich die aufdringliche Heiterkeit der Moderatoren, zusammen mit dem ganzen Teenie-Pop-Mist, anödete. Irgendwann stieß ich auf einen Klassiksender und obwohl ich der Meinung bin, dass es genauso viel schlechte klassische wie moderne Musik gibt, ließ ich ihn laufen. Nach einiger Zeit spielten sie Ich bin der Welt abhanden gekommen von Mahler. Ich erspare dir die Schilderung der Wirkung, die dieses Lied auf mein angeschlagenes Gemüt hatte. Abhandenkommen – ein seltsames Wort. Ich dachte darüber nach und fragte mich, ob es in irgendeiner anderen Sprache tatsächlich eine adäquate Entsprechung dieses Wortes gibt. Friedrich Rückert (der den Text verfasst hat) hätte doch auch schreiben können: Ich bin der Welt verloren gegangen. Doch mal abgesehen davon, dass er sich einen anderen Reim hätte ausdenken müssen, glaube ich auch nicht, dass er das mit seinem Gedicht ausdrücken wollte. Verloren gehen, das ist etwas Lautes, Theatralisches, das vor aller Augen passiert. Abhandenkommen aber bedeutet: lautlos, unbemerkt verschwinden, ohne dass es irgendjemanden kümmert.

Die Kellnerin hat soeben mein viertes Glas gebracht und ich beobachte, wie die Sonne im Westen zerschmilzt und ihre blutrote Masse sich über den gesamten Himmel ausbreitet. Gute Nacht, liebe Maja, ich wünsche dir süße Träume und ein langes, glückliches Leben. Ja, ich hoffe, dass du jenes Glück gefunden hast, das unser Leben so ausfüllt, dass darin kein Platz mehr für alte, schrullige Bekanntschaften ist. Wie sehr würde ich mich also freuen, wenn du mir nicht antwortest und wir uns nie wiedersehen. Lebe wohl. Matthias.

So habe ich es geschrieben und so hat Maja es gelesen. Soll ich lügen? Dieser Text ist zweifellos ein Konglomerat an Peinlichkeiten, doch es ist die Wahrheit. Was soll man tun, wenn die Wahrheit peinlich ist? Jetzt, da mein Verstand wieder nüchtern ist, denke ich mir: sie besser unausgesprochen lassen. Dafür ist es nun zu spät. Die beiden blauen Häkchen, die mir anzeigen, dass Maja meine Nachricht gelesen hat, sind wie ein strafendes Schweigen. Das Wetter hat sich wieder verschlechtert. Graue, schwere Wolken ziehen über den Himmel, der Marktplatz, der gestern Abend noch von sommerlichem Leben wimmelte, ist heute herbstlich kahl. Ich sitze im Frühstücksraum meines kleinen Hotels, vor mir auf dem Tisch steht ein Korb mit zwei Brötchen, daneben ein kleines Gläschen mit Aprikosenkonfitüre, eine Platte mit drei Scheiben Salami und drei Scheiben

Edamer. Draußen auf dem Platz montieren Handwerker die Bühne für die gestrige Weinköniginnenwahl ab, die Stühle und Tische sind verwaist. Ich kann mich nicht daran entsinnen, wer gewonnen hat, ich war ja zu sehr damit beschäftigt, mich vor Maja lächerlich zu machen. Nun werde ich bis zum Ende ihres Lebens dieser komische Exfreund sein, an den man nicht denken kann, ohne dabei Scham zu empfinden. Alles ist zerstört. Ich habe unseren Tag ruiniert, Maja, denn in Wahrheit zählt nur der letzte Eindruck.

Ein kollektives Lachen am Nachbartisch reißt mich aus meinen Gedanken. Eine Gruppe älterer Herrschaften amüsiert sich dort köstlich und vor allem laut. Es geht, so viel habe ich mitbekommen, um die Kapriolen ihrer Haustiere.

»Was meine Miezi neulich gemacht hat, nein – das glaubt ihr nicht«, sagt eine der Damen voller ehrlicher Begeisterung und bereitet ihre Kompagnons darauf vor, jetzt eine wahrhaft goldige Geschichte zu hören. »Da komm ich doch neulich in die Küche rein, Wolfgang kann's bezeugen« – Wolfgang nickt bezeugend – »und ich hab doch da auf der Fensterbank immer den Eimer mit dem Trockenfutter stehen, ein Fünfkiloeimer! Und was seh ich!? Hat die Miezi den doch tatsächlich irgendwie runtergeholt und das ganze Futter liegt verteilt auf dem Küchenboden und die Miezi frisst, als könnte sie kein Wässerchen trüben, und schaut mich ganz unschuldig an!«

Moderates Gelächter folgt auf die Anekdote, wovon der größte Teil, wie ich hoffe, der Höflichkeit geschuldet ist. Ich blicke mich im Raum um und erkenne plötzlich, dass ich von weißen Schöpfen umgeben bin. Was mache ich hier eigentlich? Ich sehe hinaus zu den leeren Stühlen, die feucht vom Nieselregen sind. Dort saß sie gestern, denke ich mir. Verdammt! Warum habe ich nicht zumindest ansatzweise wahr gemacht, was ich geschrieben habe, und bin zu ihr gegangen? Ja, richtig:

weil ich ein Feigling bin. Zwei Schüchterne können niemals zueinanderfinden, nicht ohne fremde Hilfe. Ich ertappe mich tatsächlich bei der Idee, mich auf die Suche nach ihr zu begeben. Es ist doch ein kleiner Ort, denke ich mir, vielleicht macht sie gerade einen Spaziergang. Lächerlich! Völlig lächerlich. Erstens wohnt sie möglicherweise gar nicht hier, zweitens ist es Freitagmorgen und jeder anständige Mensch arbeitet um diese Zeit. Da muss ich plötzlich an Ranke denken. Der würde mich zweifellos dafür tadeln, dass ich die kapitalistische Sklavenmoral so verinnerlicht habe ... Vielleicht würde er auch sagen: »Bleib an jedem Ort so lange, bis du weg von dort willst!« Doch aus meinem Fernweh ist noch kein Heimweh geworden. Es ist Zeit, endlich nach Süden weiterzuziehen.

Und ganz unvermittelt ist da dieser Reim in meinem Kopf. Hmm ... gar nicht so schlecht! Ich grüble, tausche hier ein Wort, stelle dort den Satz etwas um – jetzt klingt es gefälliger. Ich hole meinen kleinen Notizblock aus der Tasche sowie einen Stift, sage es mir innerlich noch einmal auf, damit ich es nicht wieder vergesse, und schreibe:

Bin ich hier, wünsch ich mich fort.
Und bin ich dort, wünsch ich mich her.
Ich glaube immerzu, ich wär –
Glücklich an dem andern Ort.

Ich lese mir die Verse durch und bin recht zufrieden damit. Draußen hämmern die Handwerker im Regen und es klirren die Metallstangen des Bühnengestells. Am Nachbartisch geht es jetzt um die tollkühnen Abenteuer von Willi dem Dackel. Ja, denke ich mir, es ist Zeit. Zeit, weiterzuziehen. Auf nach Süden!

15

Was, wenn es doch einen Gott gibt?

Irgendwo in Bayern spannt sich hoch über einer zerklüfteten Alpenschlucht, die ein rauschender Gebirgsfluss tief in den Fels geschnitten hat, eine Brücke. Sie ist zu beiden Seiten durch einen vielleicht drei Meter hohen Drahtzaun abgesichert, der sich, wenn der Wille dazu nur vorhanden wäre, leicht überwältigen ließe. Etwa alle zwei Meter hat man an diesem Zaun Schilder befestigt und auf allen steht dasselbe: *Was, wenn es doch einen Gott gibt?*

Ja, was wäre dann? Käme dem depressiven oder verzweifelten Menschen sein Leben dann plötzlich doch lebenswert vor, wäre er auf einmal glücklich deswegen? Soll uns das sagen, dass es noch Hoffnung auf der Welt gibt? Aber die gibt es auch ohne Gott. Oder ist diese Frage doch eher als eine Drohung zu verstehen? Nur zu, spring ruhig, aber wenn es doch einen Gott gibt, springst du direkt in die Hölle … Was ist also, wenn es doch einen Gott gibt? Dann hat der Wahnsinn Methode, dann ist es ein Gott, der uns hasst und gerne leiden sieht, dann gibt es noch mehr Grund für Verzweiflung und Selbstmord, dann gibt es in Wahrheit keinerlei Hoffnung mehr. Wenn er die Menschheit in den vergangenen Jahrtausenden gequält und aufeinandergehetzt hat, wird er es auch in den kommenden tun. Er wird weiterhin jeder Gruppe heimlich zuflüstern, dass nur sie seine wahren Kinder seien, und wird amüsiert zusehen, wie wir uns für ihn gegenseitig abschlachten. Was macht es, dass die Götter nur in den Köpfen derjenigen existieren, die an sie glauben, wenn sie dort lebendiger sind als alles, was auf der Erde nach Atem ringt?

Ich befinde mich irgendwo in der Nähe von Garmisch-Partenkirchen. Als ich mich München näherte und den Namen auf einem Schild las, änderte ich spontan meine Route und fuhr, statt auf der A8 über Rosenheim, westlich an München vorbei und die A95 Richtung Garmisch runter. Warum ich das tat? Es war eine Eingebung. Ich hatte mich daran erinnert, dass mein Großvater mütterlicherseits ursprünglich aus dieser Ecke stammte. Er hatte in Eichstätt Theologie studiert und war danach ein paar Jahre lang Pfarrer in dem kleinen Bergdorf gewesen, in dem er aufgewachsen ist, ehe er in den Fünfzigerjahren (eventuell, um ein Martyrium zu suchen) freiwillig in die DDR ging, wo er die gläubigen Christen unterstützen wollte. Kaum, dass die Mauer gefallen war, kehrte er in seine bayerischen Berge zurück und erlitt wenige Monate später einen Schlaganfall, den er, schwer gezeichnet, überlebte, drei oder vier Jahre später jedoch verstarb er. Ich war ein kleines Kind und erinnere mich gut, dass ich mit meinen Eltern auf der Beerdigung war. Er wurde auf dem Friedhof gleich neben dem Gotteshaus bestattet, wo er als Säugling die Taufe empfangen und später als junger Mann vor seiner heimischen Gemeinde gepredigt hatte.

Angestrengt versuche ich, die schemenhaften Erinnerungen vor mein geistiges Auge zu zerren. Die Assoziation zwischen der Kirche meines Großvaters und der Pauluskirche in Göttingen, die ich jeden Tag auf dem Weg zur Arbeit sehe, hat sich, wie ich nun erkenne, im Laufe der Jahre derart verfestigt, dass ich dieses überlagerte Bild wie bei einem Palimpsest erst aus meinem Gedächtnis auskratzen muss, um an das ursprüngliche zu gelangen. Ich sehe ein weiß getünchtes Kirchlein vor mir mit einem nicht sehr hohen Turm, auf dem eine grün oxidierte Zwiebelhaube sitzt. Es steht etwas abseits der Straße auf einem Hügel, ringsherum befinden sich nur Wiesen und der Gottesacker, im Hintergrund erheben sich die hohen karstigen Berggipfel. Sind diese Bilder real oder entspringen sie eher meiner Einbildungskraft? Zwei Stunden bin ich ziellos umhergefahren und habe das Dorf mit der weißen Kirche auf dem Hügel gesucht, doch keine von denen, die ich sah, war die richtige. Mal stimmte die Lage nicht, mal das Aussehen. Bei einer war ich mir nicht ganz sicher. Ich hielt an, ging um das Gebäude herum, sah mir die Umgebung genau an. Gerne wollte ich glauben, sie endlich gefunden zu haben, ich wollte es unbedingt. Doch ich wusste: Auch das war nicht seine Kirche und nicht sein letzter Ruheort.

Mittlerweile ist es Abend geworden, von überall rufen die Glocken zur Messe und ich entschließe mich ein wenig enttäuscht, meine Reise fortzusetzen, um noch etwas vom Tageslicht zu haben. Ich schlage den Weg nach Süden Richtung Innsbruck ein. Es ist eine kurvige Landstraße mitten durch die Berge und Dörfer, ich komme nur langsam voran. *Staatsgrenze 2 KM*, steht auf einem Schild. Innerlich habe ich Deutschland bereits hinter mir gelassen, doch dann traue ich meinen Augen nicht. Im letzten Dorf auf bayerischem Boden, vielleicht achthundert Meter vor der Grenze, taucht in der Abenddämmerung auf einem Hügel rechts der Straße plötzlich diese kleine weiße Kirche mit dem Zwiebelturm auf. Das muss sie sein, denke ich mir sofort. Das muss sie endlich sein! Ich parke den Wagen unweit am Straßenrand und gehe zu dem hölzernen Tor, neben dem sich der Anschlag mit den neuesten Meldungen der Gemeinde befindet. Ein rauchiger Herbstduft liegt hier bereits in der Luft. Ich bleibe kurz stehen und blicke über das flache Tor hinauf zur Kirche, aus deren Fenstern ein warmes Licht nach außen dringt und ebenso ein gedämpfter Kirchengesang. Alles passt diesmal. Wenn dem so ist, muss dort oben rechts der Friedhof sein, wo mein Großvater liegt. Also schließe ich das Tor behutsam hinter mir und gehe die Stufen hinauf, bis ich vor dem geschlossenen Eingangsportal stehe, durch das ich nun recht deutlich die Stimme des Pfarrers vernehmen kann. Doch seine Predigt interessiert mich nicht. Kaum, dass ich oben angelangt bin, wende ich meinen Blick nach rechts zur Seite, wo ich wieder ein kleines Tor vorfinde, diesmal aus Eisen, und dahinter einen schmalen Kiesweg, der von Grabsteinen flankiert ist.

Ich habe sie also doch noch gefunden – hier, im hintersten Zipfel von Bayern. Da es mit jeder Minute dunkler wird, verliere ich keine Zeit und begebe mich auf die Suche nach dem Grab meines Opas. Es ist nur ein kleiner Dorffriedhof. Wie viele Gräber mögen hier sein? Vielleicht vierzig oder maximal fünfzig, mehr sicherlich nicht. Ich gehe eine Reihe nach der anderen ab, lese mir jede Inschrift genau durch, während die Berge sich langsam in düstere Silhouetten verwandeln. Aus den, wie es scheint, immer kräftiger leuchtenden Fenstern klingt erneut der Gesang der Gemeinde an meine Ohren. Ich gehe nun die Reihe unmittelbar unter den Fenstern ab und lese mit zunehmender Mühe die Namen auf den steinernen Kreuzen. Einige Sargbewohner liegen hier schon seit achtzig oder neunzig Jahren – doch mein Opa ist nicht unter ihnen. Es dauert nicht lange und ich habe alle Gräber inspiziert und stehe wieder am Eingangstor. Soll ich noch mal gehen? Es ist bereits so dunkel, dass ich kaum noch etwas erkennen würde, nur noch auf den höchsten Gipfeln liegt ein schwacher rosa Schimmer. Die blaue Stunde hat begonnen und die hellsten Sterne haben bereits den Himmel betreten. Allmählich zieht ihr Gefolge ihnen nach.

Warum nur finde ich dich nicht, wo ich doch sicher bin, am richtigen Ort zu sein? Warum? Das Eisentor fällt quietschend hinter mir zu und ich stehe wieder vor dem Kirchenportal. Mittlerweile sind die Laternen angesprungen und werfen ihr orangefarbenes Licht auf die Treppe, die hinunter zur Straße führt. Wenigstens will ich sein Taufbecken sehen und die Kanzel, von der er gepredigt hat, denke ich mir. So öffne ich leise die schwere Holztür und trete ein. Es ist ein hübsches kleines

Kirchlein, eher Rokoko als Barock, aber von der bescheidenen, ländlichen Sorte. An der schneeweißen Decke finden sich ein paar dezente Verzierungen, in den schmalen Seitenschiffen links und rechts hängen Gemälde mit Darstellungen aus dem Neuen Testament und ein schöner bäuerlicher Holzaltar mit einem Bild der Kreuzigung in der Mitte prangt vorne im Chor. Schnell fällt mir auf, dass es in diesem Kirchenraum keine Kanzel gibt. Aber hier gleich neben dem Eingang steht das schlichte Taufbecken, in dem mein Opa vor etwa neunzig Jahren getauft wurde. Der Pfarrer steht am Altar, mein Eintreten ist ihm sofort aufgefallen, denn unsere Blicke treffen sich kurz. Nur die ersten beiden Bankreihen sind besetzt mit – ich zähle nach – acht alten Leuten, sieben davon Damen. Vor dem Geistlichen steht ein goldener Kelch, er hält mit beiden Händen die Hostie in der Hand und spricht:

»Herr, unser Gott, wir bringen das Brot dar, das aus vielen Körnern bereitet, und den Wein, der aus vielen Trauben gewonnen ist. Schenke deiner Kirche, was die Gaben geheimnisvoll bezeichnen: die Einheit und den Frieden. Darum bitten wir durch Christus, unseren Herrn.«

»Amen«, erwidern die Greise unisono. Und während ich die Szene von der Seite betrachte, denke ich mir, wie unglaublich harmlos diese Religion doch geworden ist. Wie ein altes, zahnloses Ungeheuer, mit dem man nur noch Mitleid empfindet. Mir fallen einige seltsame Tafeln auf, die an der Wand einer kleinen Seitenkapelle befestigt sind. Als ich näherkomme, sehe ich, dass die ganze Kapelle mit kleinen Metallplättchen aus Zink behangen ist, die allesamt irgendwelche Körperteile darstellen. Einige haben die Form eines Ohrs, andere die eines Herzens, auf manchen ist ein Fuß, ein Arm oder ein Augenpaar dargestellt und wieder andere sehen wie umwickelte Säuglinge aus. *Maria hat geholfen*, steht in altmodischer Handschrift und weißer, teils schon abgeplatzter Farbe auf einem Brett aus dunklem Holz geschrieben, das in der Mitte der Kapelle an erhabener Stelle hängt. Mir kommt der Gedanke in den Sinn, dass mein Großvater vielleicht eines dieser Babys sein könnte, für deren Empfängnis die Eltern Maria dankten. Ich weiß so gut wie nichts über meine Urgroßeltern, kann mich nur an ein paar Fotos aus dem Koffer erinnern. Sie müssen schon recht alt gewesen sein, als sie meinen Opa bekamen, denn auf den wenigen Kinderfotos, die es von ihm gab, wirkten sie, als seien sie bereits von einem langen, entbehrungsreichen Leben mit grauen Haaren und gegerbter Haut gezeichnet. Natürlich alterten die Menschen damals, zumindest auf dem Land, viel schneller als heute und mancher Vierzigjährige hatte eine schlechtere Physis als viele Rentner heutzutage.

Während ich gedankenverloren die Votivtäfelchen betrachtet habe, ist mir ganz entgangen, dass die Besucher des Gottesdienstes hinter mir bereits die Kommunion empfangen haben und schon dabei sind, die Kirche zu verlassen, wobei alle hintereinander in einer Reihe stehen und dem Pfarrer persönlich an der Tür die Hand schütteln und sich bedanken. So ein Mist! Eigentlich wollte ich unauffällig entschlüpfen, bevor die Messe vorbei war, jetzt muss ich mich als Letzter hinten anstellen. Eine geschwätzige betagte Dame nach der anderen (der Mann war wohl als Erster draußen) verabschiedet sich wortreich und verlässt mühsam die Kirche.

Als ich endlich an der Reihe bin, will ich dem Geistlichen schnell die Hand schütteln und mich aus dem Staub machen, doch er richtet sofort das Wort an mich, als würden wir uns kennen: »Schön, dass Sie auch da waren! Was hat Sie heute zu uns geführt?«

Erst jetzt, als ich ihm richtig in die Augen blicke, erkenne ich, dass mich dieser kleine, rundliche ältere Mann mit seinen schmalen blauen Augen und dem gütigen Lächeln, das seinen grauen Bart umspielt, an jemanden erinnert, und zwar an Rolf Hoppe, einen alten DDR-Schauspieler, dessen Filme ich aus meiner Kindheit kenne.

Überrascht von der Frage und der verblüffenden Ähnlichkeit, stottere ich mir irgendetwas zurecht, werde aber sogleich von ihm unterbrochen: »Wollen wir uns nicht einen Augenblick auf eine Bank setzen und ein bisschen reden?«

»Wollen Sie mir die Beichte abnehmen?«, lache ich verlegen.

Er lächelt sanft und erwidert: »Ich glaube, Sie können jemanden zum Reden gebrauchen.«

»Warum glauben Sie das? Sie kennen mich nicht.«

»Ich sehe es in Ihren Augen. Na, kommen Sie, nur ein paar Minütchen.«

Er weist mit seiner Hand in den Kirchenraum und wir setzen uns auf eine der vorderen Holzbänke.

»Diese Bänke sind nicht sehr bequem, ich weiß«, sagt der Pfarrer und lächelt wieder. Er hat eine angenehme Art, zu reden: sehr langsam, sehr leise und bedacht. »Manche Damen bringen darum ein Kissen mit in den Gottesdienst. Sie kommen nicht aus der Gegend hier, nicht wahr?«

»Nein, nein, ich bin nur auf der Durchreise nach Italien. Ich komme aus Göttingen.«

»Ah.«

»Also, ein Teil von mir kommt eigentlich schon hier her, mein Großvater stammt von hier, darum bin ich auch überhaupt hergekommen.«

»Hier aus dem Ort?«, hakt der Geistliche nach.

Ich zucke mit den Schultern. »Eigentlich war ich mir sicher, als ich die Kirche gesehen habe, dass sie es sein muss. Aber er liegt nicht draußen auf dem Friedhof.«

»Ich kenne jeden Namen da draußen auf den Steinen. Wie hat er geheißen?«

»Joachim Waldhuber«, antworte ich.

Er nickt langsam mit dem Kopf, während er nachdenkt, den Zeigefinger auf den Lippen und mit dem Daumen das Kinn abstützend. »Ich erinnere mich«, sagt der Pfarrer schließlich.

Mein Herz beginnt plötzlich schneller zu schlagen. »Kannten Sie ihn?«

»Das leider nicht«, gibt er zurück. »Er muss einiges vor meiner Zeit hier verschieden sein. Ich übe erst seit zwölf Jahren das Priesteramt im Ort aus. Aber ich erinnere mich an sein Grab. Bis vor zwei oder drei Jahren hat's noch existiert.«

»Es existiert also nicht mehr?«

Er schüttelt mitleidig mit dem Kopf. »Nein, bedaure. Die Ruhezeit beträgt fünfundzwanzig Jahre und wenn sie nicht von den Angehörigen verlängert wird, wird das Grab aufgelöst. Das muss, wie ich sagte, so vor zwei oder drei Jahren, vielleicht auch vier, der Fall gewesen sein. Es war aber auch, wenn ich mich recht entsinne, in einem recht schäbigen Zustand – verzeihen Sie das Wort. Jedenfalls: Leider sind Sie zu spät. Hatten Sie denn ein liebevolles Verhältnis zu Ihrem Großpapa?«, fragt er, als er meine Enttäuschung sieht.

»Ach, ich kannte ihn eigentlich kaum. Ich war ja noch ganz klein, als er starb. Und was bedeutet schon ein Grab?«, füge ich nach einigen Augenblicken hinzu. »Das ist seine Kirche. Hier wurde er getauft, hier hat er gepredigt, hier wurde er aufgebahrt. Es ist schön, dass ich diesen Ort sehe.«

»Er hat gepredigt?«, fragt der Pfarrer sichtlich irritiert.

Ich kann mir ein überlegenes Lächeln nicht verkneifen, denn ich weiß um die schockierende Wirkung, die es auf den Gottesmann haben muss, wenn ich erzähle, dass mein Opa ein katholischer Priester war. »Ja, mein Großvater war ein Kollege von Ihnen.«

Ich spüre, wie unangenehm und verwirrend diese Information für ihn ist. Da er zweifellos zu diskret ist, um nachzufragen, erzähle ich ihm von mir aus die Geschichte: »Keine Sorge, es war nicht wie bei den Borgia. Mein Großvater hat nach seinem Studium ein paar Jahre hier in seiner Heimat gepredigt, nicht sehr lange, glaube ich. Vermutlich war ihm das aber zu langweilig. Mitte oder Ende der Fünfziger ging er auf jeden Fall in die DDR nach Magdeburg, um dort den wenigen Katholiken beizustehen. Irgendwie lernte er meine Großmutter dort kennen und verliebte sich in sie. Jedenfalls, eines Tages stand nach dem Gottesdienst ein Stasi-Mann vor ihm und sagte, dass sie Bescheid wüssten über seine Affäre und wenn er wolle, dass alles geheim blieb, sollte er besser mit der Stasi zusammenarbeiten und seine Ohren für sie in der Gemeinde aufsperren. Die Mauer stand da schon, er konnte das Land nicht mehr verlassen. Er hatte also die Wahl, zum Spitzel und Verräter zu werden oder sein bisheriges Leben aufzugeben. Mein Opa entschied sich dafür, sich ... ich weiß nicht, wie sagt man? Entweihen zu lassen?«

»Die Priesterweihe kann nicht rückgängig gemacht werden«, sagt der Pfarrer. »Ich vermute, dass er darum ersucht hat, aus dem Klerikerstand entlassen und vom Zölibat entbunden zu werden.«

Ich nicke. »Einige Monate später kam meine Mutter auf die Welt und mein Opa musste sich völlig neu orientieren, er hatte ja nichts anderes gelernt und man ließ ihn auch nicht studieren. Letztendlich bekam er, obwohl er ein sehr gebildeter Mann gewesen sein soll, eine Art Hausmeisterposten und das hat er dann jahrzehntelang gemacht bis zur Wende. Als älterer

Mann ist er nach Hause zurückgekehrt, meine Oma war da bereits tot.«

Der Pfarrer sieht mich noch immer ernst und aufmerksam an, als erwarte er, dass es weitergeht. Schließlich finden seine angespannten Gesichtszüge aber wieder zu jenem milden Ausdruck zurück, den sie zuvor hatten, und er sagt: »Eine filmreife Geschichte! Wie das Leben manchmal so spielt: Ich bin den umgekehrten Weg gegangen – bezogen auf die Geografie.«

Ich sehe ihn fragend an.

»Ich wurde 1955 in Salzwedel geboren«, beginnt er zu erzählen. »Also nicht weit von Magdeburg. Vielleicht hört man es mir noch etwas an, ich habe dort auch meine ersten paar Lebensjahre verbracht. Kurz vor dem Mauerbau flohen meine Eltern nach Niedersachsen und dann nach Bayern. Ursprünglich stammten sie aus Schlesien – daher auch meine katholische Prägung.«

Ich warte auf eine theologische Phrase wie »Tja, die Wege des Herrn sind unergründlich«, doch sie kommt nicht. Stattdessen fragt er mich, ob ich denn nun etwas vom Geist meines Großvaters an diesem Ort wiederfände.

»Es ist eine schöne Vorstellung«, entgegne ich, »dass er aus diesem Taufbecken gehoben wurde und seine Kindheit und Jugend hier verbracht hat.«

»Beim Taufbecken muss ich Sie leider abermals enttäuschen. Vor einigen Jahren haben wir das alte verkauft und den Erlös für wohltätige Zwecke gespendet.«

Ich drehe mich um und betrachte kritisch das Taufbecken. »Hat der Verkauf denn mehr eingebracht als das neue gekostet hat?«, frage ich.

»Wenn ich ehrlich bin, nein. Aber wir haben, das heißt, wir *hatten* zwei sehr großzügige ältere Damen in der Gemeinde, sie haben uns das neue Becken finanziert. So haben sie etwas Gutes getan und wir auch.«

Wir sitzen ein paar Sekunden lang schweigend nebeneinander in der völligen Stille der leeren Kirche und blicken vor uns auf den Altar. Und ganz plötzlich ist es so, als verwandle sich die Stille um mich herum in nackte Einsamkeit, als ströme ein eiskalter Fluss durch mich hindurch, als sei ich völlig allein auf der Welt.

»Ich habe eine große Dummheit gemacht«, platzt es aus mir heraus, gerade als mein Sitznachbar den Mund zum Sprechen öffnen will.

»Was für eine Dummheit?«

Ich starre auf die schmerzhaft verdrehten Augen Jesu.

»Ich habe einen ... bescheuerten Brief, also eine Nachricht geschrieben, an meine Freundin, meine Exfreundin ... und dafür schäme ich mich jetzt.«

Es fühlt sich wunderbar befreiend an, das auszusprechen.

»Was war das für ein Brief?«

»Ach, ich ... ich habe ihr unsinnige Dinge geschrieben, peinliches Zeug ... Eigentlich wollte ich ihr nur zu ihrem Kind gratulieren, das ja noch nicht mal geboren ist.«

»Sind Sie noch befreundet?«

»Nein, eigentlich seit Jahren nicht mehr. Ich habe es nur zufällig über das Internet erfahren, dass sie schwanger ist.«

»Und wie hat es sich für Sie angefühlt, das zu erfahren?«

»Schlecht. Es hat sich schlecht angefühlt, es tat weh.«

»Weil Sie noch immer Liebe für sie empfinden?«

Ich überlege kurz. »Ich denke schon. Aber es war nicht nur Schmerz, es war vor allem ... Angst. Ich habe mich irgendwie abgehängt gefühlt. Das war so ein Gefühl wie damals im Textilunterricht in der Grundschule. Ich war unglaublich ungeschickt, wenn es um Handarbeit ging, und alle anderen zogen an mir vorbei und waren irgendwann fertig mit ihren Sachen, nur ich bekam es nicht hin. Wissen Sie, ich … ach, wie auch immer …«

»Nur zu, reden Sie bitte, ich höre Ihnen zu.«

Ein feines Lächeln liegt auf seinem Gesicht, doch es kommt nicht von den Lippen, die kaum verformt sind, sondern von den Augen, diesen kleinen, geduldigen, wohlwollenden Augen, die mich ermutigen, weiterzumachen. Und ganz kurz überlege ich: Soll ich mir nun alles von der Seele reden, mich ihm offenbaren und anvertrauen? Kenne ich die Antwort nicht bereits?

»Wie soll ich sagen«, fahre ich fort, »wir waren unser Leben lang auf derselben Stufe. Und jetzt ist sie vorangegangen. Wir sind jetzt nicht mehr gleich. Ich kann es leider nicht besser ausdrücken.«

»Finden Sie denn nicht, dass Wandel etwas ganz Natürliches ist und zum Leben dazugehört? Der Sohn wird zum Vater und die Tochter zur Mutter, das ist der Lauf der Welt …«

»Doch, sicher.«

»Hat diese Nachricht«, hakt er nun nach, »Sie vielleicht gar nicht so sehr verletzt, weil Sie noch etwas für Ihre Freundin empfinden, sondern … weil sie Ihnen Ihren eigenen Stillstand vor Augen geführt hat?«

»Vielleicht«, antworte ich leise.

»Woran liegt das?«

»Ich weiß es nicht.«

Er blickt mich eine ganze Weile sehr nachdenklich an. Ich spüre die Stille der Kirche wie einen strafenden Blick auf mir.

Schließlich sagt er: »Wissen Sie, was mein Eindruck ist?« Ich schüttle den Kopf. »Mein Eindruck ist, dass Sie ein Kind sind.«

Mit dieser Antwort habe ich nun weiß Gott nicht gerechnet. »Komme ich Ihnen denn so kindisch vor?«, frage ich ungläubig.

»Sie kommen mir sehr ernst vor«, erwidert der Pfarrer. »Sie kommen mir vor wie ein Kind, das früh ernst wurde. Wenn ich Sie ansehe, dann sehe ich bloß einen Bub mit unglaublich traurigen Augen. Und ich frage mich, woran das liegt.«

Ich blicke ihn ratlos an, als ob es nun seine Aufgabe sei, das herauszufinden.

Der Pfarrer hat den Blick gesenkt und scheint in Gedanken verloren zu sein. Ich spüre, wie mir mein Gesäß und mein Kreuz allmählich von der harten Bank schmerzen. Es ist spät, die Sonne ist untergegangen, und ich bin irgendwo mitten in den Alpen und habe keine Ahnung, wo ich heute Nacht schlafen werde. Ich sollte mich bei dem Pfarrer für sein offenes Ohr und seine gewissenhafte Seelsorgerarbeit bedanken und gehen. Es wäre gut, heute noch nach Innsbruck zu fahren, da finde ich bestimmt ein Hotel. Wie weit mag es noch sein von hier, anderthalb Stunden?

»Sind Sie gläubig?«, unterbricht er meine Gedanken.

Ich verneine entschieden.

»Obwohl Ihr Großvater katholischer Priester war, sind Sie ohne religiöse Prägung aufgewachsen?«

»Kann man so nicht sagen. Meine Mutter hatte einen kapellenlosen Glauben, sie ging niemals zum Gottesdienst und glaubte wohl auch an kein kirchliches Dogma. Aber sie glaubte an Jesus und an seine Barmherzigkeit. Als Kind hatte ich auch eine spirituelle Ader.«

»Und jetzt nicht mehr?«

Ich schüttle beherzt den Kopf: »Nein.«

»Warum nicht?«

»Ich bin grundsätzlich kein Freund von Religion. Religion ist irrational und sie verlangt auch von den Menschen, irrational zu sein. Das kann ich nicht. Ich kann aber auch ganz einfach an keinen Gott glauben, der der Inbegriff von Liebe und Güte sein soll. Diese Vorstellung wird jeden Tag, in jeder Sekunde, widerlegt. Da haben es die anderen Religionen klüger angestellt, da ist Gott kein liebevoller Vater. Er ist streng, unbarmherzig, hasserfüllt. Das passt schon eher zu unserer Welt.«

»Gottes Liebe«, erwidert der Pfarrer seelenruhig, »offenbart sich für uns vor allem darin, dass er seinen eigenen Sohn geopfert hat, damit wir alle das ewige Leben haben können, wie es bei Johannes 3,16 steht.«

»Aber daran kann ich nun mal nicht glauben«, antworte ich prompt. »Wissen Sie, nach allem, was ich gehört habe, war mein Opa ein herzensguter Mensch, der lieber sein eigenes Leben ruiniert hat als das anderer. Wissen Sie, was meine einzige Erinnerung an ihn ist? Er liegt auf einem Bett, kann nicht sprechen, den Mund weit aufgerissen, eine Krankenpflegerin macht ihn gerade untenrum sauber. Meine Mutter hat Tränen in den Augen und sagt mir, dass ich mich abwenden soll. Sie konnte diese Pflegerin nicht leiden, weil sie meinen Opa wie ein Kleinkind behandelt hat. ›Na, haben wir wieder fein Aa gemacht‹ und solche Sachen. Dabei hatte er schon mehr vergessen, als sie jemals wissen würde. Ich glaube, deswegen spreche ich mit meinen Patienten nicht so, egal in welchem Zustand sie sind. Aber was ich eigentlich sagen will: Mein Opa war Anfang sechzig, als er starb. Die letzten Jahre hat er sich nur gequält, ein unwürdiges Leben, ein unwürdiger Tod. Andere behandeln Menschen wie Dreck, suchen immer nur ihren eigenen Vorteil und werden dafür mit Reichtum, Gesundheit und einem langen Leben belohnt. Wenn Gottes Wege unergründlich sind, dann, weil es sich dabei um pure Willkür handelt.«

Mitleidig, aber ohne jede Herablassung, sieht der Pfarrer mich durch seine kleinen blauen Augen hinter der Brille an. Als er merkt, dass ich nichts mehr hinzuzufügen habe, spricht er langsam und mit ruhiger Stimme, als wolle er mich dadurch besänftigen: »Aber das ist nicht der wahre Grund, nicht wahr?«

»Wie meinen Sie das?«, frage ich verunsichert.

»Ihre Mutter. Sie war noch deutlich jünger, als sie verschied, oder?«

Ein dumpfer Schlag trifft meine Seele und wirft sie zu Boden.

»Ja«, hauche ich kaum hörbar. »Sie war zweiundvierzig.«

»Und wie alt waren Sie?«

»Sechzehn.«

»Das muss furchtbar für Sie gewesen sein.«

»Ich habe es ... verkraftet.«

»Verkraftet?«, fragt er nach, als sei das ein gänzlich unpassendes Wort. »Was war Ihre Mutter für ein Mensch?«

»Sie war ... wie ich schon sagte ... sie war voller Mitgefühl und Milde ... Sie war der liebste, sanftmütigste Mensch, den ich kannte. Sie war ... unglaublich warmherzig ... So habe ich sie in Erinnerung. Aber ich war noch so jung. Mein Gott!« – da wird es mir auf einmal bewusst – »Siebzehn Jahre ist sie jetzt tot! Länger, als ich sie gekannt habe. Wie kann das sein?«

In meinem Hals schwillt ein Kloß an, der mir das Reden immer schwerer macht, Tränen schießen mir in die Augen. Beschämt wende ich mich vom Pfarrer ab und betrachte das Gemälde neben mir, eine Darstellung des Letzten Abendmahls. Jesus sitzt in der Mitte und spricht, die Jünger blicken sich ängstlich an, nur einer hat die Hände – wie zum Protest – erhoben und den Mund weit aufgerissen. *Etiam si omnes, ego non*, steht auf dem goldenen Holzrahmen, der bereits an zahlreichen Stellen seine Farbe eingebüßt hat.

»Sie haben eine besondere Beziehung zu ihr gehabt, nicht wahr?«

»Natürlich, sie war meine Mutter«, antworte ich und starre vor mich auf den Boden. »Sie war der einzige Mensch, der mich wirklich geliebt hat. Der einzige Mensch, den ich wirklich geliebt habe. Und dann ist sie einfach … verschwunden …«

Die salzigen Tränen rinnen mir über die Wangen und tropfen auf meine Hände und den staubigen Travertinboden. Da spüre ich die Hand des Pfarrers auf meinem Unterarm. Ich wende mich zu ihm, er sieht mich an. Sein Blick ist klar, seine Augen funkeln vor Entschlossenheit.

Er sagt: »Nein!« – und alles an ihm ist in diesem Augenblick dieses »Nein!«. Er spricht mit einer Gewissheit, wie nur ein Gläubiger, ein Wissender, sie haben kann: »Nein! Sie ist nicht verschwunden!«

16

29. November

Mein Vater hat den Koffer einfach weggeworfen. Den Koffer mit all den Fotos, Briefen, Urkunden, all den Erinnerungen an die Vergangenheit meiner Familie. Ich erfuhr es erst Jahre später, als ich bereits studierte und er in einem anderen Haus an einem anderen Ort mit einer anderen Frau ein anderes Leben führte. Das war sehr schnell passiert, denn mein Vater hat durchaus einen Hang zu Pragmatismus. Meine Mutter starb am 29. November, Weihnachten verbrachten wir bei meinem Onkel, zu dem mein Vater eigentlich ein eher angespanntes Verhältnis hatte, doch es war besser als zu Hause alleine zu sein, wo der Schmerz, gerade an diesem Tag, unerträglich gewesen wäre. Im April wurde mir schon die neue Frau, Susanne, vorgestellt und zu Weihnachten waren wir wieder zu dritt. Ich ging von zu Hause fort, als ich gerade zwanzig geworden war, um in Göttingen zu studieren, das war im Oktober. Am Abend des 26. Dezember verließ ich unser Haus für immer, nicht, weil ich gemusst hätte – die Uni ging erst Anfang Januar wieder los –, sondern weil ich es wollte, weil dieses Haus nicht mehr mein Heim war. Der Duft der Tannennadeln, den ich früher so geliebt hatte, jetzt war er mir verhasst, ich floh vor ihm. Die folgenden vier Feste verbrachte ich bei Majas Familie. Da wohnte mein Vater bereits mit Susanne und meiner Halbschwester, die jetzt zehn oder elf Jahre alt sein muss, in Leipzig. Noch einmal habe ich ihn dort gesehen, als ich seiner Einladung folgte und Weihnachten mit ihm und seiner Familie verbrachte, das war vor acht Jahren. Mein Vater war verändert, er wirkte befreit, so wie jemand, der endlich das Leben führt, das er immer führen wollte. Vielleicht lag es aber auch an der Kleinen, an der späten Vaterschaft, dass er nicht mehr so verstockt wirkte, wie ich ihn oft als Kind erlebt hatte. Sie waren jedenfalls alle sehr nett zu mir, doch ich, ich fühlte mich nur noch wie ein Gast in einem fremden Haus. Danach habe ich jedes Weihnachtsfest alleine verbracht und war später froh, wenn ich arbeiten durfte, meine Kollegen waren es auch. Meinen Vater habe ich seitdem nicht wiedergesehen, doch zweimal im Jahr telefonieren wir miteinander – einmal zu seinem und einmal zu meinem Geburtstag. Außerdem liegt jedes Jahr irgendwann im November eine Einladung in meinem Briefkasten, das Weihnachtsfest bei ihm zu verbringen. Jedes Jahr zerreiße ich sie.

Ja, ich habe ihm das alles übel genommen. Ich nahm ihm die Erleichterung übel, die er empfand, als es vorbei war, und ebenso seine neue Frau, sein neues Leben. Das Geschehene ist so spurlos an ihm vorübergegangen, dass ich Ekel vor seinem Glück empfand. Aber wie ich jetzt darüber nachdenke, frage ich mich auf einmal, ob ich ihm nicht auch viel Unrecht getan habe. Mit welchem Recht konnte ich von meinem Vater ein Leben in Einsamkeit und Verbitterung verlangen? Er war erst sechsundvierzig, als meine Mutter starb. Das war eine pubertäre, kindische Forderung. Die knapp vier Jahre, die ich nach dem Tod meiner Mutter zu Hause wohnte, waren eine permanente Rebellion gegen ihn. Mein Zorn erschuf sich das Bild eines kalten, herzlosen Mannes, der er in Wahrheit nicht war. Ich erinnere mich an ein Streitgespräch mit meinem Vater, ich mag siebzehn Jahre alt gewesen sein. Ich wollte ihn dazu bewegen, für irgendeine wohltätige Organisation zu spenden, doch er lehnte ab und ich hielt ihm vor, niemals etwas Uneigennütziges tun zu können. Später fand ich auf seinem Schreibtisch zufällig eine Spendenbescheinigung von *Ärzte ohne Grenzen*, aus der hervorging, dass er mehrere hundert Euro überwiesen hatte. Er hatte mir nichts davon erzählt, denn er war einfach kein Mensch, der mit Wohltaten prahlte. Das hätte ich eigentlich wissen müssen, doch in meiner blinden Wut wollte ich das Bild, das ich mir von ihm erschaffen hatte, nur bestätigt sehen. Wahrscheinlich machen wir es andauernd so.

Ich möchte an meine Mutter denken, an all die wunderbaren Augenblicke, in denen ich mich an ihrer Güte wärmte. So viele schöne Erinnerungen! Doch alles, woran ich jetzt denken kann, ist die kosmische Leere, die ich in mir fand, als sie fort war. Es mag seltsam klingen, doch es dauerte mehrere Wochen, bis ich wirklich verstanden hatte, dass sie tot war. Wir hatten an unserem Gartentor, durch das man das Grundstück betrat, eine Laterne stehen, die vom Haus aus an- und ausgeschaltet werden konnte. Immer wenn ich abends lange wegblieb, zum Beispiel bei einem Freund, und erst spät nach Hause kam, als meine Eltern bereits schliefen, leuchtete die Lampe für mich und zeigte mir, dass ich erwartet wurde. Das war wie ein Ritual zwischen mir und meiner Mutter. Sie ließ die Lampe für mich brennen und ich machte sie aus, wenn ich nachts nach Hause kam. Wenige Wochen nach ihrem Tod war ich an einem Freitagabend lange bei meinem Freund Marko gewesen, der am Ende der Straße wohnte. Gegen ein Uhr ging ich nach Hause, alles war duster, die Straße menschenleer. Ich stand vor unserem Haus, sah in die schwarzen Fenster, in denen sich der matte Mondschein spiegelte. Keine Laterne leuchtete mir, niemand erwartete mich. Wie ein Panzer aus Eis umschloss mich da die Einsamkeit, eine schwere, feuchte Kälte durchfuhr meinen ganzen Körper und ich begann, bitterlich zu weinen.

Als die Diagnose gestellt wurde, war ich fünfzehn. Ich erinnere mich noch genau an den Tag: Mittags kam ich von der Schule nach Hause, das war irgendwann im Herbst, ein grauer, windiger Nachmittag. Meine Mutter kam mir im Flur mit verweinten Augen entgegen. Sie wollte unbedingt stark sein, doch als sie mich sah, so glaube ich, da wurde ihr erst bewusst, was es bedeutete, so jung sterben zu müssen. Es brach aus ihr heraus, sie begann zu schluchzen und erzählte mir, was der Arzt ihr mitgeteilt hatte. Der Brustkrebs hatte bereits gestreut, er hatte sich an mehreren Rippen abgesiedelt und dort den Knochen infiltriert, den er nun allmählich zerfraß. Erst als die Schmerzen an den Rippen kaum noch auszuhalten waren, ging meine Mutter zum Arzt, doch da war es zu spät. Sie hätte sich retten können. Schon lange vorher muss sie bösartige Veränderungen an der Brust bemerkt haben, die sie ignorierte. Meine Mutter war eine Verdrängungskünstlerin, genau wie ich. Sie weigerte sich so lange, einen Arzt aufzusuchen, und verbannte jeden Gedanken, dass etwas mit ihr nicht in Ordnung sein könnte, bis keine Rettung mehr möglich war. Eben weil ich sie so liebte, werde ich ihr das mein Leben lang nicht verzeihen können. Es gab sogar Momente, da wusste ich meine grenzenlose Trauer nicht anders zu bewältigen, als mir selber wütend einzureden, dass es gerecht sei und dass sie es nicht anders verdient habe. Doch wie groß war da jedes Mal die Reue hinterher!

Ihr Sterben dauerte dreizehn schreckliche Monate, in denen ihr schmerzerfülltes Stöhnen oft durch das ganze Haus drang. In den besseren Stunden lag sie friedlich im Bett in ihrem dunkelblauen Pyjama, auf dem kleine rote Rosen abgebildet waren, und lauschte Hörbüchern, bei denen sie meistens wegen der starken Medikamente einschlief. Wir stellten den großen Fernseher aus der Stube ins Schlafzimmer, von da an schaute sie sich nur noch Filme auf DVD oder Videokassette an, von morgens bis abends. Wenn es ihr einigermaßen gut ging, legte ich mich manchmal nach der Schule mit ins Bett, sah mit ihr einen Film, während sie meinen Kopf streichelte, bis sie langsamer wurde und ihre Hand irgendwann erschlaffte. Dann wusste ich, dass sie eingeschlafen war. An schlechten Tagen schloss ich mich in meinem Zimmer ein und drehte laut Musik auf, um die Geräusche nicht ertragen zu müssen. In dieser Zeit lernte ich auch die Poesie schätzen. Die Gedichte von Eichendorff,

Uhland, Rilke, Hesse, Marenholtz, deren Lyriksammlungen in der Bibliothek meines Vaters standen, schenkten mir Trost und bald versuchte ich selber, meine Gefühle in Versen auszudrücken. Ich erinnere mich noch an ein Gedicht von Heinrich von Marenholtz, das mich damals besonders bewegte:

Seit ich von hier gegangen bin,
Ist nichts mehr, wie es einmal war.
Ich weiß noch, wo wir Schätze fanden
Und wo die alten Höfe standen,
Doch nichts davon ist heut noch da.

Die Pfade, die ich einst beschritt,
Vor langer Zeit, als ich ein Kind,
Die mich geführt zu Bächen, Quellen,
Ja, zu den geheimsten Stellen:
Ich weiß jetzt nicht mehr, wo sie sind.

Ich find nicht mehr den alten Wald
Mit seinen Schatten, Mooren, Fährten.
Auch sie verschwanden allesamt.
Nun wohnen Menschen auf dem Land,
Mit Hecken und Gemüsegärten.

Nichts ist mehr, wie es einst war,
Auch wir sind nicht mehr, wer wir waren:
Ich war einst froh, jetzt bin ich stumm,
Ich wurde alt und bin doch jung,
Ein Greis in Jugendjahren.

Um der Wahrheit die Ehre zu geben, musste ich den Text googeln, da ich ihn nicht mehr vollständig in Erinnerung hatte.

Doch ich weiß noch, dass wir diesen Dichter aus unserem Ort zu jener Zeit im Deutschunterricht behandelten. Unser Lehrer gehörte zu jenen, die nicht aus Berechnung, sondern aus Überzeugung früh in die SED eingetreten waren und für die der Untergang der DDR eine persönliche Katastrophe darstellte. Eine rote Socke, wie mein Vater sagte. Marenholtz war für diesen Lehrer ein ausgemachter Faschist, eine Schande für die gesamte Gegend, seine Gedichte nichts als süßliche Durchhaltelyrik. 1933 gehörte er zu den achtundachtzig Autoren, die das *Gelöbnis treuester Gefolgschaft* unterschrieben hatten, was ihm später einen Platz auf der sogenannten *Gottbegnadetenliste* einbrachte, wodurch er vom Kriegsdienst verschont blieb. Das alles weckte meine jugendliche Neugier. Deshalb griff ich zu dem Gedichtband in unserer Bibliothek und fand darin neben dem besagten Gedicht vor allem romantische, schwermütige Verse, die ebenso gut hundert Jahre zuvor hätten entstanden sein können. Genau das, versicherte mir mein Lehrer, mache sie so gefährlich und ich sollte besser die Finger davon lassen.

Als ich am 29. November, es war ein Freitag, nach der dritten Stunde aus dem Unterricht geholt wurde und mein Vater vor der Tür des Klassenzimmers stand, begriff ich sofort, warum. Ich hatte mich innerlich auf diesen Augenblick schon hunderte Male vorbereitet und als er eintraf, war ich von meiner eigenen Courage und Gefasstheit überrascht, ich weinte nicht einmal. Selbst bei der Beerdigung vergoss ich keine Tränen, sondern erst Wochen später, als ich nachts nach Hause kam und die Laterne nicht für mich brannte.

Von da an war alles anders. Wie soll ich das Gefühl beschreiben, das sich nun in meinem Herzen einnistete? Ich bin niemals ein Kind gewesen, das gerne über Nacht von zu Hause fort war, zu schnell plagte mich das Heimweh. Meinen Freunden, die dafür kein Verständnis hatten, musste ich immer wieder abenteuerliche Ausreden auftischen, warum es mir leider nicht möglich war, bei ihnen zu übernachten. Als besonders schlimm ist mir aber eine Klassenfahrt in Erinnerung geblieben. Wir waren in einem kleinen Ort irgendwo an der holländischen Grenze, es muss in der fünften Klasse gewesen sein. Am ersten oder zweiten Abend kam einer der anderen vier Jungs aus meinem Zimmer auf die Idee, einen Armdrückwettbewerb unter uns zu veranstalten. Ich war ein zartes, schmächtiges Kind, dennoch schnitt ich nur als Vorletzter ab. Doch Niko, den ich bis dahin für meinen besten Freund gehalten hatte, begann, mich als »Schwächling« zu hänseln, und sorgte dafür, dass die anderen schnell nachzogen. Der Grund war wohl, dass wir beide in dasselbe Mädchen verliebt waren und er mich als Konkurrenten verdrängen wollte. Der Plan ging hervorragend auf, denn schon am nächsten Tag hatte sich mein neuer Spitzname unter den Mädchen etabliert und auch Vanita, so lautete ihr Name, sprach mich bei jeder Gelegenheit mit »Schwächling« an und gab Niko den Vorzug – wenn auch nicht lange.

Da lag ich also nachts wach in meinem kalten, engen Etagenbett in dem kleinen, schäbigen Zimmer ohne Bad, während die anderen, die sich gegen mich verschworen hatten, laut schnarchten, blickte auf die vollgekritzelte Unterseite des Bettes über mir und dachte an zu Hause. Mein Heimweh war unermesslich. Ich dachte daran, wie unsere Küche in diesem Augenblick im Dunkeln lag, wie das ganze Haus still und mein Bett leer war. Und ich beneidete unseren Kartäuserkater, der jetzt vielleicht gerade schlummernd auf der Treppe oder im Wohnzimmer auf dem Sofa lag und den niemand jemals zwang, das Haus zu verlassen, um in die Schule zu gehen oder an Klassenfahrten teilzunehmen. Selbst die Süßigkeiten, die meine Mutter mir mitgegeben, und das nicht gegessene Brot, das sie mir für die Fahrt geschmiert hatte, erhielten in dieser Situation einen besonderen Wert für mich, denn sie waren ein Stück Zuhause und ich hütete mich davor, dieses allmählich vergammelnde Brot wegzuwerfen. Nein, vielmehr bewahrte ich es wie einen geheimen Schatz bis zum letzten Tag auf.

Die Verlorenheit, die ich auf dieser Klassenfahrt gespürt hatte – ich empfand sie jetzt wieder, nachdem ich nicht nur mit dem Verstand, sondern auch mit dem Herzen begriffen hatte, dass meine Mutter tot war. Während ich durch die heimischen Räume ging, in meinem Zimmer am Schreibtisch oder in der Stube auf dem Sofa saß, fühlte ich, dass ich nun für immer in der Ferne gefangen war, und ich wusste, wie groß mein Heimweh auch war, ich würde nicht zurückkehren können, denn ein Zuhause hatte ich nicht mehr. Die ganze Welt war mir jetzt jenes kleine, schmutzige Jugendherbergszimmer mit den vollgekritzelten Hochbetten und den steifen, kalten Decken.

Doch jeder Trennungsschmerz wird mit der Zeit schwächer, bis du ihn irgendwann nicht mehr spürst. Am Anfang denkst du jede Minute an den Menschen, den du verloren hast, später dann ein paarmal am Tag. Und irgendwann bist du bei der Arbeit oder sitzt vor dem Fernseher oder bist mit Freunden zusammen und wie aus dem Nichts merkst du plötzlich: Ich habe gestern den ganzen Tag nicht einmal an sie gedacht! Man kann sich dagegen gar nicht wehren, die Natur hat es so eingerichtet, dass der Mensch jede Katastrophe, die wie ein Meteor in unser Leben einschlägt, verwindet. So wie sich ein Wald nach einem verheerenden Feuer regeneriert und nach erstaunlich kurzer Dauer neue Blumen und Bäume aus der Asche sprießen, ergeht es auch der menschlichen Seele. Kurz: Ich lebte weiter.

Nach dem Abitur verließ ich mein Elternhaus und kehrte nie wieder zurück. Ich bin immer weitergegangen und habe niemals zurückgesehen, so ist es nun mal meine Art. Andernfalls wäre ich nicht, wo ich heute bin. Ich studierte, hatte eine Freundin, begann zu arbeiten. Ja, alles in allem führte und führe ich doch ein ganz normales, beschauliches Leben, etwas eintönig vielleicht, aber dafür ohne große Risiken, ohne finanzielle Sorgen und quälende Ungewissheiten. Die meisten Menschen bewundern mich für das, was ich tue. Wenn ich so darüber nachdenke, finde ich doch, dass mein Leben letztendlich gut ist.

Ich blicke auf die Berge, in deren Gipfeln sich schiefergraue Wolken verfangen haben. Weiter unten im Tal auf einer Wiese steht eine Baumgruppe im gleißenden Sonnenschein, als würde sie brennen, als hätte ein Maler die falschen Farben benutzt für dieses düstere Gemälde. In meiner Hosentasche vibriert es, ich zücke mein Handy und kann nicht fassen, was ich da lese. Es ist eine Nachricht von Maja! Mit einem mulmigen Gefühl im Bauch öffne ich sie:

Lieber Matti, deine Nachricht hat mich sehr überrascht, aber auch sehr gefreut. Ich hoffe, dass es dir gut geht, was du mir geschrieben hast, klingt nicht danach. Um ehrlich zu sein, mir geht es im Moment nicht so gut, aber falls es dich interessiert, möchte ich dir nicht hier davon erzählen. Am liebsten will ich mich gleich in den Zug setzen und zu dir nach Göttingen fahren, weil ich einfach zu Hause raus muss für ein paar Tage. Bestimmt bist du noch in Bamberg oder schon in Italien, darum wird daraus wohl nichts werden. Aber falls du in Göttingen bist und mich vielleicht doch, anders als du geschrieben hast, wiedersehen möchtest, schreib mir doch bitte, denn ich brauche jetzt tatsächlich einen Freund, dem ich vertraue. Ich umarme dich. Maja.

Mein Blick richtet sich wieder auf das Tal. Noch immer lodern die Bäume vor dem gewittrigen Himmel in der Nachmittagssonne, doch dahinter in den Gipfeln erahnt man bereits den Regen wie einen hauchdünnen Schleier in der Luft. Der Gedanke, Maja zu sehen, erfüllt mich mit einem Glück, das ich am liebsten hinausschreien würde. Darum ist der Entschluss schnell gefasst: In ein oder zwei Stunden werde ich ihr antworten, denn sie soll nicht den Eindruck haben, dass ich tagelang auf ihre Nachricht gewartet habe. Dann werde ich bereits irgendwo in Franken auf der A7 sein. Sie wird mich in wenigen Stunden zurück nach Hause führen.

17

»Ich kenne dich!«

Wenn wir eine Weile fort waren und dann zurückkehren, ist es immer so, als müsste sich alles in der Zwischenzeit verändert haben. Liegt es nun daran, dass wir selber uns verändert haben? Oder ist der Grund ganz einfach, dass wir auf Reisen für gewöhnlich in kurzer Zeit so viel erleben, so viele neue Eindrücke und Erfahrungen sammeln, dass es uns vorkommt, als seien wir viel länger unterwegs gewesen, als wir es in Wahrheit waren?

Nur ein paar Tage war ich fort, doch ich gehe durch die Straßen und halte links und rechts Ausschau, ob irgendein Geschäft vielleicht umgezogen ist oder ein Gebäude anders aussieht. Aber alles ist wie immer. Der alte Mann auf seinem Klappstuhl in der Fußgängerzone spielt auf dem Akkordeon *Ave Maria*, die Menschen sitzen draußen in den Cafés, denn der Sommer ist noch einmal zurückgekehrt – wer weiß, wie lange er bleiben wird. Auf dem Markt dröhnt ohrenbetäubende Musik aus großen Boxen, die auf dem Dach eines Autos montiert sind. Eine beachtliche Menge vermummter, schwarz gekleideter Gestalten hat sich hinter einem Banner zu einem Marsch versammelt, der jeden Augenblick starten muss. *Keinen Meter den Nazis*, ist auf dem Transparent zu lesen. Hinter dem Rathaus steht bereits eine gut gepanzerte Hundertschaft von Polizisten bereit, um den Zug in der Parallelstraße zu begleiten. Nur ein einziger Streifenwagen wird mit großem Abstand den Demonstranten voranfahren und den Weg freimachen. Alles andere wäre ein Affront.

»Es geht los«, krächzt eine männliche Stimme durch ein Megafon. »Ach ja, noch eine Mitteilung für den Zivilbullen, der hinter uns herläuft: Sei doch so freundlich und verpiss dich!«

Jubel brandet auf, kurz darauf setzt sich die Menge langsam in Bewegung, gefolgt von dem Auto mit den Lautsprechern auf dem Dach, immer wieder die Worte skandierend:

»Wir dulden keine Nazis hier, in dieser Stadt regieren wir!« Auch die Polizisten in der Nebenstraße schreiten jetzt los. Ich stehe in sicherer Distanz und sehe zu, wie sich die laute Protestmasse die Weender Straße hinabwälzt. Allmählich werden die Parolen und die Musik immer leiser, nach einer Minute sind sie schließlich nicht mehr zu hören. Die Leute sitzen draußen auf dem Platz, trinken ihren Kaffee weiter, löffeln ihr Eis, unterhalten sich oder gehen ihres Weges, während ein Gruppenkraftwagen der Polizei nach dem anderen abzieht. Man kehrt nicht zur Normalität zurück, denn man hat sie nie verlassen.

17:01 Uhr soll Maja an Gleis 10 ankommen. Als der Zug in den Bahnhof einfährt, spüre ich ein nervöses Kribbeln im Bauch. Wie wird es sein, wenn wir uns begegnen nach so langer Zeit? Werden wir wie Fremde oder wie Freunde sein? Langsam und quietschend kommt die Bahn zum Stehen, kurz darauf springen die Türen auf. Massen von Menschen strömen heraus und ziehen hastig an mir vorbei, hier werde ich gestreift, dort fast umgestoßen. Immer wieder blicke ich mich um, ob Maja vielleicht hinter mir aussteigt, doch unter all den Gesichtern kann ich ihres nicht erkennen. Nach einigen Sekunden hat sich der An- oder besser Abdrang weitgehend aufgelöst, hier und da verlassen noch vereinzelt zumeist ältere, gebrechliche Herrschaften den Zug.

Und da, als ich schon glaube, sie müsse sich alles anders überlegt haben, steigt aus einer der hinteren Türen diese hochschwangere Frau, vorsichtig einen Fuß vor den anderen setzend, aus der Bahn aus, sieht sich kurz um, erkennt mich sofort aus der Ferne und lächelt mir zu. Ich winke und lächle zurück. Sie ist alt geworden, denke ich unwillkürlich, als ich ihr entgegengehe.

Wir umarmen und begrüßen uns, dann nehme ich ihre Tasche und wir gehen gemächlich die Treppe hinunter. Maja trägt Turnschuhe, schwarze Leggins und eine weite hellblaue Bluse. Die blonden Haare sind zum Pferdeschwanz zusammengebunden und ihr Gesicht ist völlig ungeschminkt, was zumindest früher untypisch für sie war, denn sie ging selten komplett ohne Make-up aus dem Haus. Während wir uns der Bahnhofshalle nähern, frage ich Maja, ob sie eine gute Fahrt hatte. »Der Zug war ja ziemlich voll.«

Sie bejaht lakonisch und erzählt nach einem Moment des Schweigens, dass ein älterer Herr ihr seinen Platz überlassen habe. Vor dem Bahnhof stehen Palmen in großen Kübeln, es herrscht reges Treiben zwischen dem Meer von abgestellten Fahrrädern. Studenten sitzen auf Bänken und unterhalten oder küssen sich, Kinder springen durch die plätschernden Brunnenfontänen, die aus dem Boden schießen, vor dem Eispavillon hat sich eine kleine Menschentraube gebildet. Doch wir haben all das bereits hinter uns gelassen und sind auf dem Weg in die Innenstadt. Drei Minuten sind wir schon gegangen, ohne dass ein Wort gefallen ist. Meine größte Sorge scheint sich bewahrheitet zu haben: Da ist nichts als eine bedrückende Stille zwischen uns, während wir gehen, als hätten wir keine gemeinsame Vergangenheit. Seltsam! Und ich denke mir: Wie kann die Zeit zwischen Menschen, die sich einmal so nah waren, ein so tiefes Tal graben? Damals, als wir ein Paar waren, habe ich dich jederzeit berühren und küssen dürfen, wenn wir zusammen waren. Es gab kein »zu nah« für mich, doch die Gesetze haben sich geändert. Wir gehen schweigend nebenei-nander her, zwischen uns ein breiter Abstand, als ginge noch ein unsichtbarer Dritter in der Mitte, nur damit sich unsere Finger nicht aus Versehen für den Bruchteil einer Sekunde berühren. Ich habe meine Rechte vor langer Zeit an andere abgetreten.

Wir steigen langsam die Treppe im Haus empor und betreten die Wohnung.

»Da wären wir«, sage ich und lege die Tasche ab.

Maja tritt in das Schlafzimmer, das durch einen offenen Durchgang mit dem Wohnzimmer verbunden ist, und sieht sich aufmerksam um. Dann lässt sie sich sachte auf die Bettkante niedersinken und lächelt mich erschöpft an. Und ich, ich erkenne erst jetzt in diesem Ausdruck das Mädchen wieder, das ich einst so sehr geliebt habe. Ich drehe meinen Schreibtischstuhl um und sitze ihr nun gegenüber.

»Wie weit bist du?«, frage ich, auf ihren Bauch deutend.

»Fünfunddreißigste Woche«, antwortet sie.

»Es kann also jederzeit kommen«, erwidere ich.

Sie lächelt und nickt bloß. Dann fügt sie hinzu: »Es wird ein Junge. Bisher ist die Schwangerschaft ganz wunderbar verlaufen. Ganz reibungslos.«

»Das ist gut«, sage ich. »Das ist sehr gut. Habt ihr schon einen Namen?«

»Wir sind uns noch nicht ganz einig«, druckst Maja etwas herum.

»Wie wär's mit Matthias?«, frage ich und schicke sofort ein peinliches Gekicher hinterher.

Maja verzieht ihr Gesicht und es soll wohl ein Lächeln sein. »Das würde mein Verlobter wohl nicht so toll finden ...«

»Nein. Wahrscheinlich nicht.«

Wir schweigen uns an und weichen verlegen den Blicken des anderen aus. Es ist wahr: Wir sind nur noch zwei Fremde. Warum bist du hier, Maja? Das möchte ich sie gerne fragen. Warum hast du mir auch diese letzte Illusion genommen? Weißt du nicht, welche Macht die Gegenwart über die Vergangenheit besitzt? Weißt du nicht, wie zerbrechlich die Schönheit von Erinnerungen ist?

»Und?«, reißt mich Maja aus meinen Gedanken. »Du warst weg, erzähl, was hast du gesehen?«

Ich überlege kurz. Ohne sie anzuschauen, beginne ich nachdenklich: »Ich habe eine Hochzeit gesehen. Und eine Frau, die sich nichts sehnlicher wünschte als ein Kind. Und ich habe das Grab meines Opas gesucht. Aber es ist nicht mehr da.«

»Ach, Matti …« Maja sieht mich mitleidig an. »Deine Nachricht hat mich ganz schön erschreckt, weißt du das?«

»Warum?«

»Es klang, als ob du gerade in einer Lebenskrise steckst, ich hab mir Sorgen gemacht.«

»Ich hatte einfach zu viel getrunken und hab Blödsinn geschrieben …«

»Das glaube ich nicht. Du hast noch nie Blödsinn geschrieben. Oder gesagt. Das ist nicht deine Art.«

Da schießt mir auf einmal eine Erinnerung in den Kopf: unser letzter großer Streit. »Ich ertrage deine Art nicht mehr!«, hat sie mir ins Gesicht geschrien. »Ich ertrage dich nicht mehr!«

»Vielleicht kennst du mich ja einfach nicht mehr und ich dich auch nicht«, erwidere ich herausfordernd. »Ich meine: Sieh uns doch an, wie wir uns hier benehmen! Ganz sicher nicht wie Menschen, die sich gut kennen.«

»Ich kenne dich!«, sagt Maja ernst und bestimmt. »Ich glaube nicht, dass du dich so sehr verändert hast.«

Und wieder blitzt eine Erinnerung auf: »Komm mit mir nach Hamburg oder lass es bleiben. Entweder du bist bereit, dich zu verändern, oder es hat keinen Sinn mehr mit uns. Entscheide dich!« Sie sagte es ruhig, fast schon kühl. Dann nahm sie ihre Sporttasche und schloss die Tür hinter sich, um ins Fitnessstudio zu gehen. Und ich blieb ratlos stehen, so lange, bis ich unten die Haustür knallen hörte und das Licht im Treppenhaus hinter der verglasten Wohnungstür erlosch.

»Glaubst du nicht? Dann bin ich ja immer noch derselbe, den du sitzengelassen hast für … ja – für wen oder was auch immer.«

»Dein Ernst?«, fragt sie baff.

Ja, ist es. Ich spüre auf einmal diesen Frust in mir, der sich seit Jahren angestaut hat und der jetzt die Gelegenheit gekommen sieht, sich zu entladen. Da ist keine Spur mehr von der Sehnsucht und Zärtlichkeit, mit der ich in den vergangenen Wochen an sie gedacht habe, sondern nur eine tiefsitzende Kränkung. Nun, da Maja wahrhaftig vor mir sitzt, fällt mir so vieles ein, was ich ihr lange schon sagen will. Und gleichzeitig fühle ich bereits Reue, kaum dass der Satz meine Zunge verlassen hat. Aber nun kann ich nicht mehr zurück, mir bleibt nichts anderes übrig, als nachzulegen.

»Weißt du noch, damals bei deiner Geburtstagsparty in Hamburg? Mir war noch nicht mal klar, dass wir schon richtig auseinander waren, und du liefst da bereits mit irgendeinem neuen Typen an deiner Seite rum. Irgend so ein stumpfer Vogel. Hast du irgendeine Vorstellung, wie mich das verletzt hat? Weißt du, wie ich mich gefühlt habe, als ich das sah?«

Ihre Augen glänzen, sie kämpft plötzlich mit den Tränen. Schwangerschaftshormone, denke ich mir, und fahre mit zunehmender Rage fort: »Oder vor sechs Jahren, als wir uns das letzte Mal gesehen haben, als du deine Promotion gefeiert hast. Ich war nur irgendein Gast und eigentlich war's dir peinlich, dass ich überhaupt da war, vor deinem Freund und deiner Familie. Allen war ich irgendwie peinlich und dir auch. Wir haben keine zehn Wörter miteinander gesprochen den ganzen Tag. Da wusste ich, dass bei dir nichts mehr da war, keine Gefühle, einfach nichts. Nicht mal mehr Freundschaft.«

Sie hält den Blick auf den Boden gesenkt, als versuche sie, sich mit aller Macht zu beherrschen und einen Gefühlsausbruch zu vermeiden.

»Du hast einfach keine Ahnung, wie sehr ich dich geliebt habe, Maja!«, lege ich nach. Ich will sie weinen sehen. Ich will, dass sie nur ein wenig von dem Schmerz kostet, den ich bis heute schmecke. »Du hast mich nach ein paar Jahren einfach weggeworfen und sofort Ersatz gefunden. Aber ich habe keinen Ersatz für dich gefunden. Weil ich dich wirklich geliebt habe ...«

»Ich habe dich auch geliebt!«, schreit Maja mir jetzt entgegen, während dicke Tränen über ihre Wangen laufen. Sie ist völlig aufgelöst und schluchzt wie ein kleines Kind. »Aber es ging nun mal nicht anders!«

»Warum nicht?«

»Weil du einfach nicht bereit warst, dich zu verändern!«

»Warum konntest du mich nicht so lieben, wie ich war?«

»Dich *mit mir* zu verändern«, fügt Maja weinend hinzu.

Ich bin irritiert: »Was meinst du damit?«

Allmählich beruhigt sie sich etwas, holt ein Taschentuch hervor und trocknet damit ihre Tränen. Nach kurzer Zeit klingt ihre Stimme wieder etwas fester.

»Das, worüber wir uns früher so oft gestritten haben. Es war nicht alles immer nur Friede-Freude-Eierkuchen, Mathias.«

»Das weiß ich«, sage ich streng – doch es ist schon nicht mehr echt, sondern nur noch das Aufrechterhalten einer rauen Fassade, hinter der in Wahrheit jeder Zorn bereits verpufft ist, aufgelöst in Majas Tränen, deren Anblick mir keine Genugtuung verschafft hat.

»Ich wollte mit dir wachsen, mit dir weitergehen«, sagt sie mit einem geradezu flehentlichen Ausdruck, »offen für jede

Zukunft sein. Aber das wolltest du nicht! Du wolltest einfach ewig wie im ersten Semester weiterleben. Das konnte ich aber auf Dauer nicht. Verstehst du nicht? Irgendwann habe ich erkannt, dass ich einen Mann brauche, der offen ist für Veränderungen. Und das bist du nicht ...«

»Das bin ich sehr wohl!«, sage ich mit fester Überzeugung.

Sie sieht mich an, wie man ein Kind anblickt, das bei einer offensichtlichen Lüge ertappt wurde.

»Wärst du bereit gewesen, mit mir nach Neuseeland oder Argentinien auszuwandern und dort ein neues Leben zu beginnen? Du warst ja nicht mal bereit, mit mir nach Hamburg zu gehen, nicht mal dein PJ wolltest du woanders machen. Wenn wir noch zusammen wären, glaubst du, dass ich jetzt auch schwanger wäre? Glaubst du, du wärst bereit, Vater zu sein und deine geliebte Routine, dein bequemes Leben aufzugeben? Wärst du bereit, alles hinzuwerfen für ein völlig neues Leben?«

»Ja«, hauche ich und weiß in diesem Augenblick selber nicht, ob ich es ernst meine.

Da erhebt sich Maja unvermittelt vom Bett und schreitet auf mein Bücherregal zu. Hastig fährt sie mit ihren Augen die Reihen ab und greift schließlich nach einem der Bände, den sie herauszieht und mir zeigt. Es sind die *Gesammelten Gedichte* von Eichendorff, um die Jahrhundertwende erschienen. Eine kleine, für die Zeit typische Ausgabe mit dünnem Papier und hübsch verzierten Buchdeckeln.

»Dieses Buch«, sagt sie, »ich könnte schwören, dass es vor dreizehn Jahren schon genau an dieser Stelle stand! Matti, begreifst du nicht?« Sie sieht mich fragend an, wie verwundert darüber, dass ich das so Offensichtliche vor meinen Augen nicht zu erkennen vermag. »Nichts hat sich hier verändert«, sagt Maja langsam und deutlich. »Deine Wohnung sieht haargenau so aus, wie als ich sie das erste Mal betreten habe! Du verkriechst dich hier in deiner kleinen heilen Welt, das hast du immer schon gemacht.«

Ich schüttle den Kopf und sage schließlich, fast im Flüsterton: »Das ist nicht wahr.«

»Matti!« Maja blickt mich wieder mit diesem mitleidigen Ausdruck an und schiebt langsam das Buch zurück in die Lücke im Regal. »Wir lagen einmal hier zusammen auf diesem Bett, da habe ich dich gefragt, wie dein Kinderzimmer früher aussah. Weißt du, was du gesagt hast? Du hast kurz überlegt und meintest dann: ›So wie hier.‹ Dieselben Möbel, dieselbe Anordnung, dieselbe Wandfarbe. Du wohnst noch immer in deinem Kinderzimmer, begreifst du nicht!«

Ich starre auf den Boden, als würde ich nachdenken. Doch tatsächlich ist mein Kopf völlig leer, ich tue es nur, weil ich Majas Blick nicht ertragen kann. Draußen schlagen in diesem Moment die Glocken und hunderte Stimmen auf der Straße vereinigen sich zu einem einzigen Ton, so wie unzählige Wassertropfen das Rauschen des Baches formen. Und dieser Ton dringt durch die gekippten Fenster herauf in unsere Stille und macht sie etwas erträglicher. Minuten vergehen, in denen niemand ein Wort sagt. Dann höre ich Majas Stimme, sie hat sich mittlerweile wieder auf das Bett gesetzt.

»Ich habe dich wirklich geliebt«, sagt sie völlig gefasst. »Und das weißt du! Dich zu verlassen hatte nichts mit meinen Gefühlen zu tun, es war eine Kopfentscheidung. Ich habe sie oft bereut, ich habe so lange gebraucht, um über dich hinwegzukommen, glaub mir, es hat so lange wehgetan! Aber letztendlich weiß ich, dass es richtig war so.«

»Warum bist du dann hier?«, frage ich ruhig und blicke auf. Fast erschreckt mich der verächtliche Tonfall. »Offenbar hast du doch endlich den Richtigen gefunden.«

»Er hat mich betrogen, ich hab's vor ein paar Tagen erfahren. Ich weiß nicht, ob er der Richtige ist. Um ehrlich zu sein, ich weiß nicht mal, ob ich ihn wirklich liebe. Er ist der vierte Freund, den ich seit dir habe. Ich bin vierunddreißig. Die Wahrheit ist: Ich wollte einfach nicht länger warten.«

Man sagt, alles zu verstehen heißt, alles zu verzeihen. Und ich verstehe nun endlich. Wozu noch diese Distanz zwischen uns, frage ich mich. Ich stehe aus meinem Stuhl auf und setze mich direkt neben sie auf das Bett.

»Tja«, sagt sie und lächelt mich an. Doch während sie lächelt, kullern Tränen ihre Wangen hinunter. »Jetzt bekomme ich halt ein Kind von einem Mann, der mich betrogen hat und den ich wahrscheinlich nicht liebe.«

Da greife ich ihre Hände und beginne, sie sanft zu massieren. »Bald wird es einen Menschen geben, den du mehr als alles andere auf der Welt lieben wirst. Ich kann mir keine bessere Mutter als dich vorstellen.«

Das Lächeln ist verdorrt und unaufhaltsam fließen jetzt ihre Tränen. Umso ruhiger und besonnener will ich nun reden.

»Ich weiß nicht genau, warum du hier bist, Maja. Vielleicht, weil du einfach von zu Hause wegmusstest oder Zeit brauchst, um zu vergeben. Vielleicht, weil du dich noch mal vergewissern wolltest, dass du keinen Fehler gemacht hast vor vielen Jahren. Oder weil du einfach einen Freund brauchst. Ich bin dein Freund. Und ich rate dir: Tu nichts Unüberlegtes! Jetzt bist du wütend, aber in ein paar Monaten wird die Welt vielleicht schon ganz anders aussehen. Und dann kannst du ihm verzeihen. Und dann wirst du erkennen, dass du ihn liebst. Oder du wirst eines Tages einen anderen lieben. Das perfekte Glück gibt es nun mal nicht. Aber du wirst mit jemandem zusammen sein, mit dem du dein Leben verbringen willst. Das weiß ich. Und eines ist wohl klar: Wir beide haben unsere Chance gehabt, nicht wahr? Ich bin das nicht.«

Sie legt ihren Kopf auf meine Schulter und ich schließe meine Arme um sie und streichle ihren Rücken. »Ja, ich weiß«, versuche ich sie aufzuheitern, »das ist ziemlich kontraproduktiv. Genau wegen solcher schönen Reden hast du dich ja schließlich in mich verliebt.«

Maja muss lachen. »Nicht nur deswegen«, sagt sie verweint.

»Ich weiß.«

So sitzen wir lange umschlungen nebeneinander, ohne ein Wort zu sprechen, und ich spüre: Das ist es, was sie jetzt braucht. Draußen sinkt die Sonne langsam und das Rauschen der Stimmen dringt gleichmäßig durch die Fenster zu uns herein.

»Ich habe mich vor einiger Zeit gefragt«, unterbreche ich irgendwann die Stille, »ob es in meinem Leben einen bestimmten Tag gibt, der mich besonders geprägt hat.«

»Und?«, fragt Maja und blickt mich neugierig an. Es scheint, als hätten ihre Augen durch das Weinen die Farbe gewechselt, sie wirken jetzt nicht mehr blau, sondern türkis.

»Ich denke schon«, gebe ich nachdenklich zur Antwort. »Und bei dir?«

Da löst sich Maja etwas aus meiner Umarmung und sieht mich an. Ihre Augen sind noch ein wenig verquollen, aber sie weint schon lange nicht mehr, nun lächelt sie sogar. Unsere Gesichter sind ganz nah beieinander.

»Noch nicht«, sagt sie. Und mir ist auf einmal, als habe sie sich wie von Zauberhand verwandelt und sei wieder das einundzwanzigjährige Mädchen, das manchmal so albern und unreif sein konnte, weil es fest davon überzeugt war, dass das Leben irgendwie immer gut sein würde. Ihre Wangen sind rosig, nicht das kleinste Fältchen hat sie im Gesicht. Alles an ihr ist jung und schön und glücklich. »Aber bald.«

18

Jetzt wohin?

Auf dem Bahnhofsvorplatz herrscht am folgenden Mittag eine angespannte Atmosphäre. Etwa zehn Polizeieinsatzwagen und mehrere Dutzend gerüstete Polizisten stehen in nervöser Bereitschaft. In der Mitte des Platzes hat sich bereits zahlreich die vermummte Antifa mit Transparenten und Fahnen versammelt, doch noch ist alles ruhig, keiner geht den anderen an. Es ist wie in den Minuten, bevor das Spiel losgeht, wenn die gegnerischen Mannschaften in den Katakomben des Stadions angespannt nebeneinanderstehen und den Anpfiff herbeisehnen. Aber worauf warten sie hier? Mir fällt Lenins berühmtes Zitat ein, dass die Deutschen sich erst eine Bahnsteigkarte holen, ehe sie den Bahnhof stürmen.

Ein kurzer Blick in die Onlinemedien verschafft mir Klarheit darüber, was hier vor sich geht. Während ich auf Reisen war und mich bewusst vom aktuellen Nachrichtengeschehen ferngehalten habe, ist in Göttingen etwas geschehen, das für landesweites Aufsehen sorgte. Ein junger Tunesier wird beschuldigt, ein sechzehnjähriges Mädchen in der Nähe seines Elternhauses erstochen zu haben. Vermutlich handle es sich um eine Beziehungstat, ist zu lesen, weil das Mädchen sich von ihm getrennt habe. Mittlerweile sei außerdem in Ermittlerkreisen eine Debatte über die Herkunft und das tatsächliche Alter des mutmaßlichen Täters entstanden. Ich lese weiter, dass eine »rechte Gruppe« für den heutigen Tag eine Demonstration in der Stadt angemeldet habe. Ein Bündnis aus Kirchen, Gewerkschaften, Politikern und diversen Vereinen hat daraufhin zu einer Gegendemonstration aufgerufen. Die Polizei befürchtet, dass es zu Ausschreitungen kommen könnte.

Zum Glück haben Maja und ich die Ruhe vor dem Sturm abgepasst. Ungehindert betreten wir das Bahnhofsgebäude, auch hier überall Polizisten, und gehen den Korridor, von dem die Treppen zu den Bahnsteigen abgehen, ganz durch bis zum

Gleis 9. Der Bahnhof erscheint mir heute ungewöhnlich leer, als mieden einige der Reisenden vorsorglich den Ort. Oben am Gleis zähle ich gerade einmal vier weitere Personen, die hier und da vereinzelt am Steig stehen. Die flimmernde blaue Anzeigetafel verrät, dass uns noch sechs Minuten bleiben, bevor Maja wieder aus meinem Leben verschwinden wird.

»Tja, da wären wir«, sage ich und lächle sie schwermütig an.

Maja nickt und presst die Lippen zusammen. Ich merke ihr an, dass sie nachdenkt, dass sie nach Worten sucht, die adäquat für diese Abschiedsszene sind.

»Na komm, lass dich drücken«, ersticke ich alle Floskeln im Keim. Wir umarmen uns so fest, wie es ihr runder Leib zulässt, und ich spreche leise in ihr Ohr: »Es wird schon alles wieder gut werden! Und wenn nicht, kannst du dich immer bei mir melden.«

Sie streicht mir sanft mit ihrer rechten Hand über den Rücken.

»Ich würde mich so sehr freuen«, fahre ich fort, »wenn du mich vielleicht an deinem Leben etwas teilhaben lassen würdest. Wenn wir uns vielleicht ab und zu mal schreiben oder du Bilder von deinem Kleinen schickst – einfach als Freunde.«

Da löst sich Maja aus meiner Umarmung und sieht mich an mit einem offenen, freundlichen Ausdruck, in dem ich etwas wie Erleichterung zu erkennen glaube: »Das tun wir auf jeden Fall, Matti! Wir werden uns jetzt nicht mehr aus den Augen verlieren.«

Wir stehen wartend nebeneinander und bald ertönt die automatische Durchsage, dass der Zug jeden Moment einfahren wird. Ich gebe Maja ihre Tasche in die Hand, da fällt mir plötzlich ein, dass ich noch etwas für sie habe.

»Oh, warte mal, ich will dir noch was geben«, sage ich hastig, während die Bahn schon in Sichtweite ist. Und ich ziehe aus meiner Gesäßtasche eine Postkarte und reiche sie Maja. Es handelt sich um ein Schwarzweißmotiv aus dem Film *Ein Herz und eine Krone*: Gregory Peck sitzt mit charmanter Miene, weitem Anzug und perfekt sitzender Frisur auf einem Motorroller, während sich die junge Audrey Hepburn von hinten mit geschlossenen Augen verliebt an ihn heranschmiegt. Maja kann ihre Irritation kaum verbergen.

»Erinnerst du dich nicht?«, frage ich erstaunt. »In Rom? Als wir uns den Roller ausgeliehen haben und du dann meintest, als du die Postkarte gesehen hast: ›Guck mal, genau wie wir!‹«

»Oh, mein Gott, doch, natürlich!«, platzt es auf einmal aus Maja heraus. »Ich glaub's nicht, dass du die noch hast!«

»Das gehört zu den schönsten Erinnerungen in meinem Leben. Als du mich ... als wir uns getrennt haben, habe ich hinten etwas draufgeschrieben.«

Maja dreht die Karte um. Dort steht in blauer Tinte, von meiner Hand:

Gestern liebt' ich,
Heute leid' ich,
Morgen sterb' ich:
Dennoch denk' ich
Heut' und morgen
Gern an gestern.
Lessing

»Bewahre sie gut auf«, sage ich, »vielleicht will ich sie in zwanzig Jahren wiederhaben. Und jetzt sieh zu, dass du einen guten Platz bekommst.«

Die Bahn ist mittlerweile neben uns zum Stehen gekommen und die anderen vier Wartenden sind eingestiegen. Noch einmal umarmen wir einander, ich wünsche ihr alles erdenklich

Gute und sie drückt mir zum Abschied einen Kuss auf die Wange und sagt strahlend: »Schön, dass es dich gibt!«

Dann verschwindet sie im ICE. Ich gehe parallel auf dem Bahnsteig neben ihr her, bis sie einen Platz gefunden hat, und bleibe vor dem Fenster stehen. Wir sehen uns an. Nach zwei oder drei Minuten setzt sich der Zug langsam mit quietschenden Fanfaren in Bewegung. Maja und ich winken uns noch einmal zu, ich gehe ein paar Schritte mit, bleibe dann aber stehen und lasse sie an mir vorbeiziehen. Doch eigenartig: Die Bahn rollt so langsam los, dass ich mich währenddessen an den ohrenbetäubenden Lärm gewöhne, den sie verursacht, und ihn sogar vermisse, als er immer leiser wird und schließlich erlischt. Noch einige Sekunden blicke ich ihr hinterher, bis der Zug um eine Kurve biegt und fort ist. Was bleibt, ist Stille und Einsamkeit. Und Freiheit.

Jetzt wohin, denke ich mir und kenne die Antwort bereits. Bei genauerem Hinhören ist die Stille gar nicht so still. Ein kakophones Potpourri aus verschiedenen Sprechchören, einzelnen, sich kreuzenden Schreien, Rasseln und Trillerpfeifen ist selbst hier, am hintersten Bahnsteig, zu hören und wird immer lauter, je näher ich der Bahnhofshalle komme. Offenbar sind die Erwarteten mittlerweile angekommen. Draußen auf dem Platz haben sich innerhalb kürzester Zeit unzählige Menschen versammelt, sodass ein Durchkommen kaum möglich ist. Irgendwo in der Mitte, von einem schützenden Polizistengürtel umringt, muss die »rechte Gruppe« sein, deren Mitglieder vereinzelte Rufe abgeben, die jedoch von den Trillerpfeifen, Rasseln und »Nazis raus!«-Chören der Gegendemonstranten verschluckt werden.

Ich bahne mir äußerst mühevoll meinen Weg durch die Masse, immer wieder schreien mir Aktivisten speichelträchtig ins Ohr oder stoßen mir beinah ihre Plakate ins Gesicht. Eine junge Frau mit Filzhaaren reckt ein Transparent in die Höhe, auf dem ein gemalter Schweinekopf mit einer Polizistenmütze abgebildet ist, und kreischt mir derart schrill ins Ohr, dass ich es mir vor Schmerz zuhalte. Irgendwo auf der anderen Seite ruft eine Gruppe: »Deutsche Po-li-zis-ten schützen die Faschis-ten«, während ein paar Meter von mir entfernt gebrüllt wird: »Flüchtlinge bleiben! Nazis vertreiben!«

Ich will einfach nur raus aus diesem Chaos und frage mich, wo die Gewerkschaftsleute und die Kirchenvertreter sind. Am äußeren Rand der Menge, dem ich mich langsam und beschwerlich nähere, entdecke ich einige gesetzte Herrschaften mittleren Alters in gelben Warnwesten, die vereinzelt, fast schon schüchtern, Plakate hochhalten und sich ansonsten auf das Trillern beschränken. Nun formiert sich auch innerhalb des polizeilichen Festungsrings irgendein Chor, doch alles, was ich verstehe, ist: »Göttingen ist überall …«, denn sofort wird aus den Reihen der Antifa ein neuer Spruch umso lauter skandiert: »Deutschland ist scheiße, ihr seid die Beweise!«

Endlich bin ich auf dem Gehweg auf der anderen Seite angelangt, überquere an der nächsten Kreuzung die Hauptstraße, dann den Wall, und gehe über die Reitstallstraße nach Hause. Wie still wirkt auf einmal die Innenstadt auf mich! Mir ist, als könnte ich auf der Weender Straße eine Stecknadel fallen hören.

Zurück in meiner Wohnung beginne ich sofort, die Schmutzwäsche in meiner Reisetasche durch frische Klamotten zu ersetzen. Maja hat das Bett, in dem sie geschlafen hat, schon gemacht. Mein Nachtlager auf dem Sofa hingegen liegt noch wüst und auch die Frühstücksutensilien auf dem Tisch im Wohnzimmer liegen noch so da, wie wir sie vor einer halben Stunde zurückgelassen haben, doch das kümmert mich jetzt nicht.

Keine zehn Minuten bin ich in der Wohnung, dann fällt die Tür hinter mir ins Schloss und ich bin unterwegs zu meinem Auto. Ohne zurückzublicken, wende ich mich ab von dieser Stadt und denke mir: Ich will einen Weg finden jenseits der trillernden Parolen und rasselnden Bekenntnisse, eine Wahrheit, die nicht aus Schlachtrufen hervorgeht, nicht im Kampf entschieden wird. Eine leise Wahrheit.

Ich fahre wieder auf die A7 – diesmal nach Norden. Nach etwa achtzig Kilometern biege ich auf die A39 ab und nach weiteren gut fünfzig Kilometern auf die A2 Richtung Berlin. In einer halben Stunde werde ich zu Hause sein. Helmstedt liegt hinter mir, ich passiere den ehemaligen Grenzübergang Marienborn. Die weiße Stele zwischen den Fahrbahnen steht noch, doch wo einst in der Mitte das DDR-Emblem prangte, klafft bloß ein rundes Loch, durch das man den Himmel sieht. Anscheinend hat sich noch kein Nachfolger gefunden. Die Landschaft wird flacher, der dichte Kiefernwald öffnet sich, ich nähere mich der Börde. Die wenigen Windräder, die vor einigen Jahren hier und da in die Höhe ragten, sind inzwischen zu einem metallischen Geisterwald angewachsen, dessen gigantische karge Stümpfe sich vor dem Horizont abzeichnen.

Nun taucht das braune Hinweisschild am Straßenrand auf, das auf das nahegelegene Schloss Hundisburg verweist. Als Kind bin ich einige Male mit meinen Eltern und in der sechsten Klasse auch einmal mit der Schule dort gewesen. Damals war das barocke Schloss allerdings eine einzige große Baustelle, da es während des Sozialismus zu einer Ruine verfallen war und erst nach der Wende allmählich restauriert wurde. Weil es nur eine gute Viertelstunde von zu Hause entfernt lag, sind meine Eltern und ich an manchen Sonntagnachmittagen spontan zum Spazieren hingefahren, im Herbst haben wir oft in der Nähe Pilze gesammelt, hauptsächlich Maronen und

Schirmpilze. Letztere wurden dann, wenn sie groß genug waren, zu Hause paniert und als Schnitzel gegessen. Meine Eltern kannten sich recht gut mit Pilzen aus, so wie viele ehemalige DDR-Bürger. Wenn man vom Schloss aus dem kleinen Flüsschen Beber ein paar hundert Meter folgte, gelangte man zu einem Wald, wo es viele verheißungsvolle Stellen gab.

Als nun die Ausfahrt kommt, die ich eigentlich nehmen müsste, überfällt mich eine kaum merkliche Nervosität und ich entschließe mich spontan, noch ein Stück weiterzufahren – nach Magdeburg, wo ich geboren wurde und sechs Jahre lang das Gymnasium besuchte. Schon tauchen die dunklen Türme des Doms in der Ferne auf und wenige Minuten später stehe ich mitten auf dem sonnigen Domplatz. Als Kind war das hier bereits die weite Welt für mich. Alleine mit einem Freund in den Bus zu steigen und in die Stadt zu fahren an einem spätsommerlichen Tag wie diesem – wie erwachsen, wie frei kam man sich da vor!

Ich besuche all die Orte aus meiner Kindheit, stehe vor meiner alten Schule und schaue in die Fenster meines ehemaligen Klassenzimmers. Dort ist das Café, wo wir so oft die Freistunden verbracht haben, an der Ecke hier war früher ein Asia-Imbiss, wo ich mir häufig in der großen Pause nach der sechsten Stunde etwas zu essen geholt habe. Und im Eiscafé am Platz saß ich ungezählte Male mit Freunden, auch am Tag der mündlichen Abiturprüfung, als wir auf unser Ergebnis warteten. Von hier aus schaut man direkt auf den düsteren gotischen Dom und die barocken ocker- und pastellfarbenen Paläste linkerhand. Und blendet man die hässlichen Gebäude auf der Westseite des Platzes aus, könnte man fast glauben, dass die Stadt unzerstört sei. Das ist eine schöne Illusion. In irgendeiner TV-Doku habe ich einmal gehört, Magdeburg sei das Hiroshima des Dreißigjährigen Krieges gewesen. Die Stadt wurde dem Erdboden gleichgemacht und danach im barocken Stil wiederaufgebaut. Ein paar Jahrzehnte später gab es sicherlich noch einige Greise, die sich an das ottonische Magdeburg der alten, schiefen Häuschen erinnern konnten, doch das waren nur Erzählungen am Kaminfeuer. Die Jungen, die inmitten des barocken Prunks lebten – warum hätten sie die mittelalterliche Enge vermissen sollen?

Im Januar 1945 ereilte die Stadt das Schicksal erneut, ein paar Monate vor Kriegsende. Wir hatten eine uralte Nachbarin, Frau Engelbrecht, die ihr ganzes Leben in Marenholtz verbracht hatte. Sie erzählte meinen Eltern, dass der Himmel mitten in der kalten Januarnacht glühte wie bei einem kräftigen Sonnenuntergang und dass die Luft im Ort von beißendem Brandgeruch erfüllt war. Am nächsten Morgen sei das ganze Dorf mit einer grau-weißen Schicht bedeckt gewesen. Unsere Nachbarin glaubte zunächst, dass es in der Nacht geschneit habe, doch es war die Asche der verbrannten Stadt. Wieder wurde der Schutt abgetragen und Neues darauf errichtet. Doch seltsam – auch fünfundsiebzig Jahre danach wirkt es nicht so, als seien die Wunden verheilt. Wer durch die Straßen geht, fühlt: Das ist eine zerstörte Stadt. Noch ein halbes Jahrhundert später kamen Frau Engelbrecht die Tränen, als mein Vater sie fragte, ob sie sich an das alte Magdeburg erinnern könne. Ich verstehe sie.

Da sitze ich draußen auf dem Platz in meinem alten Café, beobachte eine kleine weiße Wolke, die einsam über den blauen Himmel zieht, blicke auf den Dom, sehe das gemütliche Treiben und denke mir: Ich kann es nicht länger aufschieben, es wird Zeit, heimzukehren.

Kurz darauf sitze ich im Auto und als der Motor zögerlich anspringt, fahre ich los. Es sind etwa fünfzehn Minuten Fahrt von hier durch die abgeernteten Raps- und Getreidefelder auf der Landstraße – mein einstiger Schulweg. Kurz vor dem Ort fällt mir ein riesengroßer neuer Baukomplex auf, wie eine Lagerhalle oder Ähnliches, umringt von einem hohen Stacheldrahtzaun und mit einem weitläufigen Parkplatz dahinter. Ich fahre weiter und nach ein paar hundert Metern tauchen endlich das gelbe Ortseingangsschild und gleich darauf die ersten Häuser auf. Das Auto stelle ich auf dem Schloßplatz ab und bleibe noch einen Moment lang sitzen, als halte mich eine unterschwellige Furcht davon ab, auszusteigen. Der obeliskförmige Meilenstein steht noch immer, frisch saniert, an Ort und Stelle auf der Mitte des Platzes, was mich sehr beruhigt. *Berlin 24 Meilen.*

Natürlich hat sich einiges verändert. An der Stirnseite des Platzes, wo einst das Schloss und in meiner Kindheit eine mit Unkraut und Gestrüpp zugewucherte Grünfläche war, steht jetzt ein nichtssagender weißverputzter Neubau. Im Parterre ist eine Apotheke, die Schloss-Apotheke, untergebracht, die drei Etagen darüber beherbergen offenbar Wohnungen, worauf der Grill auf diesem und der Liegestuhl auf jenem Balkon hindeuten. Auf einem anderen taucht plötzlich ein altes, zerfurchtes Gesicht auf und sieht mich argwöhnisch an. Gäste verirren sich offenbar noch immer selten hierher.

Ansonsten ist alles ein wenig adretter geworden. Der olle Grauputz wurde von den meisten Fassaden geschlagen und durch kräftige, frische Farben ersetzt. Nur hier und da, wenn man in die Nebenstraßen blickt, fallen noch ruinöse, unsanierte Bauten auf, die schamvoll neben ihren hübschen, instandgesetzten Nachbarn einer ebenso glücklichen Wendung harren. Hier am Platz gibt es nun eine Bäckerei, die damals nicht existierte, und ein, zwei kleine Geschäfte. Doch da ist zum Glück noch immer die alte Pizzeria Pranvera und in der Luft liegt nach wie vor dieser winterliche Geruch von Steinkohle, den der Wind aus irgendeinem verrußten Schornstein zu mir trägt. Wenn ich meine Augen schließe, dann ist es, als habe sich nichts verändert.

Ich gehe die Schloßstraße hinunter und kaum ein Mensch ist zu sehen. Nur ein älterer Mann werkelt in seinem Vorgarten – ich grüße ihn freundlich, er grüßt verwundert zurück – und ich setze meinen Weg fort. Die Pension Deutsches Haus steht ebenfalls noch. Der Bierkrug aus heller Keramik über der steinernen Einfassung des Eingangsportals verrät, dass sich in diesem Gebäude die erste und lange Zeit einzige Gastwirtschaft des Ortes, die Dorfkneipe, befunden hat, ehe sie um 2000 herum schloss und kurz darauf die Pension einzog. Ich bleibe gegenüber dem Haus auf dem Bürgersteig stehen und blicke die leere Straße hinunter, die sich noch drei- oder vierhundert Meter gerade durch den Ort zieht, bevor sie in den Getreidefeldern verschwindet. Dort vorne, vielleicht vierzig Meter entfernt auf der rechten Seite, steht mein Elternhaus.

Steht es wirklich noch? Ich kann von hier aus nur den Gartenzaun an der Straße erahnen, nicht das dahinterliegende Haus, das durch die Nachbargebäude verdeckt wird. Aber irgendetwas ist anders, ich weiß nur nicht, was. Und obwohl ich wie magisch von diesem geheimnisvollen Ort angezogen werde, entschließe ich mich, nicht weiterzugehen. Morgen, denke ich mir, während zwei kleine Mädchen auf Fahrrädern an mir vorbeihuschen und mir ein freundliches »Hallo« zurufen. Ich werde morgen hingehen. Unterdessen schlägt die Glocke der kleinen Feldsteinkirche siebenmal. Ich überquere die Straße, steige die wenigen Stufen empor und öffne die Tür zur Pension.

Wenige Stunden später ist es dunkel, ich habe eine reichhaltige, fettige Nudelmahlzeit im Magen, welche mir die Pensionswirtin, die heute Abend mit keinem Übernachtungsgast mehr gerechnet hatte, höchstpersönlich zubereitet hat. Ich hätte Glück gehabt, sie noch anzutreffen, erzählte mir die etwa fünfzigjährige Frau mit den tiefen Krähenfüßen im Gesicht fröhlich, denn sie sei gerade im Begriff gewesen, das Haus zu verlassen. Ich hoffte insgeheim, dass sie mich nach dem Grund meines Aufenthalts im Dorf fragen würde, denn ich verspürte den Wunsch, mich als Einheimischen zu offenbaren. Doch das schien sie nicht zu kümmern oder sie hielt sich diskret zurück.

»Wissen Sie denn schon, wann Sie morgen frühstücken wollen?«

»So früh wie möglich.«

Nun stehe ich am offenen Fenster meines spartanisch möblierten Einzelzimmers und beobachte, wie die Motten im Licht der Straßenlaterne umherschwirren. Seltsam, so nah an einem Ort zu sein, der einmal der vertrauteste auf der Welt war, und in einem leeren, fremden Haus schlafen zu müssen, an dem ich so oft achtlos vorbeigegangen bin. Mir ist noch immer, als könnte ich, wenn ich nur wollte, jederzeit meine Sachen packen, rübergehen, klingeln und sagen: »Ich hab's mir anders überlegt. Ich möchte doch lieber zu Hause schlafen.« Aber das ist unmöglich. Heute zahle ich zweiundsechzig Euro dafür, dass ich wieder an dieser Straße schlafen darf, sieben Euro zusätzlich für das Frühstück, an das ich keine zu großen Erwartungen knüpfe. Dieser kleine gemietete Raum ist alles, was mir von Marenholtz geblieben ist, und morgen werde ich ihn verlassen. Es ist so still hier, seit zwanzig Minuten fuhr kein Auto mehr vorbei. Nur ein Hund bellt irgendwo in der Ferne und in den Feldern, die gleich hinter den Gärten auf der gegenüberliegenden Straßenseite beginnen, zirpen die Grillen. Dort hinten, verborgen in der Nacht, lauert das Haus wie eine Spinne in der Finsternis. So merkwürdig vertraut ist mir diese Fremdheit. So fremd ist das Vertraute.

19
Der erste Morgen

Vom weiten östlichen Himmel breitet sich die morgendliche Dämmerung in zarten Tönen aus und vertreibt das Dunkel. Aus dem Dunst der Felder erhebt sich die Sonne gemächlich von ihrem Nachtlager, es gurren die Tauben, es singen die Kohlmeisen und auch ein Hahn kräht ganz nah. Noch liegt ein Nebelschleier auf den Gärten und die Gräser sind feucht vom Tau. Es ist, als sei die Welt eben erst erschaffen worden. Ja, so muss er ausgesehen haben, der erste Morgen nach der Schöpfung – der Schöpfung, an die ich nicht glaube. Und ich denke mir: Jeder Sonnenaufgang ist wie ein Versprechen. Ein Versprechen, dass wir weiterleben dürfen, diesen einen Tag weiterleben dürfen. Man sollte der Sonne häufiger beim Aufstehen zusehen.

Punkt sieben Uhr nehme ich als einziger Gast mein bescheidenes, aber liebevoll zubereitetes Frühstück ein und eine halbe Stunde später bin ich bereits draußen auf der Straße. Die Luft ist noch angenehm kühl, doch der Himmel ist strahlend blau und die Sonne wärmt mein Gesicht, während ich zum Auto gehe, um die Tasche darin zu verstauen. Es wird ein heißer Tag werden. Möglichst leise schließe ich die Kofferraumtür, denn ich wünschte, dass der ganze Ort noch schliefe und nur ich als Einziger wach wäre. Doch natürlich sind auch andere schon auf den Beinen. Vor allem Richtung Magdeburg sind bereits einige Berufspendler auf der Hauptstraße unterwegs und hier und da sieht man hinter einem Küchenfenster alte Leute am Frühstückstisch sitzen – immer darauf bedacht, alles im Blick zu haben.

Ich gehe erneut die Schloßstraße hoch. Als ich auf der Höhe der Pension angekommen bin, blicke ich noch einmal zu meinem Fenster der letzten Nacht empor. Es ist weit geöffnet, das abgezogene Bettzeug hängt halb heraus und im Hintergrund erkenne ich die Wirtin, die in dieser Sekunde den Staubsauger anwirft und ihn routiniert über den Boden schwingt. Ich gehe weiter, vorbei an den bescheidenen Einfamilienhäusern mit ihren kleinen Vorgärten, die den Weg zu beiden Seiten säumen, und nach wenigen Metern liegt mein Ziel schließlich vor mir, ganz friedlich und verschlafen.

Sofort fällt mir auf, dass Zaun und Gartentor neu sind. Anstelle von Holz jetzt Metall – das ist in Ordnung, es ist eine Verbesserung. Auch die Laterne wurde ersetzt durch so ein schickes modernes Teil, das gleich in den Zaun integriert ist und gewiss ein wunderschönes Neonlicht von sich gibt. Sei's drum. Aber dann das: Der Weg zur Haustür wird flankiert von kleinen, kitschigen Steingussfiguren, hauptsächlich nackte Putten mit dümmlichen Gesichtern, billige Massenware, die man an italienischen und spanischen Straßenrändern für fünf Euro das Stück kaufen kann. »Tze ... das hätt es bei uns nicht gegeben«, sage ich leise zu mir selbst.

Das Haus hat einen frischen Anstrich und ein neues Dach, doch sonst scheint sich auf den ersten Blick wenig verändert zu haben. Erst jetzt fällt mir auf, was mir gestern aus der Distanz so fremd erschien, ohne dass ich den Grund nennen konnte. Die zwei dicken Kiefern vor dem Haus sind verschwunden, darum wirkt der Vorgarten auf einmal so luftig und frei. Auf ihren Stümpfen steht jeweils eine große Schale, die mit Rosen und Efeu bepflanzt ist. Ich muss gestehen: Es sieht besser aus so! Das Haus wird nicht mehr verdeckt, Sonne dringt vorne durch die Fenster, die Fläche vor dem Haus wirkt gepflegt und geordnet, vielleicht ein wenig zu steril. Es ist fast, als sei dies der natürliche Zustand, der endlich hergestellt wurde, weshalb mir das Fehlen der Bäume auch erst gar nicht auffiel. Schon mein Vater hatte sie wegnehmen wollen, weil die Kiefern jedes Jahr Myriaden von Nadeln und Zapfen auf das Dach und den Vorgarten abwarfen und ihre Wurzeln zudem den Gartenzaun anhoben. Solange wir hier wohnten, habe ich immer scharf dagegen protestiert. Als Kind sträubt man sich gegen jede Veränderung der heilen Kinderwelt – aber vielleicht ging es auch nur mir so.

Anscheinend ist das Haus noch nicht aus seinem nächtlichen Schlummer erwacht, denn alle Fensterläden sind verschlossen und nirgendwo gibt es ein Anzeichen von Aktivität im Innern. Ich stehe am Zaun und blicke auf die verschlossene Luke, die zum ehemaligen Kohlenkeller führt. Wenn ich meine Augen schließe, sehe ich jedes Zimmer genau vor mir: die alten Möbel, die Bücher, die Teppiche und Vorhänge – eine Welt voller Einstmaligkeiten. Ich kann mich kraft meiner Fantasie frei in diesem Haus bewegen, während ich hier draußen auf dem Bürgersteig stehe. Aber natürlich wird jetzt alles ganz anders aussehen, angepasst an den Geschmack der neuen Besitzer. Beinah bin ich geneigt, es als einen bitteren Verrat zu betrachten, dass unser Haus so kampf- und willenlos unsere Nachfolger aufgenommen und uns vergessen hat. Aber Häuser sind eben wie Katzen, sie hängen sich an den, der sie versorgt.

Und auf einmal sehe ich mich als kleines Kind auf dem Parkettboden im Wohnzimmer spielen, direkt vor dem großen Panoramafenster, das hinten zum Garten hinausgeht. Und ich vermisse eine Spielzeugfigur, die ich eben noch hatte, und fange bitterlich an zu weinen. Meine Mutter kommt und fragt: »Was ist denn, mein Hase?« Ich erzähle es ihr und wir suchen gemeinsam alles ab und finden sie nicht. Da nimmt meine Mutter mich tröstend in den Arm, deutet mit dem Zeigefinger in den Himmel und sagt: »Die ist jetzt oben auf dem Mond. Wo alles landet, was auf der Erde verloren geht.« Viele Jahre später fiel mir ein, dass die Figur nur in die Ecke unter dem Heizkörper gerutscht sein konnte, wo kein Blick und kein Staubsauger je hingelangte. Und während ich die verschlossene Haustür und die verrammelten Fenster betrachte, die eifersüchtig jeden Blick von außen abschirmen, frage ich mich, ob meine Spielzeugfigur jetzt in diesem Augenblick vielleicht noch immer dort liegt.

Verstohlen sehe ich mich um, ob jemand zu sehen ist. Die Straße ist leer, das Haus ist ruhig, auch gegenüber brennt noch kein Licht. Also öffne ich vorsichtig das Gartentor und wage mich auf das Grundstück. Ich schleiche mich am Haus vorbei auf die Hinterseite in den Garten. Auch vor dem großen Wohnzimmerfenster ist noch der Rollladen heruntergelassen, doch das Fenster zu meinem Kinderzimmer im Obergeschoss ist frei. Ich bemerke, dass das Glas übersät ist mit bunten, ungelenken Malereien mit Acrylfarbe, und muss unwillkürlich schmunzeln, weil nun offenbar ein anderes Kind hier lebt. Und dieses Haus ist seine Heimat, sein Zuhause, und die Vorstellung, dass es zugleich das Zuhause eines fremden Mannes sein könnte, muss ihm völlig absurd erscheinen.

Ich trete an den Zaun, hinter dem das Feld beginnt, es ist noch derselbe, genau wie die Obstbäume, die nur etwas stämmiger geworden sind. Mein Blick wandert über die goldenen Getreidestoppeln und den tiefblauen Himmel, dorthin, wo mein Stern mir früher geleuchtet hat. In der Ferne zieht ein Traktor seine Bahn und wirbelt dabei viel Staub auf. *Berlin 24 Meilen*, schießt es mir durch den Kopf. Nur vierundzwanzig Meilen. Ich bräuchte bloß die Straße noch ein Stück weiter zu gehen. Der Apfelbaum hängt voll mit noch nicht ganz reifen Früchten und ich greife nach einer und pflücke sie. Obwohl es bereits Anfang September ist, schmeckt der Apfel noch so sauer, dass sich mein ganzes Gesicht verzieht, als ich hineinbeiße. Nun sehe ich mich im Garten um. Da ist ein Komposthaufen in der Ecke am Zaun, über dem dicke, haarige Fliegen kreisen, und ein kleines, rundes Planschbecken zum Aufblasen steht auf dem sauber gemähten Gras.

Plötzlich bemerke ich im Augenwinkel eine Bewegung am Haus. Oben am bemalten Fenster lugt ein Kinderkopf hervor und sieht mich neugierig, vielleicht auch etwas ängstlich, aus seiner sicheren Deckung an.

»Wer hat Ihnen erlaubt, sich hier aufzuhalten?«, herrscht mich eine strenge Stimme an.

Ich fahre erschrocken zusammen und werde nun einer Frau mittleren Alters gewahr, die im Bademantel auf der Terrasse steht, ein Telefon in der rechten Hand, als wäre es eine Waffe. Sie wirkt nicht verschreckt, dass ein fremder Mann in ihrem Garten steht, sondern nur ungemein wütend. Bringt es etwas, ihr zu sagen, dass das einst mein Zuhause war und dass ich es nur noch einmal wiedersehen wollte? Wahrscheinlich nicht. Ich versuche, irgendeine Entschuldigung, verbunden mit einer Rechtfertigung, zu stammeln, doch sie unterbricht mich sofort und sagt energisch: »Ich rufe jetzt die Polizei!«

Endlich fasse ich mich. »Schon gut!«, rufe ich ihr zu und hebe dabei beschwichtigend beide Hände. »Verzeihen Sie bitte, ich bin schon weg, ich verschwinde!«

Und ohne eine Reaktion abzuwarten, nehme ich meine Beine in die Hände und gehe eilig den Weg um das Haus zurück nach vorne, schließe, ohne mich noch einmal umzusehen, das Gartentor hinter mir und eile ziellos die Straße hinunter. Doch um ganz sicher zu gehen, dass ich nicht verfolgt und doch noch meiner gerechten Strafe zugeführt werde, biege ich in die nächste Straße ein, den Kirchweg, als könnte ich dadurch in diesem kleinen Ort untertauchen. Erst jetzt fällt mir auf, dass ich immer noch den angebissenen Apfel in der Hand halte.

Am Nachmittag sitze ich in meiner alten Stammpizzeria. So wie früher ist der kleine Gästeraum mit viel zu vielen Stühlen und Tischen überfrachtet und auch an dem inkonsequenten

Einrichtungsstil hat sich nichts geändert: mediterran anmutende Bodenfliesen, Weinflaschen, rotweißkarierte Tischdecken – und dann dieses Bild mit der bajuwarischen Almidylle an der Wand. Auf der anderen Seite, mir gegenüber, hängt eine Darstellung des Schlosses von Marenholtz, wahrscheinlich nach einer alten Schwarzweißfotografie gemalt.

Ich betrachte das Gemälde und sage zu Marko: »Schön, wenn das noch stehen würde, oder?«

Er dreht sich verwundert um und zuckt, als er sich wieder mir zugewandt hat, bloß mit den Achseln. Solche Dinge haben ihn nie interessiert.

Marko ist mein ältester Freund und der einzige Mensch, den ich in der Heimat noch kenne. Als sich unsere Schullaufbahnen trennten und ich nach Magdeburg aufs Gymnasium ging, während er ein paar Dörfer weiter die Sekundarschule besuchte, machten wir es zu einem Ritual, uns so oft wie möglich hier in der Pizzeria zu treffen, um uns nicht aus den Augen zu verlieren – auch wenn wir nur wenige hundert Meter auseinander wohnten. Nachdem ich fortzog, war es damit natürlich vorbei, doch wir hielten auch in den letzten Jahren, zumindest sporadisch, den Kontakt. Als ich ihm vorhin schrieb, dass ich in Marenholtz sei, konnte er es kaum glauben und wir verabredeten uns sofort für den Nachmittag an der gewohnten Stelle. Glücklicherweise hatte die Wirtin mir gestattet, die verbleibenden Stunden mit einem Buch im Garten ihrer Pension zu verbringen.

Marko ist sich selbst treu geblieben, er trägt noch immer diese hässlichen, verwaschenen Jeans mit irgendwelchen Aufdrucken, auf denen Flammen oder Totenköpfe abgebildet sind, dazu ein überweites kurzärmeliges Hemd mit weißem T-Shirt darunter und ein Cap. Da sitzen wir, mal wieder die einzigen Gäste, und haben uns einiges zu erzählen: wie es bei mir auf der

Arbeit läuft, wie es bei ihm auf der Arbeit läuft. Er erzählt mir, dass er seit vier Jahren im neuen VW-Logistikzentrum beschäftigt ist, an dem ich vorbeigefahren bin. Da geht es irgendwie um die Lagerung und den Umschlag von Kraftfahrzeugteilen, so viel verstehe ich. Doch als er beginnt, mir seine Tätigkeit genauer zu erklären, schalte ich nach wenigen Sekunden ab und nicke nur noch. Zwölf Millionen Euro habe das gekostet und dieser und jener alte Schulfreund arbeite ebenfalls dort.

»Und nu solln wa bald uch endlich maln Lidl hier kriejen.«

Dann erzählt er mir, was Soundso heute macht, wer verheiratet ist, wer Kinder hat, wer seit Jahren arbeitslos ist und den ganzen Tag vor der Playstation hockt. Und natürlich graben wir krampfhaft alle Erinnerungen an den vielen Unsinn aus, den wir in unserer Kindheit gemacht haben, und lachen darüber.

»Weißt du noch, als wir die Trainingstore auf dem Sportplatz den Abhang hinunter in den Bach geworfen haben?«, frage ich. »Oder als wir uns das Floß aus den leeren Kanistern aus der Werkstatt gebaut haben und damit zur Elbe gefahren sind und dann nach zwei Kilometern von der Wasserschutzpolizei rausgefischt wurden?«

Wir brechen in heftiges Gelächter aus.

»Das sind schöne Erinnerungen«, sage ich wehmütig. »Auch wie wir früher an heißen Sommertagen immer zum Badesee gefahren sind.«

»Das machn wa heute imma noch, die Jungs und ich.«

»Krass, dass du immer noch mit den ganzen Leuten aus der Grundschule abhängst«, staune ich.

»Warum?«

»Keine Ahnung. Wahrscheinlich, weil ich einfach so lange nicht mehr hier gewesen bin und keinen mehr kenne außer dich.«

Nachdem die wichtigsten Erinnerungen aufgefrischt sind, gerät unser Gespräch erstmals ins Stocken. Um es neu anzufachen und wieder in die Gegenwart zu holen, frage ich Marko, ob er eine Freundin hat. Daraufhin wird er schlagartig ganz bedrückt und erzählt mir, dass er vor Kurzem erst verlassen worden sei.

»Is schon bittar, damit färtisch zu werdn.«

»Ja, ich weiß«, gebe ich zurück und sehe ihn mitfühlend an. Auch in seiner Welt, dem Reich des ewigen Kontinuums, gibt es also Brüche.

Hinter der Theke steht der alte Chef der Pizzeria und es klingt, als würde er einen ganzen Schwarm an albanischen Verwünschungen durch das Telefon jagen. Ich denke mir: Warum ist uns früher eigentlich nie aufgefallen, dass »Pranvera« überhaupt kein italienisches Wort ist? Als er aufgelegt hat, lächelt er uns an und entschuldigt sich, doch Marko und ich geben ihm mit Gesten und Worten zu verstehen, dass es dazu keinen Anlass gebe.

»Weißt du, ich glaube, es gibt eigentlich nur eine Art, um mit der Vergangenheit fertigzuwerden«, versuche ich, die Stille zu durchbrechen, die sich in den letzten zwei Minuten wieder auf unser Gespräch gelegt hat. Abwesend blicke ich auf den Tisch, spiele mit der roten Papierserviette und als ich den Kopf hebe, sieht mein Freund mich mit großen Augen an, als erwarte er eine eminente philosophische Erkenntnis von mir. Doch diese Erwartung kann ich nicht erfüllen. Ich sage: »Sie einfach zu akzeptieren als das, was sie ist – und weiterzumachen.«

Die Enttäuschung in seinen Augen ist unverkennbar.

Nach etwa zwei Stunden sind die Pizzen vertilgt, unsere Gläser leer und alles Wichtige ist gesagt. Wir stehen draußen vor der Tür der Pizzeria und ich stelle mich darauf ein, jetzt Abschied zu nehmen, da fragt Marko mich: »Hast noch Bock, mit zu mia zu komm?«

»Auf jeden Fall«, antworte ich erleichtert. »Komm, wir fahren, ich parke gleich hier.«

Als Marko meinen Wagen sieht, ist er völlig aus dem Häuschen: »Das glaub ich ja nich, is das immar noch der alte Gölf von frühar?«

Ich nicke und er begutachtet ihn ausgiebig von allen Seiten, dann steigen wir ein. Der Schlüssel dreht sich im Zündschloss und es dauert eine gefühlte Ewigkeit, bis der Motor endlich stotternd anspringt.

»Hast schon ma die Zündkerzen untasuchn lassn?«, fragt Marko. Ich winke bloß ab.

»Sag mal, wo wohnst du denn jetzt eigentlich?«, frage ich ganz unvermittelt, denn mir wird plötzlich bewusst, dass wir darüber gar nicht gesprochen haben.

»Na zu Hause, wie frühar«, antwortet er.

»Bei deinen Eltern?«

Er bejaht.

»Das ist ja wunderbar«, sage ich strahlend, was ihn sichtlich irritiert.

Markos Haus, oder genauer das seiner Eltern, liegt am Ende der Schloßstraße, es ist das letzte Haus im Ort, dahinter beginnen gleich die Getreidefelder.

»Weißt du, wer jetzt hier wohnt?«, frage ich, während wir an meinem Elternhaus vorbeifahren.

»Son komisches einjebildetes Paar, die mag kener so wirklich.«

Als wir das Ende des Ortes erreichen, stelle ich das Auto am Straßenrand ab und wir betreten das Grundstück. Das Haus sieht heute viel schicker aus als früher, die Fassade wirkt frisch gestrichen, das Dach ist neu gedeckt und mit Photovoltaikanlagen versehen – nur der Hof bietet denselben Anblick wie ehedem, mit einer Handvoll Schrottautos, die ausgeschlachtet auf dem Rasen stehen, und der zur Werkstatt mit Hebebühne umfunktionierten Garage, in der Marko und sein Vater in der Freizeit an Autos schrauben.

Wir betreten das Haus und gehen gleich die steile Treppe hoch ins Obergeschoss. Dort geht es scharf nach links um die Ecke und wir erklimmen die schmale Stiege, die zum Dachboden führt. Da oben ist Markos Reich, seit er zwölf oder dreizehn war und seiner kleinen Schwester sein Zimmer darunter überließ. Noch immer herrscht hier ein heilloses Chaos und man muss nicht nur den Kopf einziehen, sondern auch mit jedem Schritt darauf achten, nicht auf irgendein Teil, das auf dem Boden liegt, zu treten. Wir setzen uns auf das Sofa und Marko schmeißt seinen riesengroßen 65-Zoll-Flachbildfernseher an und aktiviert seine Playstation.

»Was wolln wa zockn?«, fragt er mich. »Ich hab mia das neue Call of Duty gekauft.«

»Ja«, antworte ich, »lass uns das neue Call of Duty zocken.«

Zweieinhalb oder drei Stunden sitzen wir dort oben und spielen, während draußen allmählich der Abend anbricht und die Wandschräge über unseren Köpfen in warmen, kräftigen Ockertönen aufleuchtet.

»Markoo!«, ruft von unten eine weibliche Stimme. »Komm, Essen ist fertig!«

Wir legen die Controller aus den Händen und Marko fragt, ob ich zum Essen bleibe. Ich rieche die Nudeln bis hier oben, es ist genau der gleiche Geruch wie früher. Als hätte es in diesem Haus niemals etwas anderes als Pasta zu essen gegeben.

»Nein, danke«, sage ich, obwohl ich gerne noch bleiben würde, doch eine weitere Teigspeise kann ich meinem Verdauungssystem nicht antun. Wir steigen die Treppe hinunter und ich folge Marko in die Küche, wo seine Mutter, noch in ihrem weißen Arzthelferinnenoutfit, am Herd steht und den großen dampfenden Topf mit einem Deckel verschließt. Die Haare sind leicht grau geworden und das Gesicht etwas faltig, doch ansonsten hat sie sich kaum verändert.

»Hallo, Frau Fuchs«, begrüße ich sie, obwohl sie mir schon vor vielen Jahren gesagt hat, dass ich sie Sabine nennen soll.

Sie erschrickt fast ein wenig vor der fremden Stimme, dreht sich um, kneift die Augen etwas zusammen, als versuche sie, in irgendeiner Pore auf meiner Nase meinen Namen zu finden, reißt die Augen, als sie ihn gefunden hat, mit einem Mal weit auf und sagt: »Matti! Meine Jüte, ich hab dich ja jar nich erkannt! Wie lang is das denn her?«

»Sehr lange«, antworte ich lächelnd und umarme sie.

Sie fragt, wie es komme, dass ich in der Heimat sei.

»Ach, ich drehe bloß mal wieder meine alte Runde«, gebe ich zurück.

Und dann fragt sie mich aus: Wo ich jetzt wohne, was ich mache, wie es meinem Vater geht ... Ich stehe ihr bei allem Rede und Antwort und bei meinem Vater – da sage ich einfach, dass es ihm gut geht und dass er wieder geheiratet und sogar ein Kind bekommen hat.

»Och Mensch, joa, das is alles ooch nich leicht für dich jewesen, hä!«

»Was will man machen, so ist es halt«, gebe ich mich ganz tapfer.

Doch als ich ihr von meinem Beruf erzähle, ist jede Ahnung eines problematischen Verhältnisses zwischen mir und meinem Vater wie weggewischt und sie sagt mit leuchtenden Augen: »Arzt also! Wie der Papa!«

»Ja«, antworte ich etwas verlegen. »Am Ende wollen wir doch bloß alle wie unsere Eltern werden.«

Auch Frau Fuchs bietet mir an, zum Essen zu bleiben, doch ich lehne erneut ab. Ob ich heute noch nach Göttingen zurückmüsse?

»So ist es«, sage ich. »Leider.«

»Dann werd ich dir abar wenichstens nochn paar Stulln aufn Wech jebn!«

Mein Einspruch ist zwecklos, sie besteht darauf und holt sofort ein Schneidebrett heraus und macht sich an die Arbeit. Dann überreicht sie mir die zwei mit Frischhaltefolie umwickelten und in einer kleinen Papiertüte verstauten Brote. Ich bedanke mich herzlich und wir verabschieden uns. Während wir uns umarmen, gibt sie mir auf den Weg mit, schön vorsichtig zu fahren und den Papa zu grüßen, wenn ich ihn das nächste Mal sehe.

Ich verspreche es: »Vielleicht sehe ich ihn zu Weihnachten, dann grüße ich ihn.«

Damit verschwinden Marko und ich aus der Küche, ich ziehe mir im Flur meine Schuhe an und er begleitet mich nach draußen über den Hof und auf die Straße zum Wagen. Die Sonne steht bereits tief über den Getreidefeldern, noch ein paar Minuten und sie wird mit der Erde verschmelzen und verschwinden. Marko und ich umarmen uns und ich versichere ihm, dass es nicht wieder vierzehn Jahre dauern wird, bis ich ihn das nächste Mal besuche. Ich setze mich in das Auto, winke meinem alten Freund noch einmal zu, dann drehe ich den Schlüssel im Zündschloss um, halte ihn und halte ihn länger und drehe ihn zurück und probiere es erneut – nichts passiert. Der Wagen gibt nur ein sich schnell wiederholendes Klicken von sich, doch der Motor springt nicht an.

»Was is los?«, fragt Marko durch die heruntergekurbelte Fensterscheibe.

Ich sehe ihn besorgt an und sage: »Ich komme nicht los!«

Und ganz plötzlich, als läge etwas ungewollt Komisches in diesen Worten, fange ich an zu lachen. Marko sieht mich verunsichert an, ich aber schaue heiter-erstaunt zu ihm hoch, schüttle langsam meinen Kopf und wiederhole ungläubig: »Ich komme nicht los!«

Und ich blicke vor mich nach Westen, wo ein müder alter Stern in den Kornfeldern verglüht, den Feldern meiner Kindheit. Ich muss an Ranke denken, der vermutlich jetzt schon im Tartaros seiner Einsamkeit Platz genommen hat und auf einen Gleichgesinnten wartet, der ihn erlöst. Und an den Pfarrer, der vielleicht in diesem Augenblick seine Predigt übt, in der es diesmal um das Gleichnis vom verlorenen Sohn geht. Ich denke an die junge Frau mit den scheuen Augen auf dem Weinfest – das schönste Wesen, das ich je gesehen habe. Und an Maja, die in die Arme ihres Verlobten zurückgefunden hat. Was soll ich nun tun? Ich könnte morgen bereits an jedem Ort auf der Welt sein, an dem ich sein möchte. Ich könnte alles, woran ich hänge, hinter mir lassen und den Rest meines Lebens damit verbringen, nur noch meinen Träumen zu folgen. Ich könnte fliegen, ich könnte fallen. Oder ich könnte einfach die Augen schließen, mich in meine warme, behagliche Wanne legen und darauf warten, dass das Wasser kalt wird. Alles könnte ich machen, ja, ich könnte so viel. Doch ich komme nicht los. Ich komme einfach nicht los.